KB234157

셜록 홈즈

공포의 계곡

셜록 홈즈
공포의 계곡

초판 1쇄 발행 · 2002년 12월 15일
초판 3쇄 발행 · 2005년 8월 10일

지은이 · 아서 코난 도일
옮긴이 · 한동훈
펴낸이 · 이종문
펴낸곳 · (주)국일출판사

편집기획 · 김선, 장현숙, 김명효, 권희진, 김영주, 박귀영
영업마케팅 · 김종진, 오정환, 김성학
디자인 · 이희욱, 양지현
웹마스터 · 견진수
관리 · 최옥희, 박주선
제작 · 유수경

등록 · 제2-1720호
주소 · 경기도 파주시 교하읍 문발리
        파주출판문화정보산업단지 514-6 B1
영업부 · Tel 031)955-6050 | Fax 031)955-6051
편집부 · Tel 02)2253-5291 | Fax 02)2236-8842

평생전화번호 · 0502-237-9101~3
웹사이트 : www.ekugil.com(한글도메인 · 국일미디어, 국일출판사)
E-mail : kugil@ekugil.com

값은 표지 뒷면에 표기되어 있습니다.
잘못된 책은 바꾸어 드립니다.

ISBN 89-7425-403-4 (03840)

셜록 홈즈

공포의 계곡

아서 코난 도일 지음

한동훈 옮김 | 정태원(추리소설비평가) 해설

국일 미디어

1부 벌스톤의 비극

2부 스카우러단

▪ 셜록 홈즈
폭넓은 상식과 타의 추종을 불허하는 탁월한 지식의 소유자로 날카로운 분석력과
관찰력, 추리력을 동원하여 복잡한 사건들을 척척 해결해나가는 명탐정.

▪ 존 H. 왓슨
의학 박사이며 예비역 군의관. 홈즈의 가장 가까운 친구이자 조수로서, 홈즈의 23년
간의 탐정 활동에서 17년을 함께 하며 그의 눈부신 활약상을 기록한다.

▪ 모리어티 교수
홈즈의 유일한 숙적. 뛰어난 두뇌의 소유자로 학계에서 가장 명망 있는 교수로
칭송받고 있으나 그 이면에는 모든 범죄계의 제왕으로 군림하고 있다.

▪ 존 더글러스
벌스톤 영주 저택의 주인으로 총탄을 머리에 맞은 채 발견된다. 호인인데다 두려
움이 없는 대담한 기질로 벌스톤에 자리 잡은 지 5년 만에 그 마을에서 유명 인사
가 되었다.

▪ 더글러스의 부인
키가 크고 늘씬하며 아름다운 여성이다. 남편과 사이가 좋았음에도 불구하고 남
편이 살해당한 것에 대해 초연한 태도를 보여 홈즈와 왓슨의 의심을 받는다.

▪ 세실 제임스 바커
벌스톤에서 항상 반겨하는 손님으로, 더글러스의 숨겨진 과거를 아는 유일한 친
구. 큰 키에 덩치가 좋고 의리가 있으며 더글러스 부인과도 친하다.

▪ 맥도널드 경감
런던에서 촉망받는 젊은 형사로서 큰 키에 체격이 좋으며 강한 인상을 지녔다.
홈즈에게 몇 번 도움을 받은 후 문제가 생길 때마다 전혀 부끄러움 없이 홈즈를
찾는데 홈즈 또한 그를 좋아한다.

▪ 화이트 메이슨
맥도널드 경감의 친구로 똑똑하고 쾌활하며 조사를 신속하게 진행한다. 홈즈가
‘유능한 수사관’으로 인정하고 호의를 표시한 경감.

▪ 에임스 집사
벌스톤 영주 저택의 집사. 성실하고 매사에 꼼꼼하며 품위가 있다.

▪ 앨런 부인
더글러스 부인을 도와 집안 일을 돌보는 가정부로 뚱뚱하고 쾌활한 성격이다.

1부
벌스톤의 비극

경고

"내 생각엔 말이야……."

내가 말을 꺼냈다.

"내 생각도 그래."

셜록 홈즈가 불쑥 말을 끊었다.

나도 어지간히 참을성이 많은 편이긴 하지만 이번에는 은근히 부아가 치밀어올랐다.

"이봐, 홈즈! 자네 너무 하는 거 아닌가?"

홈즈는 무슨 생각에 그리 깊이 빠져 있는지 내게 대꾸 한마디 하지 않았다. 눈앞에 차려진 아침 식사는 거들떠보지도 않고, 방금 봉투에서 꺼낸 편지만을 유심히 들여다보고 있었다. 그러더니 이번에는 봉투를 불빛 가까이 가져가 이리저리 살펴보았다.

"이건 분명 폴록의 필체야. 두 번밖에 본 적이 없지만, 한껏 멋을 부려 쓴 e자를 보면 알 수 있지. 이게 폴록의 편지라면 매우 중요한 내용을 담고 있을 텐데……."

그는 조심스럽게 혼잣말처럼 중얼거렸다. 이에 흥미를 느낀 나는 어느새 종전의 짜증을 잊고 있었다.

"그런데 폴록이 누군가?"

"왓슨, 폴록은 그냥 가명이라네. 하지만 이 가명을 사용하는 자는 정말 교활하고 속임수에 능한 놈이지. 지난번 보내온 편지에서 그는 폴록이 자신의 본명이 아니라고 밝혔네. 그러면서 인구 수백 만의 대도시 런던에서 자신을 추적해보라고 겁도 없이 도전해왔네. 그러나 폴록이 중요한 것은 그자 때문이 아니라 그가 관계하고 있는 어느 대단한 인물 때문이지. 덩치는 작지만 상어를 먹이가 있는 곳으로 인도한다는 방어나 사자를 위해 대신 사냥을 한다는 자칼을 상상해보게. 그들은 하찮지만 무서운 존재를 따라다닌다는 공통점이 있지. 게다가 그들은 무서울 뿐만 아니라 아주 극도로 사악하기까지 하네. 하여튼 그에 대한 내 의견은 그렇다네. 자네, 내가 모리어티 교수에 대해 이야기한 것을 기억하나?"

"아, 그 가공할 두뇌로 유명한 천재 범죄자 말인가? 악당들 사이에선 그 명성이 자자한……."

"그만 치켜세우게, 왓슨!"

홈즈가 못마땅하다는 듯 툭 쏘아붙였다.

"하지만 일반인들에겐 아직 알려지지 않은 인물이라고 말하려고 했지."

"한 방 먹었군, 왓슨! 감쪽같이 당했어! 어느새 내가 생각지도 못한 유머 감각까지 익혔군. 나도 자네 유머에 대응하는 법을 연구해야겠어. 하지만 자네가 모리어티를 범죄자라고 부른 건 법적으로 명백한 명예훼손에 해당된다네. 물론 역사상 가장 위대한 음모가, 모든 흉악한 범죄의 배후조종자, 암흑가의 제왕, 한 나라의 운명을 좌우할 수 있는 두뇌의 소유자, 그가 바로 모리어티일세. 하지만 그를 의심하거나 비난하는 사람은 없어. 오히려 세인들은 그가 매사에 처신이 올바르고 겸손한 사람이라고 칭송하지. 자네가 방금 한 말을 그가 걸고 넘어지면 어찌할 텐가? 명예훼손죄로 기소되면 위자료로 자네의 한 해 연금을 모두 빼앗길 수도 있을 걸. 그가 쓴 『소행성 역학』이란 책은 순수 수학의 최고봉에 오른 것으로 평가받고 있어서 아무도 그것에 대해 비평할 엄두조차 못 내고 있다더군. 그러니 과연 그런 자를 비방할 수 있겠나? 아마 사람들은 자네를 독설가 의사로 볼 것이요, 모리어티는 억울하게 명예를 훼손당한 교수쯤으로 볼 걸세. 정말 천재나 할 수 있는 일 아닌가, 왓슨? 하지만 우리가 그자 주위에 있는 피라미부터 쫓아 올라가다보면, 언젠가는 그자와 정면승부할 날이 올 걸세."

"그 날이 정말 기다려지는군!"

나는 진심으로 말했다.

"하지만 홈즈, 방금 전까지 폴록 이야길 하고 있지 않았나?"

"아, 그래. 폴록이라는 자는 거대한 사슬을 이루는 하나의 고리일세. 뭐, 그리 중요한 고리는 아니야. 우리끼리 얘기지만 폴록은 그리 단단한 고리는 아닐세. 지금까지 조사해본 바에 따르면 그는 그 견고한 사슬에서 유일하게 약한 부분일세."

"아무리 단단하다 하더라도 사슬을 잇는 고리가 끊어지면 사슬은 그걸로 끝 아닌가?"

"그렇지, 왓슨! 그래서 폴록이 대단히 중요하다는 거지. 그는 기본적으로 자신의 옳지 못한 일에 대해 양심의 가책을 조금씩 느껴왔던 데다가 내가 가끔 우회적으로 10파운드 지폐를 부쳐주었더니, 가치 있는 정보를 담은 편지를 두어 번 보내왔네. 그 정보는 이미 저질러진 범죄나 이에 대한 보복이 아니라 앞으로 일어날 사건에 대한 것이어서 끔찍한 사건을 예측하고 예방하는데 큰 도움이 됐지. 이번에도 이 암호를 푸는 열쇠만 있다면 전처럼 큰 도움을 받을 수 있을 텐데 말이야."

홈즈는 암호가 적힌 편지를 바로 펴서 빈 접시에 놓았다. 나는 의자에서 몸을 일으켜 홈즈 쪽으로 기울여 그 의문의 편지를 유심히 쳐다봤다.

그 내용은 다음과 같았다.

534 C2 13 127 36 31 4 17 21 41
더글러스 109 293 5 37 벌스톤 26
벌스톤 9 47 171

"이게 뭔가, 홈즈?"

"비밀 정보를 보낸 게 분명하네."

"그러나 열쇠 없는 암호가 무슨 소용인가?"

"이번 경우는 좀 다르네."

"이번 경우라니, 무슨 뜻인가?"

"말하자면 이 세상엔 내가 쉽게 해독할 수 있는 암호가 많다는 말이지. 가끔 신문에 실린 별난 개인광고 같은 조잡한 암호는 푸느라 끙끙거릴 필요도 없다네. 그런 건 오히려 머리를 식혀주는 편이지. 하지만 이번 것은 달라. 이 암호의 숫자는 아마 어떤 책의 몇 쪽에 나오는 단어를 가리키는 것 같아. 하지만 그게 어느 책의 몇 쪽인지 알기 전까진 나도 별 뾰족한 수가 없네."

"그런데 '더글러스'와 '벌스톤'은 뭔가?"

"문제의 책에는 나오지 않아 직접 적어 넣은 것이겠지."

"그런데 폴록은 무슨 책인지 왜 알려주지 않았을까?"

"날카로운 지적이네, 왓슨. 하지만 생각해보게. 자네만큼이나 영리한 그가 암호와 열쇠를 한 봉투에 넣을 리는 없네. 만에 하나 잘못 배달되기라도 한다면 그걸로 끝장일 테니까. 하

534 C2 13 127
36 31 4 17 21
41 Douglas
109 293 5 37
Birlstone 26
Birlstone 9
47 171

지만 각각 따로 보낼 경우엔 하나가 잘못되더라도 별 문제가 없지. 둘 다 잘못되는 일은 극히 적을 테니까. 그나저나 이제 두 번째 편지가 올 때쯤 됐는데……. 그 편지에는 이 암호 해독에 필요한 열쇠나, 아니면 이것을 작성할 때 참고한 책 제목이 적혀 있을 테니 기다려보세."

홈즈의 추측은 정확했다. 채 몇 분이 지나지 않아 우리가 기다리던 편지를 들고 사환 빌리가 나타났다.

"같은 필체야."

홈즈가 편지봉투를 뜯으며 말했다.

"게다가 서명까지 되어 있군."

그는 매우 들뜬 기색으로 편지를 펼쳤다.

"이제 일이 잘 풀리려나……."

그러나 내용을 훑어보던 그의 표정이 이내 흐려졌다.

"이럴 수가, 아주 실망스러운 걸! 우리의 기대가 완전히 물거품이 되어버렸어. 폴록에게 별일이 없어야 할 텐데."

홈즈가 편지를 읽었다.

홈즈 씨에게

이 일을 더 이상 못할 것 같습니다. 너무 위험합니다. 그가 나를 의심하고 있다는 것이 눈에 보일 정도입니다. 홈즈 씨에게 암호 해독에 필요한 열쇠를 보내려고 봉투에 막 주소를 적기 시작할 때 그가 갑자기 들이닥쳤습니다. 다행히 그걸 숨길 수 있

었지만 만일 들켰다면 큰 봉변을 당했을 겁니다. 하지만 그의
눈에는 나를 의심하는 빛이 역력합니다. 이제는 어차피 무용지
물일 테니 이전에 보내드린 암호를 없애주시기 바랍니다.

프레드 폴록

홈즈는 난롯불을 한동안 응시했다. 그러더니 얼굴을 찌푸
리며 편지를 꾸깃꾸깃 구겨 버렸다.

"어쨌든 별일은 아닌 것 같군."

마침내 그가 다시 말문을 열었다.

"죄책감 때문이겠지. 조직을 배반하고 있다는 생각 때문에
공연히 있지도 않은 의심의 눈초리를 그 사람에게서 보았다고
생각한 게지."

"그 사람이라면, 모리어티 교수 말인가?"

"그렇고말고! 그 조직에 속한 사람들 중 '그'라고 불리는 사
람이 모리어티가 아니면 누가 있겠나. 모든 권력을 지닌 사람
은 오직 '그'밖에 없으니까."

"하지만 모리어티가 할 수 있는 일이란 대체 뭔가?"

"흠! 쉬운 질문은 아니군. 유럽 전역을 통틀어 가장 뛰어난
두뇌를 가진 자의 배후에 거대한 악의 세력이 버티고 있다면
그가 못할 일은 없을 거야. 그러니 폴록은 그에게 들킬 것을
두려워한 거고. 편지봉투와 편지지에 쓰인 글씨를 비교해보
게. 겉봉에 그자가 나타나기 직전까지 쓴 글씨는 또박또박 썼

지만, 그 후에 쓴 내용은 휘갈겨 써서 겨우 알아볼 수 있을 정도니까."

"그렇다면 왜 이 편지를 그냥 버리지 않고 끝까지 썼을까?"

"편지를 보내지 않으면 자신의 뒤를 캘까봐 두려웠겠지. 그러면 그에게 문제가 생길 수도 있고 말야."

"그렇겠군."

나는 암호가 적힌 편지를 유심히 살펴보았다.

"중요한 비밀이 이 종이 한 장에 담겨 있는데 현재 우리 상황으로는 그것을 알아낼 수 없으니 정말 미칠 노릇이군."

홈즈는 손도 대지 않은 아침 식사를 밀어놓고 사색에 빠질 때마다 피우는 맛없는 담배 파이프에 불을 붙였다.

"과연 그럴까?"

그는 뒤로 몸을 묻고 천장을 응시했다.

"왓슨, 자네의 교묘한 마키아벨리적 두뇌로도 미처 포착하지 못한 점이 있을지도 몰라. 순수한 추리의 관점에서 이 문제를 생각해보세. 이 친구의 암호는 책과 관련이 있어. 이게 우리의 출발점이네."

"좀 막연하군."

"자, 그럼 그 범위를 좀더 좁혀보세. 정신을 집중해보면 좀더 나아지겠지. 우리가 이 책에 대해 알고 있는 단서가 뭐가 있지?"

"아무것도 없어."

"아냐, 상황이 그렇게 나쁘진 않아. 암호는 534로 시작하지 않은가? 이 534란 숫자가 책의 특정 쪽을 가리킨다고 가정해보세. 그럼 상당히 두꺼운 책이라는 말이니, 벌써 힌트를 하나 얻은 셈이지. 그 다음 단서가 될 만한 게 뭐가 있을까? 다음에 C2라는 기호가 나오는데, 뭐 생각나는 거 없나?"

"분명 2장(Chapter 2)일 거야."

"그건 아닐 거야, 왓슨. 이미 책의 쪽을 명시한 상태에서 몇 장인가 하는 것은 의미가 없어. 게다가 534쪽이 2장에 있다면 1장은 무지 길단 말인데? 그건 상식에 맞지 않아."

"단(Column)이야!"

내가 고함을 질렀다.

"훌륭해, 왓슨. 오늘 아침은 유난히 기지가 번뜩이는군. 그건 단이 분명해. 자, 이제 쪽이 2단으로 편집된 두꺼운 책을 상상해보세. C2 다음 숫자는 그 단에 나오는 어떤 낱말의 순번일 테고, 그중 가장 큰 숫자가 293이니 한 단의 길이가 꽤 길 거야. 추리를 통해 더 알아낼 만한 게 없을까?"

"없을 것 같은데."

"자신을 과소평가하지 말게, 왓슨. 기지를 한번 더 발휘해봐. 그 책이 주위에서 구하기 힘든 거라면 폴록은 내게 그것을 보내왔을 걸세. 하지만 그러지 않았어. 암호를 보낸 후 암호의 열쇠를 다시 편지에 적어보내려다 미리 겁을 먹고 포기해버린

거지. 그렇다면 폴록은 내가 그 책을 그리 어렵지 않게 구할
수 있을 거라고 생각한 게 분명해. 결국 그 책은 아주 흔한 책
이라는 말이되지."

"정말 그럴 듯하군."

"이제 쪽이 2단으로 편집된 두껍고 흔한 책이란 데까지 압축
됐네."

"『성경』이야!"

나는 의기양양하게 외쳤다.

"훌륭해, 왓슨! 아주 대단하군! 하지만 아주 충분치는 않
네. 아무리 좋게 봐준다 해도 모리어티 일당이 평소『성경』을
가까이 하진 않을 테니 말야. 게다가『성경』에는 여러 판본이
있어서 같은 내용이라도 쪽이 서로 다를 텐데 그걸 사용했다
고는 보지 않네. 그 책은 표준화된 것이 분명해. 그가 사용한
책 534쪽과 내가 구해서 볼 책의 534쪽 내용이 완전히 동일한
책 말일세."

"하지만 그런 책은 그리 많지 않을 걸세."

"그래, 맞아. 그게 오히려 우리에겐 도움이 되지. 이제 누구
나 가지고 있으면서 표준화된 책으로 범위가 더욱 좁혀졌네."

"〈브래드쇼 철도 시간표〉!"

"그건 좀 곤란해, 왓슨. 〈브래드쇼 철도 시간표〉에 나오는
단어는 단순하지만 한정되어 있지. 그 단어를 사용해서 일반

적인 소식을 전하기란 거의 불가능해. 따라서 〈브래드쇼 철도 시간표〉는 제외시키세. 사전도 같은 이유로 타당하지 않아. 그럼 뭐가 남았지?"

"연감!"

"정말 훌륭해, 왓슨! 자네가 그걸 지적하지 않았다면 난 한참 헤맸을 거야. 연감!『휘터커 연감』(1868년 영국의 출판업자 조셉 휘터커가 창간한 것으로, 영국을 포함한 세계 각국 정부와 사회단체에 대한 광범위한 사실·수치 자료를 수록한 책)을 생각해보세. 누구나 사용한다. 쪽수가 많다. 2단으로 되어 있다. 첫부분은 어휘가 적지만 내 기억이 맞다면 뒤로 갈수록 어휘가 많아지네."

홈즈는 책상에서 연감을 꺼냈다.

"여기 534쪽 두 번째 단을 보면, 영국령인 인도의 무역과 자원에 대해 상당한 분량을 할애하고 있군. 왓슨, 받아 적게. 13번째 단어는 '마라타 족'이야. 어째 출발이 좀 불길한걸. 127번째 단어는 '정부'. 적어도 말은 되는군. 모리어티 교수와 우리와는 별 상관없어 보이지만 말야. '마라타 족 정부'가 뭘 어떻게 했다는 거지? 아무튼 계속 하세. 이런! 다음 단어는 '돼지털'이군. 이게 무슨 소리야? 이봐, 왓슨. 말짱 도루묵이 되어버렸네."

그가 익살스럽게 말했다. 그러나 그의 짙은 눈썹이 씰룩씰

룩하는 것으로 봐선 몹시 실망하고 화가 난 것이 분명했다. 나는 언짢은 기분으로 속수무책 난롯불만 바라봤다. 방안에 침묵이 흘렀다. 그런데 갑자기 홈즈가 외마디 비명을 지르더니 벽장으로 달려가서 표지가 노란 책을 들고 왔다.

"너무 최신 판을 봤으니 당연히 그럴 수밖에!"

그는 몹시 들떠보였다.

"우리가 너무 시간을 앞질러가는 바람에 일을 그르친 걸세. 오늘이 1월 7일이니 자연스럽게 새 연감을 펼친 거야. 폴록이 암호를 쓸 때는 작년 판을 본 게 틀림없어. 그는 이 이야길 편지로 알리려고하다 그만둔 거지. 자, 이제 534쪽을 다시 찾아볼까? 13번째는 '위험'이군. 이제 뭔가 되려고 하는군. 127번째는 '이'야. 둘을 합하면, '위험이', 좋았어!"

홈즈의 눈빛이 흥분으로 빛났고, 단어를 세는 가느다란 손가락은 미세한 경련을 일으키고 있었다.

"위험이라……. 하하, 너무 멋지군! 왓슨, 받아 적게. '위험-이-빠른-시일-내에-닥칠-것-이다'. 그 다음은 '더글러스'라는 이름이야. '더글러스-라는-부유한-시골-신사-벌스톤-의-벌스톤-집-긴박-확신'. 여보게, 왓슨! 자네는 나의 순수한 추리력과 그 결실에 대해 어떻게 생각하나? 식료품점에서 승리의 월계관을 판다면 내가 쓰게 빌리를 시켜 사오라고 하고 싶군!"

나는 홈즈가 해독한 것을 받아 적은 종이를 무릎에 올려놓고 뚫어지게 응시했다.

"이상하군, 의미가 좀 뒤죽박죽이지 않나?"

"아니, 폴록은 아주 기가 막히게 잘 표현한 걸세. 하나의 단에서 자기가 전달하고자 하는 단어들을 모두 찾기란 쉽지 않지. 단어에 제약이 있다 보니 어떤 것은 상대방의 사고력에 맡겨 둘 수밖에 없게 되네. 그래도 이 메시지는 요점을 분명하게 전달하고 있네. 편지를 보면 더글러스는 시골에 사는 부유한 신사일 테지. 그를 어떤 악마 같은 놈이 해치려한다는 거야. '확신'(confidence)이라는 단어는 '확신하는'(confident)을 찾다가 없으니까 사용한 게 틀림없어. 폴록은 머지않아 사건이 발생하리라는 것을 확신하고 있는 거지. 휴, 이제 끝났어. 도중에 고생을 좀 하긴 했지만 말야."

홈즈는 일이 잘못되기라도 하면 침울해하곤 했지만 성공적으로 일을 마치면 진정한 예술가처럼 그 깊이를 알 수 없는 희열에 빠져들었다. 그가 행복에 겨워 빙그레 웃고 있을 때 빌리가 문을 열고 런던 경찰청의 맥도널드 경감을 안으로 안내했다.

당시는 1880년대 말 무렵으로, 아직 알렉 맥도널드가 지금처럼 유명해지기 전이었다. 그는 이미 자신이 맡은 몇몇 사건을 통해 두각을 나타낸 촉망받는 젊은 형사였다.

큰 키에 체격이 좋은 맥도널드는 강인한 인상을 주었고, 짙은 눈썹 밑으로 움푹 들어간 이글거리는 눈은 커다란 두상과 함께 날카로운 지성을 느끼게 해주었다. 그는 평소 과묵하고 매사에 빈틈이 없으며 다소 고집스러운 면도 있었다. 그의 말투에는 스코틀랜드 애버딘 억양이 두드러졌다.

홈즈는 이미 맥도널드를 두어 번 크게 도와준 적이 있는데 뭔가를 바라고 그런 것은 아니었다. 단지 홈즈는 사건을 추적하면서 느끼는 짜릿한 흥분과 지적 기쁨만으로도 만족해했다.

이런 이유로 맥도널드는 홈즈라는 사립탐정에게 진심으로 존경과 감사를 품게 되었고, 어려운 일이 생길 때마다 홈즈를 찾아와 솔직히 털어놓고 조언을 구했다. 평범한 사람은 자신보다 뛰어난 사람을 알아보지 못하는 법이지만 재능 있는 사람은 천재를 금방 알아보는 법이다.

맥도널드는 재능이나 경험면에서 유럽에서 둘째 가라면 서러워할 홈즈에게 조력을 구하는 것을 전혀 부끄러운 일로 받아들이지 않을 만큼 자기 일에 자신감이 있었다.

홈즈는 우정을 별로 중요시하지 않는 편이었지만 그래도 이 거구의 스코틀랜드 남자에게는 관대했다.

"맥 경감, 자넨 일찍 일어나는군."

홈즈는 미소지으며 그를 맞이했다.

"아침 일찍 일어나는 새가 벌레를 먼저 잡는다는데, 그래 벌레는 좀 잡았나? 혹 무슨 사건이 생겨서 이렇게 일찍 찾아온 게 아닌가 걱정스럽군."

"무슨 일이 생길까 걱정하는 게 아니라 오히려 기대하는 것처럼 보이는데요, 홈즈 씨?"

경감이 이를 드러내고 싱긋 웃으며 대답했다.

"이렇게 싸늘한 아침에는 따뜻한 위스키 한 잔이 제격이죠. 고맙지만 담배는 피우지 않겠습니다. 다른 곳에도 가봐야 하거든요. 사건 현장으로 빨리 달려가는 게 얼마나 중요한가는 홈즈 씨도 잘 알고 계시죠? 그런데 이건……."

경감은 갑자기 멈칫 하면서 화들짝 놀란 눈으로 탁자 위에 놓인 종이를 쳐다봤다. 그것은 내가 휘갈겨 쓴 수수께끼 같은 암호 해독문이었다.

"더글러스……."

경감이 더듬거렸다. 그리고 계속 말을 이었다.

"벌스톤! 이게 뭐죠? 맙소사, 귀신에 홀린 기분이군요. 대체 이 이름을 어디서 들으셨죠?"

"왓슨과 내가 푼 암호라네. 그런데 왜? 뭐가 잘못됐나?"

경감은 놀라서 멍한 표정으로 나와 홈즈를 차례로 쳐다봤다.

"네. 벌스톤 영주 저택에 사는 더글러스 씨가 어젯밤 살해됐습니다!"

셜록 홈즈 말하다

내 친구의 존재가 빛을 발하는 극적인 순간이었다. 홈즈가 그 놀라운 소식에 충격을 받았다거나 몹시 흥분했다고 하면 허풍이 될 것이다.

그렇다고 그가 평소에 냉혹한 성격을 가졌다는 말은 아니다. 지난 세월 동안 수많은 자극을 받으면서 감정이 무뎌졌으리라. 그러나 감성이 무뎌진 반면 지성은 지나칠 정도로 활발히 작동했다.

맥도널드의 갑작스러운 말을 들은 나는 온몸을 휩쓰는 전율에 소름이 끼쳤지만, 홈즈는 어떠한 두려움이나 경악 같은 감정도 느끼지 않는 듯했다. 대신 그는 과포화 용액에서 형성되는 결정체를 바라보는 화학자처럼 침착하고 흥미로운 표정으로 감탄사를 발했다.

"재미있군! 재미있어!"

"별로 놀라지 않으시네요."

"흥미를 느끼긴 하지만 그렇다고 놀랍지는 않아, 맥 경감. 내가 왜 놀라야 하나? 방금 믿을 만한 소식통으로부터 비밀 통지문을 받았는데 어떤 사람에게 곧 위험이 닥칠 거라고 하더군. 그런데 채 한 시간도 안 되어 그 위험이 현실로 나타나 그가 말한 사람이 죽었다네. 이 어찌 흥미로운 일이 아니겠나? 하지만 보다시피 놀라진 않아."

홈즈는 경감에게 그 편지와 암호에 대해 짤막하게 설명했다. 맥도널드는 손으로 턱을 괴고 앉아서 연신 놀랍다는 듯 숱 많은 갈색 눈썹을 꿈틀거리며 입을 열었다.

"전 조금 있다 벌스톤으로 내려갈 생각입니다. 두 분이 저와 동행하실 수 있는지 알아보러온 건데, 말씀을 듣고 보니 런던에서도 충분히 일하실 수 있겠네요."

"내 생각은 그렇지 않네."

홈즈가 반발하고 나섰다.

"무슨 말씀입니까? 하루 이틀 안에 신문들은 벌스톤 사건으로 떠들썩할 겁니다. 사건이 일어날 것을 미리 예견한 사람이 런던에 있다면 굳이 내려갈 필요가 있겠습니까? 그 사람만 추적하면 나머진 저절로 풀릴 텐데 말입니다."

"그렇지, 맥 경감. 하지만 대체 폴록이라는 가명을 쓰는 사람을 어떻게 추적할 수 있을까?"

맥도널드는 홈즈가 건네준 편지를 뒤집어보았다.

"캠버웰에서 부친 편지군요. 이 점은 도움이 되진 않겠어요. 이름이 가명이라 하셨죠? 흠, 그것도 쉬운 문제가 아니고……. 그에게 돈을 부친 적이 있다고 하셨죠?"

"두 번."

"어떻게 보내셨습니까?"

"캠버웰 우체국으로 수표를 보냈지."

"그 돈을 누가 찾아갔는지 조사해보셨겠죠?"

"아니."

"왜요?"

경감은 약간 충격을 받은 듯했다.

"난 항상 신용을 지킨다네. 그가 처음 편지를 보내왔을 때 뒤를 밟지 않겠다고 약속했거든."

"그자 배후에 누군가 있다고 생각하시는 거죠?"

"그렇지."

"그 교수 말입니까? 언젠가 말씀하시던?"

"정확해!"

맥도널드 경감은 빙그레 웃었다. 나를 쳐다보는 경감의 눈썹이 가늘게 꿈틀거렸다.

"솔직히 말씀드리죠, 홈즈 씨. 저희 런던 경찰청 수사과에서는 당신이 그 교수에 대해 잘못 알고 있다고 생각하고 있습니다. 저도 개인적으로 그 교수에 대해 조사를 해봤습니다만, 그분은 박식하고 뛰어난 재능을 지닌 사람으로, 대단히 존경을 받고 계십니다."

"그자의 재능을 인정하니 다행이군."

"홈즈 씨도 인정할 수밖에 없을 겁니다. 당신에게 모리어티 교수에 대해 이야기를 들은 후 일 때문에 그분을 만난 적이 있었는데, 우리는 일식에 대해 이야기를 나누게 되었습니다. 어쩌다 그런 이야기를 하게 되었는지 모르겠지만, 아무튼 교수님은 반사경이 달린 손전등과 지구의를 가져오시더니 일식현상을 실제로 보여주며 설명하더군요. 제게 책도 하나 빌려줬는데 정말 이해하기 어려운 책이었습니다. 저도 애버딘에서 제법 교육을 받은 놈인데 말입니다. 조금 마른 얼굴에 머리는 희끗희끗한 그분의 엄숙하고 진지한 목소리를 듣고 있노라니 마치 훌륭한 성직자의 설교를 듣는 기분이었습니다. 헤어질 때 제 어깨에 손을 올리고 말씀하시던 모습은 꼭 험난한 세상으로 나가는 아들을 격려해주시는 아버지와 같았고요."

홈즈는 빙그레 웃으며 손을 마주 비볐다.

"멋지군! 훌륭해! 맥 경감, 그 유쾌하고 감동적인 담화가 이루어진 곳이 교수의 서재 아니었나?"

"그렇습니다."

"멋진 방이었겠군. 그렇지?"

"멋진 방이었죠. 게다가 깔끔했죠."

"자넨 교수 책상 앞에 앉았을 테고."

"그렇습니다."

"자네는 햇빛 비치는 쪽에 있었고, 그는 그림자 쪽에 있었지?"

"아뇨. 그땐 저녁이었는데, 램프가 제 얼굴을 비추고 있었던 것 같습니다."

"그렇다면 혹시 교수 머리 위에 그림이 걸려 있지 않았나?"

"저도 홈즈 씨에게 배워서 주위를 꼼꼼하게 보는 편이죠. 네, 그림이 있었습니다. 젊은 여자가 손으로 턱을 괴고 제 쪽을 곁눈질하는 그림이었죠."

"그 그림은 바로 장 밥티스트 그뢰즈가 그린 거라네."

경감은 흥미를 보이려고 무척 애쓰는 듯했다. 홈즈는 두 손을 살짝 모으고 의자에 몸을 묻으며 계속 말했다.

"장 밥티스트 그뢰즈는 1750년에서 1800년까지 활동한 프랑스 화가라네. 내가 그 사람의 작품세계에 대해 좀 알려주지. 그는 생전에 활동했을 때보다 현대 비평가들에게 더 융숭하게 대접받고 있네."

경감의 눈동자 초점이 흐려졌다.

"다른 이야길 하는 게……."

"다 연결된 이야기야."

홈즈가 말을 끊었다.

"지금 내가 하고 있는 모든 이야기는 이 벌스톤 사건과 밀접
한 관련이 있다네. 사실 그 사건의 핵심이라고도 볼 수 있지."

맥도널드는 힘없는 미소를 지으며 뭔가 호소하는 눈빛으로
나를 쳐다봤다.

"이야기 전환이 너무 빠른 것 같네요, 홈즈 씨. 중간 고리를
한둘씩 건너뛰니 따라잡기가 힘듭니다. 대체 그 옛날 화가와
벌스톤 사건이 무슨 관계가 있다는 말씀입니까?"

"가능한 많이 아는 것이 좋은 법일세. 사소한 것일지라도 다
소용이 있으니까. 그뢰즈가 그린 '아가씨와 어린 양'이 1865년
포탈리스 경매에서 자그마치 120만 프랑, 그러니까 약 4만 파
운드에 팔려나갔네. 이 애길 듣고 뭐 생각나는 거 없나?"

홈즈의 이야기가 효과가 있었는지 경감의 눈빛이 달라졌다.

"하나 더 알려주지. 믿을 만한 소식통에 따르면 그 교수의
연봉은 7백 파운드라네."

"그렇다면 어떻게 교수가 그런 고가의 그림을 살 수가……."

"그래. 대체 무슨 돈으로 그걸 샀을까?"

"그렇군요. 그걸 왜 몰랐을까요?"

경감이 진지하게 말을 이었다.

"이야기해주십시오, 홈즈 씨. 정말 듣고 싶군요."

홈즈는 빙그레 웃었다. 그는 진심 어린 찬사를 들으면 흐뭇

해 하는 진정한 예술가적 기질을 가지고 있었다.

"벌스톤에 가야 하지 않나?"

"아직 시간이 좀 있습니다."

경감이 시계를 흘끔 보더니 말을 이었다.

"문 앞에 마차를 세워뒀으니 빅토리아 역까지 20분이면 충분할 겁니다. 그림 이야기를 마저 해주십시오. 모리어티 교수를 전에 한 번도 만난 적이 없다고 하지 않으셨나요?"

"그래. 만난 적은 없지."

"그런데 그 교수 방에 대해서는 어떻게 아십니까?"

"다 방법이 있지. 나는 교수 방에 세 번 가봤다네. 두 번은 적당한 핑계를 대고 그 방에서 기다리다가 그가 오기 전에 자리를 떴지. 마지막 한번은…… 이건 현역 경찰 앞에서 말하긴 좀 그렇지만, 어찌어찌하다가 그 양반 서류를 들여다 보게 되었지. 그 덕에 전혀 예상하지 못한 결과를 얻었다네."

"뭔가 단서를 찾았습니까?"

"전혀 아니라네. 그게 좀 황당하다는 거지. 자네도 그림을 봐서 알겠지만 그 그림을 소장하고 있다는 건 모리어티가 대단한 부자란 걸 뜻하네. 과연 그가 어떻게 부자가 됐을까? 그는 미혼인데다 그의 동생은 잉글랜드 서부에서 철도역장을 하고 있네. 그가 받는 연봉은 고작 700파운드이고 말야. 그런데도 그는 그뢰즈 그림을 소장하고 있지."

"그래서요?"

"결론은 뻔하지 않나?"

"그럼, 교수가 무슨 불법적인 방법으로 막대한 수입을 올렸다는 건가요?"

"그렇지. 내가 그렇게 생각하는 데는 다 이유가 있어. 여기 여남은 가닥의 실이 있고, 그게 가느다랗게 위로 연결돼 거미집 한가운데로 이어진다고 보세. 거기에 독을 잔뜩 품고 잠복해있는 거대한 놈이 있지. 내가 그뢰즈를 언급한 건 그게 자네 수사에 어떤 단서를 줄 수 있기 때문이야."

"좋습니다, 홈즈 씨. 흥미로운 말씀이라는 걸 인정하죠. 아니, 흥미를 넘어서 굉장한 이야깁니다. 그런데 가능하면 좀더 명확하게 말씀해주시겠습니까? 교수가 대체 어떻게 돈을 번다는 겁니까? 사기 공갈, 화폐 위조, 아니면 도둑질?"

"자네, 조나단 와일드를 아나?"

"글쎄요. 어디서 들어본 이름 같네요. 어느 소설의 주인공입니까? 전 소설 속 탐정 이야기엔 별로 관심이 없습니다. 그들은 사건만 해결하지 방법은 가르쳐주지 않죠. 그건 소설가의 영감을 표현할 뿐 현실과는 거리가 멀어요."

"조나단 와일드는 탐정이 아닐세. 소설의 인물도 아니고 말야. 그는 1750년대를 풍미했던 범죄계의 대부지."

"역사 속 인물은 별로 신경쓰지 않습니다. 저는 현실적인 사람이니까요."

"맥 경감, 자네 인생에서 가장 현실적인 일을 하려거든 한 석 달 정도 어디 조용한 곳에 가서 하루에 12시간씩 역대 범죄 기록을 읽어보게. 모든 것은 되풀이된다네. 모리어티 교수도 그렇지. 조나단 와일드는 당시 런던 범죄 조직의 배후 인물이었네. 15퍼센트의 수수료를 받는 조건으로 자기 두뇌와 조직들을 범죄 조직에게 제공했지. 역사는 돌고 도는 법이네. 전에 벌어졌던 일들이 앞으로도 일어나게 마련이지. 모리어티에 관해 한두 가지 재미있는 사실을 말해주지."

"듣고 싶군요."

"나는 우연한 기회에 모리어티 사슬의 첫 번째 고리가 누구인지 알게 됐지. 사슬의 한쪽 끝에는 나폴레옹 같은 황제가 있고, 다른 쪽 끝에는 수백 명의 폭력배, 소매치기, 공갈꾼, 사기 도박단이 포진되어 있는데, 그 가운데 온갖 범죄들이 위치하고 있어. 모리어티의 참모인 세바스찬 모란 대령은 모리어티만큼이나 철저히 자신을 위장하고 있어서 법으로도 어쩌질 못한다네. 모리어티가 그에게 얼마를 지불할 것 같은가?"

"얼마입니까?"

"연봉 6천 파운드야. 두뇌를 빌려주는 대가지. 미국인들의 사업 원칙과 비슷하다네. 나도 우연히 그 사실을 알게 됐어. 그건 영국 수상이 받는 것보다 많은 액수야. 이제 모리어티의 수입과 사업 규모를 알겠나? 다른 이야기를 해주지. 최근 모리어티가 발행한 수표를 추적해봤네. 집안 하인들에게 지급한 것으로 아무 이상이 없는 일반 수표였는데 각기 다른 6개 은행에서 발행된 것이더군. 이제 뭔가 짐작이 가지 않나?"

"정말 이상하군요! 홈즈 씨는 그것을 어떻게 해석하십니까?"

"그는 자신이 부자라는 사실이 사람들의 입에 오르내리는 걸 싫어하네. 그의 재산이 얼마나 되는지는 아무도 모르지. 재산의 대부분은 한 20개 은행계좌에 분산시켜뒀을 걸. 도이치 은행이나 리옹 은행 같은 해외 은행에 말이야. 언제 시간이 나면 모리어티 교수에 대해 한번 집중적으로 연구해보게."

맥도널드 경감은 대화가 계속 될수록 더 큰 감동을 받아 홈즈의 이야기에 푹 빠져들었다. 그러나 스코틀랜드 인의 냉철한 이성으로 다시 현재 문제로 돌아왔다.

"모리어티 이야기는 잠시 접어두죠."

경감은 대화 주제를 바꾸려고 했다.

"이야기가 옆길로 잠시 샜네요, 홈즈 씨. 하지만 대단히 흥미로운 대화였습니다. 진짜 중요한 점은 홈즈 씨가 교수와 그 범죄 사이에 어떤 연결이 있다고 말하신 부분입니다. 그건 홈즈 씨가 폴록이라는 남자에게 받은 경고 편지에서 알 수 있다고 하셨죠. 그 외에 수사에 도움이 될 만한 내용은 없습니까?"

"범행 동기에 대해 한번 생각해보세. 자네가 맨 처음에 한 말만 보면 이번 살인 사건은 확실히 불가해한, 아니 적어도 설명할 수 없는 부분이 있네. 우리가 지금까지 의심해왔던 모리어티 교수와 이번 범행을 연관지어 생각해보면 두 가지 추정이 가능하네. 첫째, 모리어티 교수는 철권으로 부하들을 통치한다는 것이지. 규율은 매우 엄격하고 명령을 어기면 형벌이 아주 가혹하지. 그것은 오직 죽음뿐이네. 그렇다면 이 살해된 남자, 더글러스는 두목을 배신했다고 추정할 수 있네. 그래서 그 형벌로 비참한 죽음을 맞이한 거고, 그걸 미리 알아차린 두목의 부하 중 하나가 우리에게 연락을 해온 거야. 결국 처벌이 가해졌고, 다른 부하들에게 배신의 결과를 알리기 위해 일부러 외부로 알린 것이지."

"좋아요. 그게 하나의 추정이군요, 홈즈 씨."

"두 번째 가정은 모리어티가 통상적인 업무의 일환으로 수행한 일이라는 것이야. 도난당한 물건은 없었나?"

"아직 듣지 못했습니다."

"만일 도난당한 물건이 있다면 첫 번째 가정보다 두 번째 가정이 더 가능성이 있겠군. 모리어티가 고객으로부터 더글러스를 죽여달라는 청탁을 받고 일을 꾸몄을 수도 있어. 그 대가로 더글러스의 물건 중에 일부 값나가는 것을 챙겨도 좋다는 약속을 받았거나, 아니면 계약금만 받고 나머진 약탈품으로 충당했는지도 모르지. 어느 쪽이든 가능해. 하지만 어느 쪽이 맞든지 아니면 다른 동기가 있든 간에 우리가 찾고자 하는 해답은 벌스톤에 있네. 난 그자를 잘 알아. 그가 단서가 될 만한 걸 런던에 남겨두었을 리는 만무하지."

"그럼 벌스톤으로 가야 되겠네요!"

맥도널드가 의자에서 벌떡 일어나며 소리쳤다.

"앗, 이거 시간이 늦었네요. 5분 안에 준비를 마칠 수 있겠습니까? 시간이 없습니다."

"그 정도면 충분하네."

홈즈는 날렵하게 자리에서 일어나 서둘러 가운을 벗고 외투를 걸쳤다.

"맥 경감, 그곳으로 가면서 자네가 알고 있는 모든 것을 들려주길 바라네."

'모든 것'은 결국 좀 실망스러웠다. 하지만 이 사건이 전문가의 세심한 주의를 필요로 한다는 것을 우리가 깨닫기에는 충분했다.

홈즈는 밝은 표정으로 가느다란 손을 서로 비벼대며 경감의 무미건조하고 장황한 이야기를 열심히 경청했다. 최근 몇 주간 얼마나 지루했던가. 그런데 이제 그것을 단숨에 떨쳐버릴 수 있는 사건이 우리 앞에 펼쳐진 것이다. 다른 특별한 재능과 마찬가지로 경이로운 능력은 사용하지 않으면 당사자를 갑갑하게 만들게 마련이다. 날카로운 두뇌도 항시 움직이지 않으

면 녹슬고 무뎌질 뿐인 것이다.

제 일을 만난 셜록 홈즈의 얼굴은 기쁨과 열정으로 빛났다. 눈에는 섬광이 번쩍였고 창백한 두 뺨은 벌겋게 달아올랐다. 또한 마차를 타고 가는 동안 서섹스 주에서 벌어진 사건에 대한 맥도널드의 간략한 설명을 들을 때는 몸을 앞으로 기울여 주의 깊게 들었다.

경감은 이른 새벽 열차 편으로 배달된 급히 휘갈겨 쓴 편지를 읽어주었다. 그것을 보낸 사람은 화이트 메이슨이라는 지방 형사로 맥도널드 경감의 친구였다. 그래서 지방에서 런던 경찰청으로 지원을 요청하던 보통 때보다 훨씬 더 빨리 사건 소식을 알게 된 것이다. 정작 지원 요청을 받고 득달같이 달려가 보면 이미 현장이 말끔하게 정리된 경우가 그 얼마나 많았던가!

편지의 내용은 다음과 같았다.

맥도널드 경감에게
공식적인 지원요청서는 별도 봉투에 넣어 함께 동봉하네. 이건 자네에게 보내는 편지일세. 오전 몇 시 기차로 올 수 있는지 전보를 주게. 내가 마중나가든지, 다른 사람을 보내겠네. 엄청난 사건이 터졌어. 가급적 빨리 오되, 가능하면 홈즈 씨도 모시고 오게. 아무래도 도움을 받아야겠어. 살해된 사람만 없다면 누군가 이 모든 일을 연극처럼 극적으로 꾸며놓은 것 같아. 다시 말하네만 이건 실로 엄청난 사건이야.

"자네 친구는 적어도 멍청해보이진 않군."

"네, 홈즈 씨. 화이트 메이슨은 여러 모로 괜찮은 친구입니다."

"그건 그렇고, 도움이 될 만한 다른 사실은 없나?"

"없습니다. 그를 만나야 자세한 이야기를 들을 수 있을 겁니다."

"그렇다면 자네는 더글러스라는 이름과 그가 끔찍하게 살해되었다는 것을 어떻게 알았지?"

"동봉된 협조공문을 보고 알았습니다. 제가 '끔찍하다'라고는 말하지 않았죠? 그 말은 공식 용어가 아니거든요. 존 더글러스라는 이름도 거기에 있었습니다. 존 더글러스라는 남자가 머리에 총을 맞았다고 적혀 있었죠. 사건 발생 시간은 어젯밤 자정이라고 했습니다. 살인 사건이 틀림없고 현장에서 체포된 자는 없으며, 아주 골치 아프고 이상한 점들이 많다는 말도 있었습니다. 현재 우리가 아는 건 이게 전부입니다."

"그렇다면 거기까지만 하세. 우리 직업상 불충분한 자료로 성급하게 이론을 세우는 일은 금물이지. 현재 확실한 건 두 가지네. 뛰어난 두뇌의 소유자가 런던에 있고, 서섹스 주에서 어떤 사람이 피살되었다는 것이지. 우린 이 둘의 연결고리를 찾아야해."

벌스톤의 비극

여기서 잠시 독자들의 양해를 구해 나같이 어줍잖은 사람은 물러나고, 우리가 사건 현장에 도착하기 전에 일어났던 일을 설명하겠다. 그렇게 함으로써 독자들은 이번 사건에 운명적으로 엮인 사람들과 그 기묘한 배경에 대해 좀더 쉽게 이해할 수 있을 것이다.

벌스톤은 서섹스 주 북쪽 경계에 위치한 작은 마을로 반목재의 시골집들이 모여 있는 유서 깊은 지역이다. 옛 모습을 오랫동안 간직하고 있던 이 마을은 최근 경치가 아름답고 입지가 좋다는 소문이 나면서 돈 많은 신사들이 몰려들어 숲 근처에 별장을 짓기 시작했다. 별장이 들어선 숲은 거대한 윌드 삼림지대의 끝자락에 위치하고 있는데, 숲은 북쪽으로 갈수록 나무들이 점점 희박해지다가 석회 구릉에 이른다.

이렇게 인구가 조금씩 증가하면서 작은 상점들이 마을에 들어서기 시작했다. 그러자 벌스톤이 옛 마을의 모습에서 현대 도시로 변모하리라는 전망까지 나오기도 했다. 벌스톤에서 가장 가까운 도시인 턴브리지 웰즈가 켄트 주의 경계를 너머 동쪽으로 16킬로미터에서 20킬로미터 정도나 떨어져 있으니, 벌스톤은 상당히 넓은 지역의 중심지였다.

마을에서 1킬로미터 정도 떨어진 곳에는 커다란 너도밤나무들로 유명한 정원이 있었는데, 유서 깊은 벌스톤 영주 저택은 그 한가운데 우뚝 서 있었다. 이 건물의 유래는 제1차 십자군 시절까지 거슬러 올라간다. 당시 휴고 드 카푸스는 레드 왕이 하사한 영지 한가운데에 요새로 사용하기 위해 작은 성채를 지었다. 이 성은 1543년 화재로 소실되었는데, 제임스 1세 때에 화재로 까맣게 그을은 초석을 그대로 사용하여 폐허 위에 지금의 벽돌 저택을 지었다.

수많은 박공과 마름모꼴 창문로 이루어진 이 영주 저택은 17세기 초 건축 양식이 원형 그대로 남아 있었다. 그 옛날 외부의 침입을 막기 위해 설치한 두 겹의 해자(垓字, 성 주위에 둘러 판 못) 중 바깥 것은 이미 물이 말라서 지금은 작은 채소밭으로 사용되고 있었다. 반면, 안쪽 해자는 원형 그대로 남아 있었는데, 물이 많이 줄어 수심은 고작 1미터 정도지만 너비는 16~19킬로미터나 되어 저택을 완전히 둘러싸고 있었다.

안쪽 해자의 물은 근처 작은 시내에서 흘러들어온 물로 탁하긴 했지만 도랑물같이 더럽거나 비위생적이진 않았다. 저택의 가장 아래층 창문은 수면에서 채 30센티미터도 떨어지지 않은 높이에 있었다.

저택으로 출입하는 유일한 길은 해자에 걸쳐놓은 들어올리는 다리, 즉 도개교를 통하는 것뿐이었다. 도개교의 쇠사슬과 다리를 감아올리는 도르래장치는 녹슬고 손상된 상태로 방치되어 있었다. 그러나 최근 이 저택의 주인이 이것을 보수하여 도개교를 다시 작동할 뿐만 아니라, 매일 아침 저녁으로 올리고 내렸던 봉건시대의 풍습을 그대로 복원해놓았다. 그렇게 해서 밤이 되면 저택은 하나의 섬으로 변했다. 이것은 곧 영국 전역을 떠들썩하게 만들 이번 사건과 직접적인 관련이 있다.

한동안 거주자가 없어 저택이 빛 바랜 한 폭의 풍경화로 전락해갈 즈음, 더글러스가 그 집을 구입했다. 더글러스에게 가족이라고는 부인밖에 없었다. 그는 성격과 외모 모두 범상치 않은 인물로, 50세 가량의 나이에 강인한 턱과 회색 빛의 콧수염을 기른 거친 얼굴에 무엇보다 회색 눈이 날카롭게 빛나고 있었다. 건장하고 강인한 체구는 젊음의 활기와 힘을 그대로 간직하고 있었으며, 사람들과 잘 어울리고 친절했다. 그러나 다소 거칠고 격식을 차리지 않는 면이 있어서 사람들은 그가 과거에 서섹스 주민들보다 낮은 하류층과 어울리지 않았나 하는 인상을 받기도 했다.

교양 있는 이웃들은 그를 호기심 어린 시선으로 보며 거리를 두었지만, 그는 곧 마을에서 큰 인기를 끌었다. 그는 마을의 모든 일에 기부금을 후하게 냈으며, 음악회에도 참여해 사람들의 요청을 받을 때마다 풍부한 성량의 테너 목소리로 멋진 노래를 들려주곤 했다. 그는 돈이 많아 보였는데, 그 돈은 캘리포니아 금광에서 벌었다는 소문이 돌기도 했다. 더글러스와 그 부인의 말로 미루어보아 그가 한동안 미국에서 살았다는 것은 분명했기 때문이다.

서글서글하고 서민적이어서 평판이 좋았던 그는 어지간한 위험에는 꿈쩍도 하지 않는 대담한 기질로 더욱 명성을 떨쳤다. 서툰 승마 실력에도 불구하고 경기 때마다 빼놓지 않고 나타나 최고 기수와 막판까지 겨루다가 결정적인 순간에 말에서 떨어져 주위의 간담을 서늘하게 만들었다. 한번은 목사저택에 큰 불이 난 적이 있었는데, 지방 소방대가 진화를 포기한 다음에도 대담하게 안으로 뛰어들어가 적지않은 재산을 건져냈다. 이렇게 해서 영주 저택의 존 더글러스는 불과 5년 만에 벌스톤에서 유명인사가 되었다.

더글러스 부인을 알게 된 사람들도 그녀를 좋아했다. 영국 관습에 따르면 아무 연고도 없이 마을에 정착한 외지인을 마을 주민이 방문하는 일은 드물었지만 그녀는 그런 일에 별로 개의치 않았다. 원래 소극적인 성격이라 바깥 일이 아니라 남편과 집안 일에만 관심을 쏟았기 때문이다. 그녀는 영국 출신으로 홀아비로 지내던 더글러스를 런던에서 만났다. 키가 크고 아름다운 데다 약간 가무잡잡한 피부에 몸매가 날씬한 스타일이었는데, 남편보다 20세 가량 젊었지만 가정생활에는 별문제가 없는 듯했다.

하지만 더글러스 가족을 잘 아는 사람들의 말에 따르면 두 사람 사이에는 뭔가 완전히 신뢰하지 못하는 부분이 있는 듯했다. 부인은 남편의 과거사에 대해 말을 꽤 아끼는 편이었는데, 그것은 아무래도 남편에게서 제대로 이야기를 듣지 못해 잘 모르기 때문에 그럴 것이라는 추측이었다. 또한 이들 부부를 주의 깊게 지켜본 몇몇 사람들은 부인에게 때때로 신경과민 증세가 있으며 외출 나간 남편이 밤늦게 돌아올 때면 병적으로 불안해했다고 말했다.

그렇잖아도 화젯거리가 부족한 이 조용한 시골마을에서 영주 저택 부인의 유약함 또한 사람들 입방아를 피해갈 수 없었으며, 이들 부부와 관련된 특별한 사건이라도 발생할 때면 그것은 사람들 기억 속에서 크게 부풀려져 마치 기정사실처럼 되어버리고 말았다.

거기에 또 다른 사람이 있었다. 영주 저택을 가끔씩 방문하는 사람으로, 그는 살인사건이 일어나던 날에도 그곳에 있다가 언론을 타서 유명해졌다. 그는 햄스테드 시(市)의 헤일즈 저택에 사는 세실 제임스 바커였다.

키가 큰 세실 바커는 벌스톤 마을 대로에 자주 모습을 드러냈다. 그는 언제나 환영 받는 손님으로 영주 저택을 자주 방문했다. 바커는 더글러스의 숨겨진 과거를 아는 유일한 친구였고 낯선 잉글랜드 생활에서 더글러스가 느끼는 외로움을 달래줄 단 하나뿐인 벗이었다. 바커는 물론 영국 출신이었지만 더글러스를 미국에서 알게 되었고 한동안 그곳에서 살면서 우정을 나눴다고 말했다. 바커는 막대한 부를 거머쥔 사람이며 아직 독신이라는 소문도 있었다.

바커는 더글러스보다 몇 살 젊었다. 많아야 45세 정도였다. 그는 키가 크고 체격이 곧은 데다 떡 벌어진 가슴에 수염을 말끔히 깎은 얼굴이 마치 프로 권투 선수 같았다. 그리고 숱 많고 두꺼운 검정 눈썹과 그 아래 위압적인 검은 두 눈은 굳이 무지막지한 두 손을 쓰지 않더라도 적진 한가운데를 꿰뚫고 지나갈 수 있을 것 같았다. 그는 승마나 사냥을 하지 않았고 기껏해야 파이프를 입에 물고 마을을 어슬렁거리며 돌아다니는 것이 고작이었는데, 어쩌다 더글러스와 함께나 그가 없을 때면 부인과 함께 마차를 타고 아름다운 시골길을 드라이브했다.

집사 에임스는 바커가 느긋하고 통이 큰 사람이지만 명령을 거역하거나 뜻을 거슬렀다가는 큰일난다고 했다. 바커는 더글러스와 허물없이 우정을 나눴으며 더글러스 부인과도 매우 친했다. 바커와 부인이 너무 친하게 지내는 바람에 불쾌해진 더글러스의 심기를 하인들이 눈치챌 때도 있을 정도였다. 이 참사가 발생했을 때 저택에 있었던 세 번째 사람이 바로 그였다.

이 유서 깊은 건물에 기거하는 많은 고용인들 중 중요한 사람 두엇만 더 소개하겠다. 매사에 꼼꼼하고 유능하며 몸가짐에 품위가 있는 집사 에임스와 안주인을 도와 집안일을 돌보는 뚱뚱하고 쾌활한 성격의 앨런 부인이다. 다른 6명의 하인들은 1월 6일 밤 사건과는 직접적인 관련이 없다.

마을 경찰서의 윌슨 경사에게 처음 소식이 도착한 시각은 밤 11시 45분이었다. 몹시 흥분한 세실 바커가 경찰서 문을 와락 밀치고 들어와 미친 듯이 비상벨을 울렸다. 그러고는 영주 저택에서 끔찍한 비극이 발생해 존 더글러스가 살해당했다고 숨을 헐떡이며 말했다. 그런 다음 바커는 서둘러 영주 저택으로 돌아갔고, 경사는 즉시 주 경찰에 중대사건이 발생했음을 알린 후 바커의 뒤를 쫓았다. 경사가 사건 현장에 도착했을 때는 자정이 조금 지난 시각이었다.

경사가 영주 저택에 도착해서 보니 도개교는 내려져 있었고 창문마다 불이 켜져 있었으며, 집안은 온통 아비규환이었다. 얼굴이 하얗게 질린 하인들은 홀에서 우왕좌왕했고 까무

러칠 만큼 놀란 집사는 주먹을 불끈 쥐고 온몸을 부르르 떨며 현관에 서 있었다. 이런 상황에서 감정을 극도로 억제하고 있는지 세실 바커만이 그나마 침착해보였다. 그는 입구에서 가장 가까운 문을 열면서 경사에게 따라오라고 손짓을 했다. 그때 마을에서 의사가 도착했다. 우드는 동작이 민첩하고 유능한 일반 개업의였다. 세 사람은 죽은 자가 있는 방으로 함께 들어갔다. 공포에 질린 집사가 바로 뒤따르며 소름 끼치는 현장을 하인들이 보지 못하도록 문을 닫았다.

시신은 방 한가운데 큰 대자로 누워 있었는데, 잠옷 위에 분홍 가운을 걸친 상태로 맨발에 가정용 슬리퍼를 신고 있었다. 의사는 그 옆에 무릎을 꿇은 채 탁자에 놓여 있던 등잔불을 집어들었다. 한눈에 봐도 피해자는 의사의 손길이 필요하지 않은 상태였는데, 너무 처참해서 차마 눈뜨고 볼 수 없을 정도였다. 그의 가슴에는 이상한 무기가 가로로 놓여 있었다. 총신을 30센티미터 정도 잘라낸 엽총이었다. 가까이에서 발사된 총알을 얼굴에 맞아 머리가 완전히 박살난 게 분명했다. 총은 동시 발사로 파괴력을 높이기 위해서인지 두 개의 방아쇠를 철사로 묶어 고정시켜 놓았다.

갑자기 엄청난 중압감을 받아서인지 윌슨 경사는 수사 의욕을 상실하고 겁을 먹었다.

"상부에서 곧 사람이 올 테니 아무것도 건드리지 마십시오."

경사가 처참하게 부서진 머리통을 보고 기겁해서 나지막하게 말했다.

"지금까지 아무도 손대지 않았습니다. 내가 보증하죠. 내가 처음 발견했을 때의 모습 그대로를 지금 보고 계신 겁니다."

세실 바커가 말했다.

"사건이 발생한 때는 언제였습니까?"

경사는 수첩을 꺼냈다.

"11시 반쯤이었습니다. 아직 옷을 벗지 않고 침실 난롯가에 앉아 있었는데 무슨 소리가 들렸습니다. 일부러 소리를 죽인 듯 그리 크지 않았습니다. 난 급히 내려갔지요. 그 방까지 내려가는데 30초도 걸리지 않았을 겁니다."

"문은 열려 있었습니까?"

"네, 열려 있었습니다. 가엾은 더글러스가 지금 보시는 모습 그대로 누워 있었지요. 그리고 침실용 촛불이 탁자 위에서 타고 있었습니다. 몇 분 뒤 내가 등잔에 불을 밝혔지요."

"아무도 보지 못했습니까?"

"못 봤습니다. 더글러스 부인이 계단을 내려오는 소리가 들렸는데 이 끔찍한 광경을 보면 부인이 충격을 받을까봐 급히 밖으로 나와 들어가지 못하도록 말렸습니다. 그때 가정부 앨런 부인이 오길래 그녀를 데려가라고 했죠. 그런 다음 이미 내려와 있던 에임스와 함께 다시 이 방에 들어왔습니다."

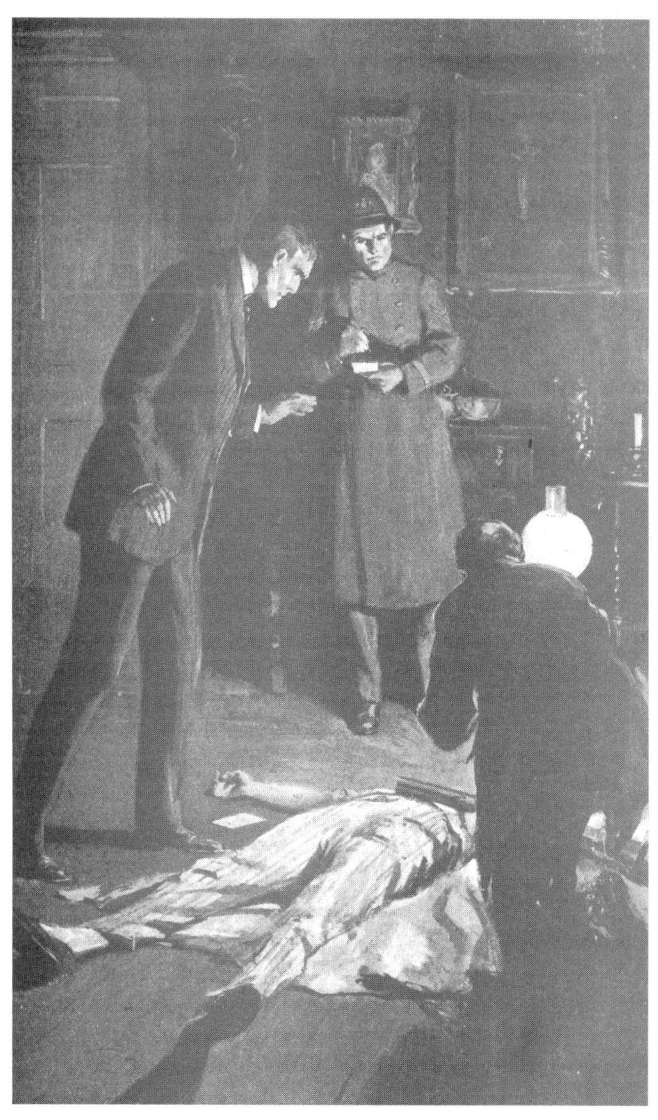

"하지만 도개교는 밤이 되면 올려진다고 들었는데 확실합
니까?"

"그렇습니다. 내가 내리기 전까진 올라가 있었습니다."

"그럼 살인자가 어떻게 도망갈 수 있겠습니까? 정말 난감
하군요. 더글러스 씨가 자살한 건 아닐까요?"

"우리도 처음엔 그렇게 생각했습니다. 그러나……"

바커는 커튼을 걷어 다이아몬드꼴의 긴 창문을 활짝 열었다.

"여길 보십시오!"

바커는 등잔불을 아래로 내려 창문 틀에 묻어 있는 구두 발
자국 모양의 피얼룩을 비추었다.

"누군가 밖으로 나가면서 이곳을 밟았던 게 분명합니다."

"그럼 범인이 해자를 건너서 나갔단 말입니까?"

"그렇습니다!"

"그럼 바커 씨가 사건이 발생한 지 30초만에 이 방에 들어
왔다면, 범인은 분명 그때 해자에 있었겠네요."

"틀림없이 그럴 겁니다. 그때 바로 창문으로 달려갔어야했
는데……. 그러나 지금처럼 커튼이 쳐져 있었기 때문에 그런
생각은 하지도 못했지요. 게다가 바로 더글러스 부인이 내려
오는 소리가 들려 전 부인을 어떻게든 방에 들어오지 못하게
해야한다는 생각만 들었습니다. 아마 봤으면 너무 끔찍해서
기절했을 겁니다."

"그럴 만 하지요!"

의사는 박살난 머리와 주변의 끔찍한 상처를 보며 말했다.

"벌스톤의 열차 충돌 사고 이후로 이렇게 끔찍한 모습은 처음입니다."

"그런데 말입니다."

경사가 말했다. 촌사람인 데다가 원래 뭐든지 느린 그는 여전히 열려 있는 창문에 대한 생각만 하고 있었다.

"바커 씨 말처럼 범인이 해자를 건너 빠져나갔다면 들어올 때는 어떻게 했을까요? 다리가 올라가 있었을 텐데 말입니다."

"아, 그게 문제로군."

"다리는 몇 시에 올라갔죠?"

"6시 즈음입니다."

집사 에임스가 말했다.

"보통 해질녘에 올라간다고 알고 있는데요. 요즘 같으면 6시가 아니라 4시 반 정도 아닙니까?"

"더글러스 부인의 손님들이 와 계셔서요. 그분들이 돌아갈 때까지 기다렸다가 제가 직접 다리를 올렸습니다."

에임스가 설명했다.

"그럼 결국 이렇게 되는군요. 범인은 6시 이전에 도개교를 건너 들어와서, 더글러스 씨가 11시 이후 이 방에 들어올 때까지 줄곧 숨어 있었다는 말인데요."

경사의 추측에 바커가 동의했다.

"그렇습니다. 더글러스는 매일 밤 잠자리에 들기 전에 켜진 불은 없는지 마지막으로 집안을 둘러보곤 했습니다. 어젯밤도 그러다가 이 방에 들어왔을 겁니다. 범인은 여기서 그를 기다리고 있다가 총으로 쏩니다. 그런 다음 총을 버려둔 채 창문을 통해 빠져나간 것이죠. 제 생각은 그렇습니다. 그렇지 않고선 상황을 설명할 길이 없네요."

경사는 시체 옆의 바닥에 놓여 있는 카드 한 장을 집어 들었다. 'V. V.'라는 머리글자와 그 밑에 '341'이라는 숫자가 잉크로 휘갈겨 쓰여 있었다.

"이건 뭡니까?"

경사가 카드를 들고 물었다.

바커는 호기심 어린 눈으로 쳐다보며 말했다.

"글쎄 그건 처음 봅니다. 범인이 떨어뜨리고 간 것이 틀림없습니다. 'V. V.'에 '341'이라……. 뭐가 뭔지 전혀 모르겠군."

경사는 굵은 손가락으로 카드를 이리저리 돌려 보았다.

"V. V.가 뭘까? 누군가의 머리글자일 수도 있지. 우드 박사님, 뭘 발견하셨습니까?"

벽난로 앞의 매트에 꽤 크고 튼튼한 망치가 놓여 있었는데, 그것은 노동자들이 흔히 사용하는 것이었다. 세실 바커가 벽난로 선반에 놓여 있는 놋쇠 못 상자를 가리켰다.

"더글러스 씨가 어제 그림 위치를 바꾸었습니다. 이 의자 위로 올라가 큰 그림을 위쪽 벽에 거는 것을 내가 직접 봤습니다. 그래서 망치가 여기에 있는 겁니다."

바커가 말했다.

"망치를 원래 자리에 놔두는 것이 좋겠습니다."

경사가 종잡을 수 없다는 듯 머리를 긁적이며 말했다.

"아무래도 이 사건을 해결하기 위해서는 최고의 두뇌가 있어야할 것 같군. 런던 경찰청에서 수사를 해야 해결되겠어."

그는 등잔불을 들고 방안을 천천히 돌아다녔다.

"이런!"

그는 몹시 흥분한 듯 소리치며 창문 커튼을 한 쪽으로 젖혔다.

"커튼을 친 시각이 언제입니까?"

"보통 등잔불을 켤 때니까 대략 4시가 조금 지난 무렵일 겁니다."

집사가 말했다.

"분명 누군가가 여기에 숨어 있었습니다."

그는 등잔불을 아래로 비췄다. 바닥 한쪽 구석에 구두에서 묻어 나온 듯한 진흙 발자국이 선명히 보였다.

"이로써 바커 씨 말이 틀림없다는 게 증명되었군요. 범인은 커튼을 친 4시와 다리를 올린 6시 사이에 저택으로 들어와서 이 방으로 잠입했습니다. 왜냐하면 이 방이 제일 먼저 눈에 띄기 때문입니다. 달리 숨을 곳이 없자 범인은 커튼 뒤로 들어갔습니다. 그것은 아주 분명합니다. 범인은 애초에 물건을 훔치려했으나 더글러스 씨에게 우연히 발견되자 그를 살해하고 도망친 것입니다."

"내 생각도 그렇습니다."

바커가 말했다.

"그런데 우리가 귀중한 시간을 낭비하고 있다는 생각이 들지 않으십니까? 지금이라도 나서서 범인이 마을을 빠져나가기 전에 근처를 샅샅이 찾아봐야 하진 않을까요?"

경사는 잠시 생각했다.

"아침 6시까지 열차가 없으니 열차 편으로 빠져나가진 못할 것입니다. 흠뻑 젖은 바지를 입은 놈이 도로를 걸어간다면 사람들 눈에 금방 띌 테니까요. 어쨌든 교대가 오기 전까지 저는 이곳을 떠날 수 없습니다. 여러분도 이 사건과 직접적인 관계가 없다는 게 드러나기 전까진 이곳을 떠날 수 없습니다."

의사는 등잔불을 들고 시체를 꼼꼼히 살피다가 입을 뗐다.

"이게 무슨 표시지요? 혹시 이번 사건과 관련이 있지 않을까요?"

실내 가운의 소매가 시체의 오른팔 팔꿈치 부근까지 걷어올려져서 맨살이 보였는데, 팔뚝 중간쯤에 이상한 갈색 표시가 있었다. 작은 원안에 삼각형이 그려진 모양으로, 창백한 피부와 대조되어 더욱 두드러져 보였다.

의사가 안경 너머로 뚫어지게 쳐다보며 말했다.

"문신은 아닙니다. 이런 건 본적이 없습니다. 무슨 낙인 같은 데요. 가축에게 찍는 낙인 말입니다. 대체 이게 무슨 의미일까요?"

"무슨 뜻인지 전 모르겠습니다. 하지만 이 낙인은 지난 10년 동안 더글러스에게 쭉 있었습니다."

세실 바커가 말했다.

"저도 봤습니다. 주인님이 소매를 걷고 계실 때면 그 낙인을 항상 볼 수 있었습니다. 그래서 그것이 대체 무슨 표시인지 몹시 궁금했었죠."

집사가 말했다.

"그렇다면 그건 이번 사건과 별 관련이 없겠군요."

경사가 말했다.

"참으로 이상한 것 투성입니다. 이 사건과 관련된 모든 것이 이상해요. 아니, 왜 그러십니까?"

집사가 죽은 사람의 쭉 뻗은 손을 가리키며 비명을 질렀다.

"놈들이 결혼 반지를 가져갔어요."

"뭐라고!"

"정말입니다. 주인님은 장식 없는 결혼 금반지를 왼손 새끼

손가락에 항상 끼고 계셨습니다. 그 위에 천연 금덩어리가 붙은 반지를 겹쳐 끼셨고, 가운데 손가락에는 뒤틀린 뱀 모양의 반지를 끼고 계셨습니다. 여기 금반지와 뱀 모양의 반지는 있는데 결혼 반지는 없어졌습니다."

"집사 말이 맞습니다."

바커가 말했다.

"결혼 반지 위에 다른 반지를 끼고 있었다는 말씀입니까?"

경사가 말했다.

"항상 그랬어요."

"그렇다면 범인은, 아니 누구든지 결혼 반지를 훔쳐간 사람은 먼저 금반지를 빼고 결혼 반지를 뺀 다음, 금반지를 다시 끼워놓았겠군요."

"그렇습니다!"

지방 경사는 머리를 절레절레 흔들며 말했다.

"한시라도 빨리 런던에서 소식이 왔으면 좋겠군요. 서섹스 주 경찰의 형사인 화이트 메이슨은 영리한 사람입니다. 그 주에서 발생한 일은 무엇이든 척척 잘 해결했으니까요. 이제 곧 도착할 겁니다. 하지만 조사를 본격적으로 시작하기 전에 런던에 지원요청을 해야 할 것 같습니다. 아무튼 저는 할 만큼 했습니다. 어쨌든 저 같은 사람이 감당하기에 이번 일은 너무 벅차다는 걸 고백할 수밖에 없군요."

어둠

　서섹스 주 경찰청의 형사반장 화이트 메이슨경감이 벌스톤 마을 윌슨 경사에게 급한 연락을 받고 경장(輕漿) 이륜 마차를 타고 현장으로 숨가쁘게 달려온 시각은 새벽 3시였다. 그는 오전 5시 40분 기차 편에 런던 경찰청으로 편지를 보냈고, 정오에 우리를 마중하러 벌스톤 역에 나와 있었다. 화이트 메이슨은 헐렁한 트위드 정장 차림에 조용하고 편안한 인상을 주었다. 깔끔히 면도한 불그스레한 얼굴, 약간 뚱뚱한 체격, 튼튼하면서도 약간 굽은 다리에 각반을 찬 모습은 작은 농장의 주인이나 은퇴한 사냥터지기처럼 보였다. 아무리 봐도 그에게서 지방의 형사반장이라는 느낌은 묻어나오지 않았다.

　"정말 엄청난 사건이야, 맥도널드 경감!"

　메이슨은 같은 말을 계속 되풀이했다.

"신문 기자들이 곧 소식을 듣고 벌떼처럼 들이닥칠 겁니다. 그들이 사건을 캐고 다니며 현장을 뒤죽박죽으로 만들기 전에 조사를 끝내야겠습니다. 저도 이번처럼 오리무중인 사건은 처음 봅니다. 제 생각이 틀림없다면 홈즈 씨가 뭔가 중요한 단서를 잡으실 것입니다. 왓슨 박사님도 협조해주십시오. 의사로서 조사 중간중간에 조언해주시길 부탁드립니다. 두 분 숙소는 딱히 적당한 장소가 없어 웨스트빌 암스에 잡아두었습니다. 하지만 깨끗하고 좋다고 하더군요. 짐은 저 사람에게 주십시오. 자, 여러분, 그럼 이쪽으로……."

형사반장은 부지런하고 상냥했다. 10분 만에 숙소에 도착한 우리는 여관 응접실에 앉아 앞서 서술한 대로 이번 사건에 대한 간략한 설명을 들었다. 그 동안 맥도널드는 간간히 필기를 했으나 홈즈는 진귀한 꽃을 관찰하는 식물학자처럼 진지하게 경청하며 감탄사를 연발했다.

"놀라운 일이오!"

설명이 끝나자 홈즈가 말했다

"정말 대단히 놀라운 일입니다! 나도 이렇게 기묘한 사건은 오랜만입니다."

"그렇게 말씀하실 줄 알았습니다. 홈즈 씨."

화이트 메이슨이 빙그레 웃으며 말했다.

"서섹스 경찰은 민첩하게 움직입니다. 새벽 3시에서 4시 사이에 월슨 경사로부터 인계 받은 사건 정황은 이미 말씀드린 바와 같습니다. 얼마나 재촉해댔던지……. 늙은 말을 채찍질해가며 급히 갔는데 알고 보니 그렇게 서두를 필요가 없었지 뭡니까! 도착해서 특별히 할 일은 없었습니다. 월슨 경사가 이미 조사를 마친 상태였으니까요. 저는 경사가 보고한 내용을 확인한 뒤 두어 가지만 더 파악해서 덧붙였을 뿐입니다.”

“그게 뭡니까?”

홈즈가 눈을 빛내며 물었다.

“현장에 있던 망치를 먼저 조사해봤습니다. 우드 박사가 절 도와줬지요. 망치에는 어떤 타격의 흔적도 발견할 수 없었습니다. 더글러스 씨가 망치로 자신을 지키려 했다면 매트에 떨어뜨리기 전에 범인에게 상처를 남겼을 것입니다. 그러나 망치에는 핏자국이 전혀 없었습니다.”

“그건 물론 아무런 증거도 되지 못한다네.”

맥도널드 경감이 말했다.

“망치로 살인을 저지르고도 망치에 핏자국이 남아 있지 않는 경우가 많으니까.”

“맞습니다. 그렇다고 그 점이 망치를 사용하지 않았다는 증거도 되지 않지요. 핏자국이 남아 있었다면 수사에 도움이 됐을 텐데 아무런 흔적도 없습니다. 그 다음 전 엽총을 살펴봤죠. 그것은 사슴 사냥용 산탄을 사용했는데, 월슨 경사 말처럼 방아쇠가 한데 묶여져 있어 한쪽 방아쇠를 당기면 양쪽 총신에서 총알이 나가도록 되어 있었습니다. 누가 그렇게 했는지는 몰라도 상대를 빗나가는 일이 없도록 일부러 그렇게 만든 겁니다. 총 길이는 60센티미터도 되지 않아 외투 속에 쉽게 숨길 수 있겠더군요. 그 제작사 이름이 제대로 보이진 않았지만 두 총신 사이의 홈에 'P-E-N'이라는 글씨가 새겨져 있었고 나머지 부분은 톱으로 잘려 나가서 없었습니다."

"P자는 장식체 대문자, E와 N은 소문자 아니던가요?"

홈즈가 물었다.

"정확합니다."

"펜실베이니아 소형총기회사입니다. 미국에선 꽤 유명하죠."

홈즈의 말을 듣고 화이트 메이슨은 화들짝 놀랐다. 그는 작은 마을의 의사가 말 한마디로 난치병을 해결하는 런던 할리 스트리트(의료 전반에 걸쳐 런던의 일류 의사들이 모여 있는 거리)에서 온 의사를 바라보듯이 내 친구를 뚫어지게 쳐다봤다.

"큰 도움이 되겠습니다, 홈즈 씨. 당신 말씀이 분명 맞습니다. 멋져요! 정말 훌륭하십니다! 전 세계의 총기제조사 이름을 모두 외우고 계십니까?"

홈즈는 손을 내저었다.

"단지 그게 미국에서 만들어진 엽총이라는 것은 분명합니다."

화이트 메이슨이 말을 이었다.

"총신을 짧게 자른 엽총을 미국의 어느 지역에서 사용한다는 이야길 들은 것도 같습니다. 총신에 쓰인 글자는 잘 몰라도 저도 그 생각은 했습니다. 그렇다면 저택에 잠입해서 주인을 살해한 사람이 미국인이라는 증거가 나온 셈이군요."

"여보게, 자네 너무 앞서나가는 거 아냐?"

맥도널드가 머리를 홰홰 저으며 말했다.

"아직 그 집에 낯선 사람이 들어갔다는 확증도 없는 것 같은데."

"창문은 열려 있고 핏자국이 묻어 있는 창틀, 이상한 메모와 구석에 있는 발자국, 그리고 총을 생각해봐!"

"그 모든 걸 조작하지 말란 법도 없지. 더글러스 씨는 미국인이고, 그렇지 않다 해도 미국에서 오래 살았었네. 바커 씨도 마찬가지야. 미국인이 범인이라는 걸 설명하려고 일부러 미국인을 끌어들일 필요는 없어."

"집사 에임스가……."

"그 사람은 어떤가? 믿을 만하나?"

"찰스 챈도스 경과 10년의 세월을 함께 한 사람이라네. 심지가 바위처럼 굳지. 더글러스 씨가 영주 저택으로 들어온 지난 5년 동안 쭉 함께 있었는데 집사는 그런 총을 집에서 본 적이 없다고 했네."

"총이 보이지 않는 곳에 보관되어 있었을지도 모르지. 총신이 짧으니까 어느 상자에나 쉽게 들어갈 수 있을 걸세. 그 총이 집에 없었다는 건 집사라도 장담할 수 없을걸."

"뭐, 아무튼 본 적은 없다고 했다네."

맥도널드는 스코틀랜드 출신답게 고집스럽게 머리를 저으며 반박했다.

"난 그 집에 누가 잠입했다는 말을 아직도 확신할 수 없네. 생각해보게."

자신의 주장을 펼수록 그의 말투에는 애버딘 억양이 강하게 배어 나왔다.

"자네 말대로 외부에서 잠입한 자가 총을 가지고 들어왔고, 그가 모든 흔적을 남겼다면 앞뒤 정황이 어떻게 될 건지 생각해보게. 여보게! 그건 상식적으로 말이 안 돼!"

맥도널드는 홈즈를 바라보며 말을 이었다.

"홈즈 씨 생각은 어떻습니까? 현재까지 들은 것을 근거로 해서 뭐라고 한마디 해주시죠."

"먼저 자네 의견을 말해보게, 맥 경감."

홈즈가 신중하게 말했다.

"혹시 집안에 잠입하여 숨어 있었다 해도 그는 강도가 아닙니다. 반지 일과 이상한 메모로 보아 어떤 개인적인 이유로 사전에 치밀한 준비를 거친 살인사건입니다. 가정을 해보죠. 여기 살인을 목적으로 몰래 잠입한 사람이 있다고 합시다. 바보가 아닌 이상 그는 도주하기가 어렵다는 걸 알고 있을 겁니다. 저택이 해자로 둘러싸여 있으니까요. 그렇다면 그는 어떤 무기를 사용할까요? 세상에서 가장 조용한 무기를 사용할 겁니다. 그래야 일을 마친 후 잽싸게 창을 빠져나가 해자를 건너 도망칠 여유가 있을 테니까요. 바보가 아닌 다음에야 그 별나고 시끄러운 무기를 선택할 사람이 어디에 있겠습니까? 총 소리를 들은 집안 사람들이 번개같이 우르르 달려오면 해자를 건너기도 전에 발각될 것이 뻔한데 말입니다. 그렇지 않습니까, 홈즈 씨?"

"좋군. 일리가 있는 이야길세."

홈즈가 신중하게 대답했다.

"하지만 그 추리에는 분명 상당한 근거가 필요하겠어. 실례지만 화이트 메이슨 씨, 뭐 하나 물어봐도 되겠습니까? 해자 바깥 부분도 살펴봤습니까? 범인이 물에서 나온 흔적 같은 것은 없던가요?"

"아무 흔적도 없었습니다, 홈즈 씨. 거긴 돌을 깔아놓은 자리라 흔적이 잘 남아 있진 않습니다."

"발자국이나 자취 같은 것도요?"

"아무것도 없었습니다."

"화이트 메이슨 씨, 지금 당장 그 저택으로 갈 수 있겠습니까? 뭔가 단서가 될 만한 게 분명 남아 있을 겁니다."

"그렇지 않아도 그럴 참이었습니다, 홈즈 씨. 현장으로 가기 전에 필요한 사실을 미리 숙지하고 계시는 게 좋을 것 같아서 먼저 말씀드린 겁니다. 혹시 뭔가 집히는 것이라도 있으시면……."

화이트 메이슨은 의심스러운 눈초리로 홈즈를 바라봤다.

"전에도 홈즈 씨와 함께 일해본 적이 있는데 이분은 혼자 일을 하신다네."

"좌우간 난 내 방식대로 일합니다."

홈즈가 미소를 띠며 말했다.

"나는 법과 경찰을 돕기 위해 일합니다. 내가 만일 공권력과 결별하는 일이 있다면, 그것은 그들이 먼저 나를 멀리했기 때문일 겁니다. 나는 그들을 이용해서 공을 세울 생각이 전혀 없습니다. 따라서 화이트 메이슨 씨, 내가 내 방식대로 일할 권리를 보장해주기 바랍니다. 나는 내 방식대로 일하고, 내가 원하는 시간에 조사한 결과를 발표할 것입니다. 그것도 중간중간이 아니라 조사가 끝난 후 한번에 말입니다."

"아무튼 와주셔서 영광입니다. 알고 있는 것은 빠짐없이 말해드리겠습니다."

화이트 메이슨이 정중하게 말했다.

"이제 가시죠, 왓슨 박사님. 언제 기회가 되면 박사님 책에 우리도 등장시켜주십시오."

우리는 가지를 짧게 친 느릅나무가 양쪽으로 늘어선 고풍스러운 대로를 따라 걸었다. 잠시 뒤 오래된 돌기둥 2개가 나타났다. 오랜 세월 비바람에 삭아 이끼가 끼고 얼룩진 그 기둥 위에는, 한때 벌스톤 카푸스를 호령했을 사나운 사자상이 본래의 형체를 거의 알아볼 수 없을 정도로 망가진 채 엎혀져 있었다. 뒤이어 나타난 풀밭과 갈참나무로 둘러싸인 꼬불꼬불한 길은 잉글랜드 농촌에서나 볼 수 있는 진풍경이었다. 그러다 길이 급격하게 꺾이며 제임스 1세 풍의 거무죽죽한 다갈색 벽돌 건물인 영주 저택이 모습을 드러냈다. 길고 야트막한 저택 양쪽에 가지를 짧게 친 고풍스러운 주목 정원이 보였는데 저택으로 가까이 다가가자 나무로 만든 도개교와 해자가 나타났다. 아름답고 폭이 넓은 해자는 차가운 겨울 햇살을 받아 수은처럼 고요하게 반짝거렸다.

영주 저택이 지어진 지 3백년의 세월이 흘렀다. 그 동안 이 저택에서는 생명의 탄생과 먼 여행에서의 귀향, 무도회와 여우 사냥을 위한 모임이 있었을 것이다. 그 유서 깊은 저택에 지금은 참담한 사건이 어두운 그림자를 드리우고 있다니 얼마나 안타까운 일인가! 그러나 기묘하게 생긴 뾰족 지붕과 돌출 박공은 어쩐지 불길하고도 끔찍한 음모와 잘 어울렸다. 움푹 들어간 창문과 탁한 색의 물길로 둘러싸인 길게 뻗은 건물을 보며 나는 비극적인 사건에 이보다 더 적합한 무대는 없을 것이라고 생각했다.

"저게 그 창문입니다. 다리 바로 오른쪽에 있죠. 지난 밤에 열려 있던 그대로 열어 두었습니다."

"남자가 들어가기에는 좀 좁아보이는군요."

"뚱뚱한 사람이 아니라면 가능합니다. 일부러 당신의 추리를 빌리지 않더라도 홈즈 씨나 나 정도면 충분히 빠져나갈 수 있습니다."

홈즈는 해자의 가장자리로 가서 건너편을 바라보았다. 그리고 해자 건너편에 쌓은 돌벽과 그 위의 잔디 언저리를 조사했다.

"이미 제가 충분히 살펴봤습니다, 홈즈 씨. 발을 딛고 오른 흔적은 물론, 다른 어떤 것도 없습니다. 그런데 흔적이 꼭 남아 있어야 합니까?"

화이트 메이슨이 말했다.

"아니오. 꼭 그럴 필요는 없죠. 해자의 물은 항상 이렇게 탁합니까?"

"보통 이런 빛깔이죠. 상류에서 흙탕물이 들어오거든요."

"깊이는 어느 정도 됩니까?"

"가장자리는 60센티미터, 가운데는 1미터가 조금 안 됩니다."

"그럼 범인이 물을 건너다 빠져 죽었을 가능성은 없겠군요."

"하하! 어린아이라도 그럴 리는 없습니다."

도개교를 건너자 집사 에임스가 우리를 맞이했다. 늙어서 쭈글쭈글한데다 뼈만 앙상하게 남은 집사는 좀 묘한 분위기를 풍기는 사람이었다. 가엾은 노인은 지난밤 충격이 아직 가시지 않았는지 새하얗게 질린 채 벌벌 떨고 있었다. 큰 키에 침울하고 딱딱해보이는 시골 경사는 살인이 일어난 방을 여전히 지키고 있었다. 의사는 이미 돌아가고 없었다.

"다른 일은 없었나, 윌슨 경사?"

화이트 메이슨이 물었다.

"없습니다."

"그럼 이만 들어가서 쉬게. 자넨 할 만큼 했으니 필요하면 사람을 보내서 부르겠네. 집사는 밖에서 대기하라고 하고, 그에게 이야기해서 세실 바커 씨와 더글러스 부인, 가정부에게 물어볼 게 있으니 준비하라고 일러두게. 자, 여러분! 먼저 지금까지 종합한 내용을 바탕으로 제 의견을 말씀드릴 테니 조사에 참고하시기 바랍니다."

나는 이 형사반장에게 강한 인상을 받았다. 그는 사태를 명확하게 파악하고 있으며 냉정하면서도 명석하고 사리분별이 분명해서 형사라는 직업에 잘 어울렸다. 홈즈는 형사들이 설명할 때 자주 보이곤 했던 조급한 기색이 전혀 없이 메이슨의 말을 주의 깊게 들었다.

"이번 사건이 자살이냐 타살이냐, 이게 첫 번째 문제입니다. 그렇죠? 만일 자살이라면 정황은 이렇게 됩니다. 더글러스 씨는 먼저 결혼 반지를 빼서 어딘가에 감춘 다음 가운 차림으로 여기에 내려와서 커튼 뒤 구석에 흙 발자국을 찍습니다. 누군가 자기를 기다리며 여기 숨어 있던 것으로 위장하기 위해서 입니다. 그런 다음 창문을 열고 핏자국을……."

"그럴 가능성은 없네."

맥도널드가 말했다.

"저도 그렇게 생각합니다. 자살했을 리는 없습니다. 그럼 타살의 경우를 추정해보죠. 여기서 문제는 외부인의 소행인가 내부인의 소행인가 하는 것입니다."

"좋아, 그럼 자네의 주장을 들어보지."

"어느 쪽이든 양쪽 다 상당한 어려움이 있습니다만, 분명 하나는 진실입니다. 먼저 내부인 가운데 한 사람, 혹은 그 이상의 사람들의 소행으로 가정해보죠. 범인은 주위가 조용하고 집안 사람들이 아직 잠들지 않은 시간에 더글러스 씨를 여기로 불러냈습니다. 그리고는 살인무기로는 괴상하고 가장 시끄러운, 게다가 집안에서는 한번도 본 적이 없는 무기를 사용해 범행을 저질렀습니다. 식구들을 다 깨우면서 까지요. 그러나 이런 일은 있을 법한 일이 아닙니다. 그렇죠?"

"그런 것 같네."

"그러나 총소리가 울리고 1분도 지나지 않아 온 집안 사람들이 사건 현장으로 달려왔다는 진술에는 모든 사람들이 일치하고 있습니다. 세실 바커 씨는 자신이 먼저 왔다고 주장하지만 아무튼 에임스와 다른 사람들 모두가 달려왔습니다. 그렇다면 과연 1분이라는 짧은 시간에 범인이 방구석에 발자국을 찍고, 창문을 열어 창턱에 피를 묻히고, 죽은 사람의 손가락에서 결혼 반지를 빼서 도망갈 수 있겠습니까? 그건 불가능합니다!"

"아주 명쾌한 논리이군. 나도 동의하는 바네."

홈즈가 말했다.

"자, 이제 외부인의 소행이라고 가정해봅시다. 여기도 상당한 어려움이 있습니다만, 어쨌든 전혀 불가능하진 않습니다. 범인은 4시 반에서 6시 사이에 집으로 들어왔습니다. 그러니까 해질 무렵부터 다리를 들어올린 시간 사이에 들어온 겁니다. 집안에 손님이 있어서 문을 잠그지 않았기 때문에 범인은 쉽게 안으로 들어올 수 있었습니다. 범인은 그냥 평범한 도둑일 수도 있고 아니면 더글러스 씨에게 뭔가 개인적으로 원한을 품고 있던 자일 수도 있습니다. 더글러스 씨는 인생의 대부분을 미국에서 보냈습니다. 흉기로 쓰인 엽총도 미국산으로 추정됩니다. 따라서 개인적 원한에 의한 살인일 가능성이 높습니다. 범인은 제일 먼저 눈에 띈 이 방으로 몰래 들어와서 커튼 뒤에 숨었습니다. 그리고 밤 11시가 지난 시간까지 계속 숨어있었는데, 이윽고 더글러스 씨가 이 방으로 들어왔습니

다. 만약 더글러스 씨와 범인이 이야기를 나누었다 하더라도
그 시간은 아주 짧았습니다. 더글러스 부인은 남편이 방을 나
간 지 몇 분 지나지 않아 총소리를 들었다고 했으니까요."

"그것은 양초를 봐도 알 수 있습니다."

홈즈가 말했다.

"맞습니다. 양초는 새것인데 1센티미터 정도밖에 타지 않
았습니다. 더글러스 씨는 탁자에 양초를 놓은 뒤 습격을 받은
게 틀림없습니다. 그렇지 않았다면 그가 쓰러질 때 초가 바닥
에 떨어졌겠죠. 따라서 더글러스 씨는 방에 들어서자마자 공
격을 받은 게 아닙니다. 바커 씨가 도착했을 때 촛불은 켜져
있었고 등잔불은 꺼져 있었습니다."

"아주 명확하군요."

"그럼, 이제 이 가정에 근거해 사건을 재구성해보겠습니다.
더글러스 씨가 방안으로 들어옵니다. 그는 촛불을 테이블에
내려놓습니다. 커튼 뒤에서 한 남자가 나타납니다. 그는 총을
들고 있습니다. 남자는 결혼 반지를 요구합니다. 그 이유는 알
수 없지만 아무튼 그랬을 겁니다. 더글러스 씨는 반지를 빼서
건네줍니다. 범인은 반지를 받자 그를 냉혹하게, 아니면 격렬
한 격투 끝에 총을 쏴서 더글러스 씨를 이처럼 잔혹하게 죽입
니다. 혹은 격투 중에 더글러스 씨가 우리가 발견한 망치를 잡
자 범인이 놀라 총을 쐈을 수도 있습니다. 어쨌든 그런 다음 범

인은 총을 떨어뜨리고 무슨 뜻인지 모르는 'V. V. 341'라고 적힌 카드와 총을 남기고 창문을 통해 빠져나간 후 해자를 건너갑니다. 바로 그 순간 세실 바커가 사건 현장을 발견한 것입니다. 제 추론이 어떻습니까, 홈즈 씨?"

"아주 흥미롭지만 조금 납득이 가지 않는 부분이 있습니다."

"이봐, 그 밖에 다른 가정은 더욱 나쁘지만 자네 추리는 말도 안 되네!"

맥도널드가 외쳤다.

"누군가 더글러스 씨를 살해했어. 범인이 누구든 간에 나는 그가 그런 방법이 아닌 다른 방법으로 범행을 저질렀다는 점을 확실히 증명할 수 있네. 그는 자신이 도망갈 수 있는 길을 왜 그런 식으로 막았겠나? 엽총을 사용하지 않았다면 조용히 도망갈 수 있었을 게 아닌가? 홈즈 씨, 좀 도와주십시오. 화이트 메이슨의 논리에 수긍할 수 없다고 하셨으니 한 말씀 해주시지요."

홈즈는 두 사람이 긴 대화를 하는 동안 날카로운 시선을 이리저리 던지며, 그들이 하는 말을 한마디도 빼놓지 않고 주의 깊게 들었다. 너무 집중해서 양미간에 주름이 깊게 패일 정도였다.

"내 가정을 세우자면 몇 가지 단서가 더 필요하네, 맥 경감."

홈즈는 시체 옆에 무릎을 꿇고 말했다.

"이런, 상처가 정말 무시무시하군. 잠시 집사를 불러주시겠소? 아, 에임스, 더글러스 씨 팔뚝에 있는 이 이상한 표시, 원 안에 삼각형이 있는 낙인을 자주 봤다고 하던데 맞습니까?"

"예, 자주 봤습니다."

"이게 무엇을 뜻하는지 아는 바가 없습니까?"

"없습니다."

"낙인이 찍힐 때 엄청나게 아팠을 겁니다. 틀림없이 쇠를 불로 달궈 지졌겠죠. 에임스, 더글러스 씨 턱 모퉁이를 보면 작은 반창고가 있는데 그가 살아 있을 때도 본 적이 있습니까?"

"네. 어제 아침 면도를 하다가 칼에 베인 상처입니다."

"그 전에도 면도를 하다 벤 적이 있나요?"

"없습니다."

"암시야!"

홈즈가 말했다.

"그냥 우연일 수도 있겠지만, 위험이 닥쳐온다는 걸 미리 알고 초조해서 그랬을 수도 있어. 에임스, 어제 더글러스 씨 행동에 특별히 이상한 점은 없었습니까?"

"어제 주인님은 안절부절못하며 뭔가 흥분한 상태였습니다."

"하! 그럼 전혀 뜻밖에 일을 당한 게 아니군. 조금 진전이 있는 것 같은데, 안 그렇습니까? 자네가 내 대신 질문을 해보겠나, 맥 경감?"

"아닙니다. 홈즈 씨! 저보다 홈즈 씨가 잘하고 계신데요."

"자 그럼, 'V. V. 341'이라고 써 있는 카드를 살펴봅시다. 마분지로 만들었군. 집에 이런 마분지가 있습니까?"

"없는 것 같은데요."

홈즈는 책상으로 다가가 각각의 잉크병에서 잉크를 조금씩 찍어 판지에 문질렀다.

"이건 여기서 쓴 게 아닙니다. 카드에 쓰인 글씨는 검은 색이지만 책상에 있는 잉크는 모두 자주색입니다. 카드에는 굵은 펜으로 썼는데 여기에 있는 건 모두 가는 펜입니다. 따라서 외부에서 쓴 것이 분명합니다. 여기에 써 있는 글에 대해 아는 바 있습니까, 에임스?"

"없습니다, 홈즈 씨."

"자네 생각은 어떤가, 맥 경감?"

"무슨 비밀조직의 소행인 것 같습니다. 더글러스 씨 팔뚝에 있는 낙인도 그렇고요."

"내 생각도 그렇습니다."

화이트 메이슨이 동조했다.

"그것을 가정에 적용하면 여러 문제점들이 사라지는군. 어떤 비밀조직에서 파견한 자가 이 저택으로 들어왔습니다. 그는 숨어서 더글러스 씨를 기다리다 그가 나타나자 바로 앞에서 이 무기로 머리통을 쏜 후 해자를 건너 도주했습니다. 도망가면서 카드를 죽은 사람 옆에 남겨두었는데, 이것이 신문을 통해 알려지면 비밀조직의 단원들이 복수가 끝났다는 것을 알게 될 것입니다. 그러면 앞뒤가 맞지요. 그런데 왜 그 많은 무기 중에 하필 총을 사용했을까요?"

"그게 바로 문제입니다."

"그리고 결혼 반지는 왜 없어진거죠?"

"그것도 이상합니다."

"그리고 왜 지금까지 범인이 체포되지 않았을까요? 벌써 오후 2시가 넘었는데 말입니다. 당연히 근방 60킬로미터 안에 있는 경찰들은 새벽부터 젖은 옷을 입고 있는 낯선 사람을 찾고 있지 않습니까?"

"그러게 말입니다. 홈즈 씨."

"그자가 근처에 은신처를 마련해놓았거나, 갈아입을 옷을 미리 준비하지 않은 다음에야 경찰들이 놓칠 리가 없을 겁니다. 그런데 지금까지 그자를 찾았다는 기별이 없습니다."

홈즈는 창문으로 다가가 확대경으로 창턱에 묻은 핏자국을 자세히 살폈다.

"이건 구두 발자국이 분명합니다. 이상하리만큼 폭이 넓군요. 아무래도 평발 같습니다. 근데 이상한 점은 커튼 뒤에 있는 진흙 발자국은 훨씬 폭이 좁다는 것입니다. 아무튼 양쪽 다 그리 선명한 편은 아닙니다. 그런데 이 보조탁자 밑에 있는 건 무엇입니까?"

"주인님의 아령입니다."

에임스가 말했다.

"아령이라……. 하나밖에 없군요. 다른 하나는 어디에 있습니까?"

"저도 모릅니다, 홈즈 씨. 원래 하나밖에 없었는지도 모르죠. 전 아령이 거기에 있었는지도 몰랐습니다."

"아령이 하나뿐이라……."

홈즈가 심각하게 말을 꺼낼 때 문쪽에서 날카로운 노크 소리가 들렸다.

키가 크고 햇빛에 그을려 단단해보이는, 깨끗이 면도한 남자가 방에 들어와 우리를 쳐다보았다. 말로만 듣던 세실 바커임을 어렵지 않게 추측할 수 있었다. 그는 거만한 눈초리로 우리들을 재빨리 훑어보았다.

"대화를 방해해서 미안합니다만, 알려드릴 소식이 있습니다."

"범인이 체포됐습니까?"

"그 정도는 아니고 근처에서 자전거가 발견됐습니다. 놈이 자전거를 두고 갔더군요. 함께 가보시지요. 정문에서 100미터 정도 떨어진 곳에 있습니다."

우리가 현장에 도착하자 마부 서넛과 할 일 없는 사람들이 자전거를 이리저리 쳐다보며 차도에 서 있었다. 자전거는 근

처 관목 숲에 숨겨져 있던 걸 끌어낸 것으로 구형이었는데 '러지 휘트워스'라는 상표가 붙어 있었다. 게다가 먼 곳에서부터 끌고 온 듯 상당히 더러웠다. 자전거 보조 가방에는 스패너와 기름통이 있었지만 주인이 누구인지를 알려주는 단서는 없었다. 맥도널드 경감이 말했다.

"자전거를 등록하고 관리하는 제도가 있으면 꽤 도움이 됐을 텐데 말입니다. 하지만 자전거를 발견한 것만으로도 감사해야겠죠. 그자가 어디로 갔는지는 몰라도 어디에서 왔는지는 조사해보면 나오지 않겠습니까? 하지만 대관절 무슨 일로 이걸 내팽개치고 갔을까요? 그리고 자전거 없이 어떻게 멀리 도주할 수 있을까요? 이 사건은 정말 오리무중이군요, 홈즈 씨."

홈즈는 희미하게 웃으며 말했다.

"글쎄, 과연 그럴까요?"

등장 인물

"서재는 조사를 마쳤습니까?"

영주 저택으로 다시 들어온 뒤 화이트 메이슨이 물었다.

"일단 그렇다네."

맥도널드 경감의 대답에 홈즈는 머리를 끄덕였다.

"그럼 이제 집안 사람들의 증언을 들을 차례군요. 식당에서 하겠습니다. 에임스, 우선 당신부터 아는 대로 말해주시오."

집사의 증언은 단순하고 명쾌했으며 정직하다는 인상을 주었다. 에임스는 더글러스가 벌스톤으로 왔을 때부터 지난 5년간을 함께 했다. 그는 더글러스를 미국에서 재산을 모은 부자로 생각했는데, 더글러스는 친절했으며 마음씨 좋은 주인이었다고 말했다. 에임스가 그전까지 모셔온 주인에 비해 더 좋았다고 볼 수는 없겠지만, 완벽한 사람이 어디 있겠는가. 에임스는 더글러스가 불안해하는 모습을 본 적이 없으며, 그러기는커녕 두려움이라고는 모르는 굉장히 용맹한 사람이라고 생각했다. 더글러스가 도개교를 매일 밤 올리라고 지시한 이유는, 그것이 이 저택의 오랜 관습이었기 때문이며, 그가 그 관습을 지키고 싶어했던 것뿐이다.

더글러스는 런던을 가거나 마을 너머로 멀리 외출하는 일이 거의 없었다. 그러나 사건이 있기 전날에는 턴브리지 웰즈로 물건을 사러 갔었고, 그날 더글러스는 뭔가 불안한 듯 초조해보였다. 여느 때와는 다르게 조바심을 내며 짜증스러워 했다고 에임스는 기억했다.

사건이 일어난 날 밤 집사는 침실로 가지 않고 식기실에서 그릇을 정리하고 있었는데 벨 소리가 요란하게 울렸다. 총소리는 듣지 못했다. 식기실과 부엌은 저택 구석진 곳에 있는 데다가, 현장과 식기실 사이에 여러 개의 닫힌 문들과 긴 복도가 있었기 때문에 그 소리를 듣는다는 것이 거의 불가능했다. 벨 소리를 듣고 뛰쳐나온 가정부와 그는 홀쪽으로 뛰어갔다.

두 사람이 막 마지막 층계에 다다르자 더글러스 부인이 계단을 내려오고 있는 모습이 보였다. 그녀는 서두르지 않았고 그렇게 동요하는 것 같지도 않았다. 부인이 마지막 층계에 이르렀을 때 바커가 서재에서 급하게 뛰어나와 부인을 막아서며 되돌아가라고 간청했다.

"제발 방으로 돌아가십시오! 가엾은 잭이 죽었습니다! 여기서 당신이 할 일은 없습니다. 제발 부탁이니 올라가십시오!"

바커가 간절히 부탁하자 부인은 마지못해 돌아갔다. 그녀는 비명을 지르지도 울부짖지도 않았는데 가정부 앨런 부인이 그녀를 데리고 침실로 갔다. 에임스가 바커와 함께 서재로 들어갔을 때 본 현장은 경찰이 확인한 것과 정확히 일치했다. 당시 촛불은 꺼져 있고 등잔불이 밝혀져 있었다. 두 사람은 창밖을 살펴봤지만 너무 깜깜해서 보이거나 들리는 것은 아무것도 없었다. 그리고 두 사람은 다시 홀로 뛰어나갔다. 에임스가 윈치를 감아 올려 도개교를 내렸고, 바커는 경찰서로 급히 뛰어갔다. 여기까지가 집사의 증언이었다.

가정부 앨런의 증언은 집사의 말을 확인하는 선에서 그쳤다. 가정부의 침실은 에임스가 일하던 식기실보다는 홀쪽에 좀더 가까웠는데 잠자리에 들려고 할 때 벨이 요란스럽게 울렸다. 그녀는 귀가 어두웠다. 그래서 총소리를 듣지 못했을 수도 있겠지만, 어쨌든 가정부 침실과 서재의 거리도 꽤 멀리 떨어진 편이었다. 그녀는 벨 소리 말고도 무슨 소리를 들었는데 문을 세게 닫는 소리로 생각했다. 그것은 벨이 울리기 훨씬 전의 일로, 적어도 30분은 전이었다.

밖으로 나온 앨런은 마침 달려오던 에임스와 함께 홀로 향했다. 몹시 당황한 바커가 얼굴이 하얗게 질린 채 서재에서 나오는 것이 보였다. 바커는 계단을 내려오던 더글러스 부인을 막아서며 방으로 돌아가라고 간청했다. 그러자 부인이 무슨 말을 했지만 들리지는 않았다.

"부인을 모시고 올라가시오! 그리고 옆에 함께 있도록 해요!"

바커가 앨런에게 말했다.

그래서 앨런은 부인을 데리고 침실로 가서 그녀를 진정시키려고 노력했다. 부인은 몹시 흥분해서 몸을 부르르 떨고 있었지만 아래층으로 다시 내려가려고 하지는 않았다. 그녀는 가운 차림으로 침실 난로 옆에 앉아 얼굴을 두 손에 파묻고 있었다. 가정부는 부인 옆에서 밤을 지샜다. 그때 다른 하인들은 곤히 잠들어 있어서 벨 소리를 듣지 못했고, 경찰이 도착한 다음에야 무슨 일이 일어났는지 알았다. 그들의 방은 저택에서 가장 구석진 곳이라 아무 소리도 들리지 않았기 때문이다.

반대 심문을 해보았지만 새로운 사실은 없었고 가정부는 여전히 경악과 비탄에 싸여 말을 제대로 잇지 못했다.

가정부 앨런 부인 다음에 세실 바커가 증언자로 나섰다. 그는 지난 밤 사건과 관련해 이미 형사들에게 다 진술한 상태여서 특별히 더 할 말은 없었다. 그는 개인적으로 범인이 창을 통해 빠져나갔다고 확신했다. 그의 의견에 따르면, 창턱의 핏자국이 그 결정적인 증거였다. 게다가 다리가 올라가 있어 창문이 아니고서는 달리 도망갈 길이 없다는 것이다. 그러나 범인이 그후 어떻게 됐는지, 자전거가 범인의 것이라면 왜 버려져 있는지에 대해서는 설명하지 못했다. 하지만 해자의 깊이는 1미터도 안 되기에 범인이 해자에 빠져 죽었을 가능성은 전혀 없다고 말했다.

바커는 자신의 추론을 굳게 믿는 듯했다. 더글러스는 평소 과묵한 사람으로 자신의 과거에서 어느 기간 동안의 일에 대해서는 전혀 이야기하지 않았다. 그는 젊었을 때 미국으로 이민을 갔다. 그곳에서 재산을 모으다가 캘리포니아에서 더글러스를 처음 만났다. 두 사람은 공동 투자로 베니토 협곡에서 광산 사업에 참여했는데, 그곳에서 막대한 금맥이 발견되어 엄청난 부를 거머쥐게 되었다. 그러나 더글러스는 어느 날 자신의 지분을 팔아치우고 영국으로 훌쩍 떠나버렸다. 당시 더글러스는 홀아비였다. 그후 바커도 자산을 처분하고 런던으로 왔고, 그렇게 해서 두 사람은 다시 우정을 나누게 되었다.

바커는 더글러스에게 항상 위험이 도사리고 있다는 생각을 해왔다. 그는 언제나 캘리포니아를 떠날 생각만 하고 있었는데, 실제 그렇게 하여 영국의 이런 외지에 집을 구입했던 것이다.

바커는 피도 눈물도 없는 냉혹한 비밀조직이나 앙심을 품은 단체가 더글러스를 쫓고 있고, 그를 죽일 때까지 결코 포기하지 않는 것이 아닌가 생각했다. 이런 생각이 든 것은 더글러스가 흘린 몇 마디 말 때문이었다. 그러나 더글러스는 그게 어떤 조직이며 어떻게 하다가 원한을 사게 되었는지는 전혀 언급하지 않았다. 바커는 카드에 적혀 있는 이상한 문자 'V. V. 341'이 그 비밀조직과 무슨 관련이 있지 않을까 추측했다.

"캘리포니아에서는 더글러스 씨와 얼마나 있었습니까?"

맥도널드 경감이 물었다.

"5년간 함께 있었소."

"더글러스 씨는 그때 독신이었습니까?"

"아내가 먼저 세상을 떠났습니다."

"혹시 고인의 전처가 어디 출신인지 아십니까?"

"독일계라는 이야기를 들었습니다. 초상화를 본 적이 있는데 무척 아름다운 여인이었지요. 내가 더글러스를 만나기 한 해 전에 장티푸스로 죽었다고 하더군요."

"더글러스 씨가 과거 미국의 어느 지역에서 거주했었는지 감이 잡히는 곳은 없습니까?"

"시카고에 대해 이야기하는 것을 들었습니다. 그는 시카고를 잘 아는 것 같았고 실제 거기서 일을 했다고 말했습니다. 그리고 무슨 탄광인가 철광 지방 이야기도 했지요. 아무튼 지방을 꽤 많이 돌아다닌 것 같았습니다."

"고인이 정치인이었습니까? 그 비밀조직이 정치와 무슨 상관이 있을까요?"

"아뇨. 그는 정치엔 무관심했습니다."

“그 조직이 범죄조직이라는 생각은 들지 않습니까?”

“전혀요. 지금까지 살아오면서 그처럼 올곧은 사람은 보질 못했습니다.”

“캘리포니아에서 고인에게 어떤 특이한 점은 없었습니까?”

“그는 광산에 틀어박혀 일하는 걸 좋아했죠. 그리고 가능한 다른 사람이 있는 곳엔 가지 않으려 했고 외출도 거의 하지 않았습니다. 그래서 그가 누군가에게 쫓기고 있는 게 아닌가 추측하게 된 겁니다. 그러다가 갑자기 유럽으로 떠났고, 그때 저는 그가 쫓기고 있는 게 확실하다고 생각했죠. 그는 무슨 경고를 받은 게 분명합니다. 그가 떠난 지 며칠 되지 않아 한 무리의 사내들이 찾아와서 그의 행방을 물었기 때문입니다.”

“어떤 사람들이었습니까?”

“글쎄요……. 힘이 좋고 험악해보이는 놈들이었습니다. 그들은 우리가 일하던 곳으로 와서 그가 어디로 갔느냐고 캐물었죠. 유럽으로 갔으며, 구체적으로 어디인지는 모른다고 말했습니다. 분명 놈들이 좋은 목적으로 더글러스를 찾아온 건 아니었습니다.”

“그들은 미국인, 아니 캘리포니아 사람들이었습니까?”

“글쎄. 캘리포니아 사람들인지는 잘 모르겠지만 하여튼 미국인임에는 분명합니다. 하지만 광부 같지는 않았죠. 그들이 어떤 사람들인지 정확히는 모르겠지만 아무 일 없이 떠나 다행이었다고 생각했습니다."

"그게 6년 전 일인가요?"

"거의 7년 전의 일인 듯합니다."

"캘리포니아에서 5년 동안 함께 있었다면 이번 사건은 적어도 11년이라는 세월을 거슬러 올라가는군요."

"그렇습니다."

"대단히 원한이 깊은 관계로군요. 그토록 집요하게 오랫동안 추적해서 이렇게 결말을 낼 정도면 결코 가볍게 볼 일이 아닙니다."

"그것 때문인지 그에게는 항상 짙은 그림자가 드리워져 있었습니다. 한시도 헤어 나오지 못하고 평생 괴로워한 것입니다."

"하지만 신변에 그런 위협을 느끼면서도 왜 경찰에 보호를 요청하지 않았을까요?"

"아마 경찰의 도움으로도 막을 수 없는 위협이라고 생각했던 것 같습니다. 그리고 하나 알려드릴 게 있는데 그는 항상 무기를 휴대하고 다녔습니다. 권총이 주머니에서 떠날 날이 없었죠. 하지만 운 나쁘게도 지난 밤 그는 가운 차림이었습니다. 침실에 권총을 두고 나왔지요. 다리가 올라가 있으니 안전하다고 생각했던 모양입니다."

"연도를 좀더 명확히 하고 싶습니다. 더글러스 씨가 캘리포니아를 떠난 게 6년 전이었고, 선생님은 그 다음 해에 떠났다고 말씀하셨죠?"

맥도널드 경감이 물었다.

"그렇습니다."

"그리고 그는 5년 전에 결혼했고 선생님은 그가 결혼할 즈음에 돌아온 것입니까?"

"더글러스가 결혼하기 한달 전에 돌아왔습니다. 결혼식에서 제가 들러리를 섰으니까요."

"혹시 더글러스 부인이 결혼하기 이전에 부인을 알고 계셨습니까?"

"아니오, 몰랐습니다. 난 영국을 10년 동안이나 떠나 있었으니까요."

"하지만 결혼 후에는 부인을 많이 봤겠군요."

바커는 맥도널드 경감을 차갑게 노려봤다.

"본 횟수로 치면 결혼 후에 더글러스를 훨씬 많이 봤습니다. 그를 방문하다 보니 자연히 부인을 알게 된 것뿐입니다. 친구를 자주 방문하면서 같은 집에 사는 부인을 모른다는 게 말이 되오? 혹시 나와 부인의 관계를……."

"아무것도 의심하지 않습니다, 바커 씨. 나는 다만 사건과 관련 있는 질문을 하는 것뿐입니다. 기분을 상하게 할 생각은 없었습니다."

"무례한 질문입니다."

바커가 화를 냈다.

"조사 중에 필요한 사항을 물어본 겁니다. 사실관계가 분명해지면 우리도 좋고 선생님 입장에서도 나쁠 게 없습니다. 더글러스 씨는 선생과 부인의 우정을 전적으로 이해했습니까?"

바커의 얼굴이 흙빛으로 변했다. 그는 단단하고 육중한 손을 불끈 쥐고 부르르 떨며 소리쳤다.

"당신은 그럴 질문을 할 권리가 없소! 그게 대체 사건 수사와 무슨 관련이 있단 말입니까?"

"같은 질문을 다시 드려야겠군요."

"난 그 질문에 대답할 수 없습니다."

"물론 대답하지 않아도 좋지만 그 자체가 이미 대답이라는 것을 명심하십시오. 감출 게 없다면 대답을 거절할 필요가 없지 않습니까?"

바커는 잠시 무슨 생각을 하는지 험악하게 얼굴을 찡그린 채 가만히 있었다. 아래로 숙인 얼굴에서 유난히 돋보이는 그의 짙은 눈썹이 꿈틀거렸다. 이윽고 입가에 미소를 띠며 얼굴을 들었다.

"좋습니다! 어쨌든 여러분들은 본연의 직무에 충실하고자 하는 것뿐이니 제가 수사를 방해할 순 없죠. 다만 이 일이 더글러스 부인에게 알려져 부인을 근심시키는 일은 없었으면 좋겠군요. 부인은 이미 이번 사건만으로도 엄청난 충격을 받았으니 말입니다. 굳이 말하자면, 천하의 더글러스에게도 결점이 한 가지 있습니다. 질투심이 강하다는 것이죠. 그는 나를 무척 좋아했습니다. 친구를 그만큼 좋아하는 사람은 없을 겁니다. 그리고 아내에게도 헌신적이었습니다. 그는 내가 이곳에 와서 함께 지내는 걸 좋아해서 나를 줄기차게 초대했습니다. 하지만 부인과 내가 오붓하게 이야기를 나누는 광경을 보거나 우리 둘이 뭔가 통하는 것 같은 느낌을 받기라도 하면 질투심에 자제력을 잃고 갑자기 못 할 말을 퍼부어대기도 했습니다. 그 때문에 몇 번이나 그를 다시는 찾지 않겠다고 맹세한 적도 있습니다. 하지만 그는 곧 후회하고 다시 와달라고 간청하는 편지를 보내왔습니다. 나로서는 다시 오지 않을 수 없지요. 하지만 여러분, 이것만은 명심해주십시오. 이 세상 그 누구도 더글러스처럼 사랑스럽고 아름다운 부인을 둔 자가 없으며, 또한 나처럼 친구에게 성실한 사람은 없을 것입니다.”

바커는 열과 성의를 다해 말했다. 그러나 맥도널드 경감은 그 이야기를 접을 기세가 아니었다.

“고인이 끼고 있던 결혼 반지가 사라진 것에 대해서는 잘 아실 테지요?”

“그런 것 같습니다.”

바커가 대답했다.

“‘그런 것 같다’는 말이 무슨 뜻입니까? 이미 사실로 인정했지 않습니까?"

바커는 혼란스러운 듯 잠시 머뭇거렸다.

"내가 그런 것 같다라고 한 이유는 그가 스스로 반지를 뺄 수도 있다는 말입니다."

"그 반지를 누가 뺐던 간에, 아무튼 반지가 사라진 걸로 봐서 이 비극이 더글러스 씨의 결혼 생활과 관련이 있다는 것은 분명해지는데요."

바커는 널찍한 어깨를 으쓱했다.

"무슨 말인지 모르겠습니다. 하지만 당신 말에 부인의 명예를 조금이라도 손상시킬 의도가 있다면……."

순간 바커의 눈에 섬광이 번쩍였다. 치솟아 오르는 감정을 억누르는 모습이 역력했다.

"아무튼 그건 잘못 짚은 겁니다. 그뿐이오."

"지금으로서는 더 물어볼 것이 없습니다."

맥도널드가 차갑게 말했다.

"한 가지 빠뜨린 게 있습니다."

셜록 홈즈가 말을 꺼냈다.

"선생께서 서재에 들어갔을 때 책상 위에 촛불만 켜져 있었다고 말씀하셨죠?"

"그랬습니다."

"촛불이 있었기에 끔찍한 사건 현장을 목격하실 수 있었군요?"

"맞습니다."

"그리곤 곧장 벨을 울려 도움을 청하신 겁니까?"

"그렇습니다."

"집안 사람들이 즉시 달려왔습니까?"

"채 1분도 안 돼서 왔습니다."

"그들이 도착했을 때 촛불은 꺼져 있고 등잔에 불이 밝혀져 있었다고 하던데, 뭔가 이상하지 않습니까?"

다시 바커가 머뭇거렸다.

"이상할 것까지는 없소이다, 홈즈 씨."

그는 숨을 깊이 들이쉬고 대답했다.

"촛불은 아주 희미했습니다. 그래서 좀더 밝은 불이 필요하다고 생각했는데 마침 탁자 위에 등잔이 있기에 킨 겁니다."

"그리고 촛불을 껐습니까?"

"그렇습니다."

홈즈는 더 이상 질문을 하지 않았다. 바커는 도전적인 눈길로 우리를 한 사람씩 찬찬히 쳐다보더니 몸을 돌려 방을 나갔다.

맥도널드 경감은 앞서 더글러스 부인에게 식당이 불편하다면 부인의 방에서 증언을 듣겠다는 뜻을 전달했다. 그러나 그녀는 굳이 식당으로 내려와서 우리를 만나겠다고 응답했다. 그녀는 키가 크고 아름다운 30대 여인으로, 비통에 젖어 반쯤

실신 상태에 있으리라는 내 상상과 달리 극도로 감정을 자제한 듯 매우 침착하고 조용해보였다. 창백하게 일그러진 얼굴은 큰 충격을 견뎌내는 사람의 얼굴로 보이기는 했지만 몸가짐은 의외로 차분했다. 탁자 가장자리에 올라와 있는 아름다운 손은 내 손만큼이나 떨리지 않았다. 그녀는 뭔가 애원하는 듯한 슬픈 눈길로 우리를 차례로 훑어보았다. 그 눈에는 궁금증도 어려 있었는데, 묻는 듯한 눈빛이 어느새 말로 변해 밖으로 나왔다.

"그 동안 진척이 있었나요?"

나는 그녀의 질문에서 사건 해결에 대한 희망보다는 뭔가를 두려워하는 듯한 가벼운 떨림을 읽었다. 이것은 단지 내 상상일까?

"가능한 수단을 모두 동원하고 있습니다, 더글러스 부인. 모든 것을 빠짐 없이 조사할 테니 마음 놓으셔도 됩니다."

맥도널드 경감이 말했다.

"비용은 얼마가 들어도 상관 없습니다. 무슨 일이 있어도 이번 사건을 해결해주세요."

"사건 해결에 도움이 될만한 걸 알고 계시면 말씀해주시겠습니까?"

"없어요. 궁금한 게 있으시면 물어보세요. 모두 말씀드리겠습니다"

"부인은 사건 현장을 실제로 보지 않았다고 세실 바커 씨로부터 들었습니다만, 정말 그 방에는 들어가지 않으셨습니까?"

"네. 그분이 계단에서 저를 막고 돌아가라고 사정했어요."

"알겠습니다. 그럼 총소리를 듣고 바로 내려오신 것이군요."

"가운을 걸치고 내려왔어요."

"총소리를 들은 시점으로부터 바커 씨가 계단에서 부인을 막기까지의 시간은 얼마쯤 됩니까?"

"2～3분 정도 될까요? 경황이 없던 때라 시간을 계산하기가 어렵군요. 그분은 내가 할 일은 아무것도 없다며 내려오지 말라고 간청하더군요. 그래서 앨런 부인을 따라 위로 올라갔지요. 모든 게 마치 악몽같아요."

"총소리가 나기까지 남편께서 얼마나 오랫동안 아래층에 있었는지 말씀해주시겠습니까?"

"잘 모르겠어요. 남편은 침실 옆에 딸린 탈의실에 있다가 나갔기 때문에 밖으로 나가는 소리를 듣지 못했지요. 남편은 밤마다 집안을 한바퀴 돌았어요. 남편의 유일한 걱정거리는 화재였으니까요."

"제가 알고 싶은 부분이 바로 그것입니다, 더글러스 부인. 남편을 영국에서 만나셨지요?"

"네. 5년 전에 결혼했습니다."

"부군께서 미국에 계실 때 신변에 위협을 초래할 만한 어떤

일이 있었다고 말한 적이 있습니까?”

더글러스 부인은 한동안 진지하게 생각하다가 겨우 입을 열었다.

“네, 그래요. 남편에게 어떤 위험이 도사리고 있다는 걸 자주 느꼈습니다. 하지만 남편은 그것에 대해 말하려하지 않았어요. 날 믿지 못해서 그런 건 아니었습니다. 우리 부부는 서로를 깊이 사랑하고 신뢰했으니까요. 아마도 제가 그 사실을 알게 되면 불안해할까봐 일부러 말을 하지 않은 것 같아요.”

“그럼, 그걸 어떻게 아셨죠?”

더글러스 부인 얼굴에 희미한 미소가 나타났다.

“평생을 함께 살면서 아내에게 비밀을 완벽히 숨길 수 있는 남편이 있다고 생각하세요? 그리고 남편을 사랑하는 아내라면 그런 일에 대해 의심하지 않는 게 오히려 이상하죠. 남편이 미국에 있을 때 일어난 일 가운데 말하지 않으려는 부분이 있어서 짐작을 했죠. 남편은 평소 뭔가를 항상 대비하듯 경계를 늦추지 않았어요. 가끔 그와 관련된 말을 무심코 흘리기도 했고요. 어쩌다 예기치 않은 낯선 방문객이라도 나타나면 날카롭게 쳐다보는 눈빛으로도 알 수 있었죠. 저는 더글러스가 어떤 끔찍한 일을 경험했다는 것을 확신했어요. 그래서 그들이 자신을 쫓고 있다고 믿고 항상 자신의 신변보호에 만전을 기했던 거지요. 그 점이 너무도 분명했기 때문에 저는 남편이 외출했다가 예정보다 늦게 들어오기라도 하는 날이면 두려움에 떨어야 했지요."

"한 가지 여쭤보겠습니다. 부군에게서 들은 말 중에 특별히 기억에 남는 것은 없습니까?"

홈즈가 물었다.

"공포의 계곡……."

부인이 대답했다.

"언젠가 한번 물었을 때 남편은 '나는 공포의 계곡에 있었소. 그러나 아직도 거기서 벗어나지 못하고 있다오'라고 대답했어요. 남편이 유난히 심각해보였기 때문에 저는 이렇게 물었지요. '그럼 우린 공포의 계곡을 영원히 빠져나올 수 없나요?' 그러자 남편은 '그곳을 결코 빠져나올 수 없다는 생각이 가끔 드오'라는 겁니다."

"공포의 계곡이 무엇을 뜻하는지 당연히 물어보셨겠죠?"

"물론 물어보았지요. 그러자 남편 표정이 무척 침울해졌어요. 그리곤 고개를 저으면서 이렇게 말하더군요. '우리 부부 중 한 사람이 그런 곳에 있었다는 것만으로도 충분히 불행한 일이오. 오, 신이시여! 제발 아내에게 만큼은 그 그늘을 드리우지 마소서!' 공포의 계곡은 남편이 실제 살았던 곳이고 그곳에서 뭔가 끔찍한 일이 일어났던 게 틀림없어요. 더 이상은 저도 몰라요."

"남편이 무슨 이름 같은 걸 말한 적은 없습니까?"

"있어요. 3년 전 남편이 사냥을 나갔다가 사고를 당했는데 열이 올라 들뜬 상태에서 헛소리를 한 적이 있습니다. 그때 남편은 무척 화가 난 듯도 하고 공포에 질린 듯도 한 목소리로 어떤 이름을 계속 불렀습니다. 맥긴티라는 이름이었지요. '지부장 맥긴티'(Bodymaster McGinty). 남편이 깨어났을 때 지부장 맥긴티가 누구며 그가 어느 조직의 지부장인지 물었더니 남편은 크게 웃으면서 아무것도 아니니 전혀 신경쓰지 말라고 말하더군요. 그게 전부였습니다. 하지만 지부장 맥긴티와 공포의 계곡 사이에 무슨 관계가 있는 게 분명합니다."

"다른 질문을 하나 드리죠."

맥도널드 경감이 말했다.

"부인께선 더글러스 씨를 런던에 있는 하숙집에서 만나 그곳에서 약혼을 하셨다고 들었습니다. 그때 무슨 사건 같은 것은 없었습니까? 결혼과 관련해 무슨 비밀이나 이상한 일은 없었습니까? 사랑해서 결혼하신 것은 맞죠?"

"우린 서로 사랑했어요. 비밀 같은 것은 전혀 없었습니다."

"당시 더글러스 씨에게 경쟁자는 없었나요?"

"아뇨. 제게 다른 남자는 없었습니다."

"이미 아시겠지만 더글러스 씨의 결혼 반지가 사라졌습니다. 그 일로 뭐 생각나는 것은 없습니까? 전부터 더글러스 씨를 추적했던 자들이 그를 찾아내어 범행을 저질렀다고 가정한다면 왜 결혼 반지를 빼갔을까요?"

찰나였지만 나는 부인의 입가에 희미한 웃음이 스쳐 지나가는 것을 감지했다.

"더 이상은 몰라요. 그런 일은 전혀 모르겠습니다."

"그러게 말입니다. 이제 가셔도 좋습니다. 경황 중에 이렇게 폐를 끼쳐서 죄송합니다. 분명 더 묻고 싶은 부분이 있긴 하지만 나중에 다시 여쭙겠습니다."

맥도널드 경감이 말했다.

그녀는 일어섰다. 나는 아까 궁금한 눈으로 우리를 훑어보던 그녀의 시선을 다시 한번 느낄 수 있었다. 그 시선은 '제 증언을 들은 소감이 어떠신가요?'라고 묻는 듯했다.

그녀는 가볍게 목례를 하고 방을 빠져나갔다.

"정말 미인일세. 어쩌면 저렇게 아름다울 수가!"

부인이 나가고 문이 닫히자 맥도널드가 조용히 한마디했다.

"바커가 여기에 자주 온 건 확실합니다. 그는 여성에게 매력적인 남자죠. 더글러스 씨가 질투심이 강하다는 것은 바커도 인정했는데, 더글러스 씨가 왜 질투를 했는지는 아마도 바커 자신이 잘 알고 있을 것입니다. 그리고 결코 간과할 수 없는 결혼 반지 문제도 있습니다. 죽은 사람에게서 결혼 반지를 빼가는 남자라……. 홈즈 씨, 어떻게 생각하십니까?"

내 친구는 두 손으로 얼굴을 감싸고 깊은 생각에 빠져 있었다. 그는 일어나 벨을 눌러서 에임스를 불렀다.

"에임스, 세실 바커 씨는 지금 어디 계시지요?"

"찾아보겠습니다."

에임스는 잠시 후 돌아와서 바커가 정원에 있다고 알려주었다.

"사건이 일어나던 날 밤에 당신과 바커 씨가 함께 서재에 들어갔을 때, 바커 씨가 무엇을 신고 있었는지 기억할 수 있습니까?"

"네, 홈즈 선생님. 침실용 슬리퍼를 신고 계셨습니다. 제가 가져다 드린 구두를 신고 경찰서로 달려가셨으니 잘 기억하고 있지요."

"그 슬리퍼는 지금 어디 있지요?"

"홀의 의자 밑에 그대로 있습니다."

"그것을 가져다 주겠습니까? 어떤 발자국이 바커 씨 것이고 어떤 발자국이 외부인의 것인지 밝혀내는 게 중요한 일이기 때문입니다."

"알겠습니다. 그리고 슬리퍼에 피가 묻어 있을 겁니다. 제 것도 마찬가지이지요."

"당시 방안의 사정을 감안해보면 그럴 만도 하죠. 수고했어요, 에임스. 필요하면 다시 부르죠."

잠시 후 우리는 서재에 있었다. 홈즈는 홀에서 가져온 슬리

퍼를 들고 있었다. 에임스가 이미 지적했듯이 슬리퍼 밑창에
피가 묻어 시커멓게 변해 있었다.

"이상하군!"

홈즈가 중얼거렸다. 그는 빛이 들어오는 창가에 서서 슬리
퍼를 유심히 관찰했다.

"정말 이상해!"

그는 고양이처럼 날렵하게 몸을 구부리고 창턱 핏자국에
슬리퍼를 대보았다. 그것은 정확히 들어맞았다. 홈즈는 동료
들을 향해 빙긋이 웃었다.

맥도널드 경감은 흥분하여 그의 고향 사투리를 쏟아냈다.

"드디어 찾았군요! 의심의 여지가 없습니다! 바커 씨가 여
기에 발자국을 찍은 게 틀림없습니다. 보통 발자국보다 훨씬
크지 않습니까? 전에 평발 같다고 말씀하셨는데 이제야 뭔가
들어맞는군요. 그런데 무엇때문에 이렇게 했을까요? 대체 왜
그랬을까요?"

"흠, 그 의도가 뭘까?"

내 친구는 다시 깊은 생각에 빠졌다.

화이트 메이슨은 낄낄 웃으며 만족스럽다는 듯 통통한 손
을 마주 비볐다.

"그래서 내가 엄청난 사건이라고 말하지 않았습니까? 정말
대단한 사건입니다!"

한 줄기 서광

홈즈와 다른 2명의 수사관들은 사건을 좀더 세밀히 조사해야했기 때문에, 나는 그들을 남겨두고 혼자 마을 여관에 있는 숙소로 돌아갔다. 돌아가는 길에 나는 저택 옆에 있는 기묘하고 예스러운 정원을 산책했다. 기묘한 모양으로 다듬어진 오래된 주목 나무들이 열을 지어 정원 둘레를 에워싸고 있었다. 주목 경계 안쪽에는 잘 자란 잔디밭이 아름답게 펼쳐져 있었고, 그 가운데에는 낡은 해시계가 있었다. 기묘한 사건으로 지칠 대로 지쳤던 나는 정원이 주는 고요와 아늑함 속에서 긴장을 풀고 쉴 수 있었다.

나는 깊은 평온 가운데 어두컴컴한 서재와 그 바닥에 피투성이로 쓰러져 있던 형체를 잠시나마 잊을 수 있었는데, 생각이 나도 한바탕 괴상한 악몽을 꾼 것 같은 느낌이 들 정도였다. 정원을 거닐며 그 짙은 향기에 젖어 영혼이 쉬고 있을 때 이상한 일이 일어났다. 그 일로 인해 나는 저택의 비극을 다시 떠올릴 수밖에 없었고, 불길한 인상이 뇌리에 강렬히 남았다.

앞서 나는 주목이 정원을 에워싸고 있다고 말한 바 있다. 저택에서 가장 멀리 떨어진 곳에는 주목들이 빽빽하게 자라나 하나의 울타리를 이루고 있었다. 이 울타리 뒤편에는 저택 쪽에서 다가오는 사람의 눈에는 띄지 않는 돌의자가 하나 숨겨져 있었는데, 내가 돌의자에 가까이 다가갔을 때 말소리가 들렸다. 굵고 낮은 남자 목소리와 뒤이어 까르르하고 웃는 여자의 소리였다.

이윽고 내가 울타리 끝을 끼고 돌게 되자, 더글러스 부인과 바커의 모습이 눈에 들어왔다. 그들은 나를 발견하지 못했다. 부인의 모습은 내게 충격이었다. 아까 식당에서 본 차분하고 조신한 모습은 사라지고 슬퍼하는 기색은 전혀 보이지 않았다. 그녀의 눈은 기쁨으로 반짝거렸고, 동행자의 말을 들으며 즐거워하고 있었다. 바커는 몸을 앞으로 기울인 채, 깍지 낀 두 손을 무릎에 얹은 자세로 앉아 있었다. 선이 굵고 잘 생긴 얼굴에는 미소가 가득했다.

순간, 그들은 내 모습을 발견하고 심각한 모습의 가면을 다시 썼지만 때는 이미 늦었다. 그들은 당황한 얼굴로 급히 한두 마디를 서로 나누더니, 바커가 일어서서 내게 다가왔다.

"실례합니다만, 왓슨 박사님 아니십니까?"

나는 차갑게 인사했다. 방금 전 내가 받은 인상이 그대로 반영되었을 것이다.

"당신과 셜록 홈즈 씨와의 우정은 꽤 유명하기 때문에 당신이 왓슨 씨일 거라고 생각했습니다. 잠시 이쪽으로 오셔서 더글러스 부인과 말씀을 나누시겠습니까?"

나는 떨떠름한 표정으로 그를 따랐다. 머리가 박살난 채 바닥에 뻗어 있는 피투성이 형체가 내 머리 속에 또렷이 떠올랐다. 집주인이 죽은 지 몇 시간이나 됐다고, 그의 부인과 가장 절친한 친구가 정원의 숲 뒤에서 희희낙락하고 있단 말인가. 나는 쌀쌀한 표정으로 부인을 맞았다. 그녀가 식당에서 슬픈 모습으로 앉아 있을 때 나도 슬퍼했다. 그러나 지금은 호소하는 듯한 그녀의 시선을 냉담하게 뿌리쳤다.

"절 냉혹하고 무정한 사람으로 생각하실까 두렵군요."

부인이 말했다.

나는 어깨를 으쓱해보이며 말했다.

"저와는 상관없는 일입니다."

"하지만 언젠가는 제가 그렇지 않다는 걸 아시게 될 거예요. 이 한 가지 사실만 아신다면……."

"왓슨 박사가 아셔야할 필요는 없소."

바커가 재빨리 끼어들었다.

"방금 말씀하신 대로 박사님과는 상관없는 일이니까요."

"그렇습니다. 그래서 이만 실례하고 산책을 계속 할까 합니다."

"잠깐만 기다리세요, 왓슨 박사님."

여자가 애원하는 듯한 목소리로 불렀다.

"박사님에게 질문이 있어요. 이 세상 누구보다도 박사님이 잘 아실 것 같아서요. 저에게 아주 중요한 문제입니다. 박사님은 홈즈 선생님, 그리고 그분과 경찰과의 관계에 대해서도 잘 알고 계시니까요. 만일 홈즈 선생님이 어떤 중대한 일을 알게 된다면, 그것을 경찰에게 의무적으로 알려주어야 하나요?"

"저희가 궁금한 게 바로 그것입니다. 홈즈 씨는 혼자 일하십니까, 아니면 다른 형사들과 철저히 공조하고 계십니까?"

바커가 진지하게 말했다.

"그런 부분을 말해도 괜찮은지 모르겠군요."

"이렇게 부탁드립니다. 제발 말씀해주세요, 왓슨 박사님! 박사님은 우릴 도와주실 거라고 믿습니다. 그 점에 대해 알려주시면 제게 큰 도움이 될 거예요."

부인의 목소리가 너무도 진실하게 느껴져서 나는 방금 전 그녀의 경거망동에 대해서는 까맣게 잊어버리고 부탁을 들어주었다.

"홈즈는 독립적으로 일하는 탐정입니다. 그는 누구의 지시도 받지 않고 자기 판단대로 행동합니다. 동시에 그는 같은 사건을 수사하는 경찰들에게도 충실합니다. 그리고 그는 범죄자를 심판대에 세우는 데 도움이 된다면 자신이 아는 사실을 숨기지 않습니다. 제가 말씀드릴 수 있는 부분은 여기까지입니다. 보다 자세한 내용을 원하신다면 홈즈를 직접 만나보십시오."

나는 말을 마친 후 모자를 들어올려 인사한 뒤 그들을 남겨둔 채 발걸음을 옮겼다. 울타리 맨 끝을 돌아가면서 뒤를 돌아다보니 그들은 아직도 내 쪽을 바라보며 열심히 이야기하고 있었다. 두 사람은 내가 한 말을 두고 토론을 벌이고 있는 게 분명했다.

나는 숙소에서 홈즈를 만나 정원에서 있었던 일을 설명해주었다. 그러자 그가 말했다.

"그 사람들의 신뢰는 받고 싶지 않네."

홈즈는 영주 저택에서 오후 내내 두 경찰과 회의를 하다가 5시경 돌아와서는 내가 주문한 음식을 게걸스럽게 먹었다.

"비밀 이야긴 필요 없어, 왓슨. 만의 하나 그들이 살인 공모 혐의로 체포라도 되는 날엔 내 입장이 얼마나 곤란해지겠나?"

"일이 그렇게 될 것 같은가?"

홈즈는 몹시 기분이 좋은 듯 명랑 쾌활했다.

"네 번째 달걀을 다 먹고 나서 전후 사정을 자세히 말해주겠네. 그렇다고 상황이 완전히 파악된 건 아니네. 아직 멀었어. 그놈의 아령만 찾는다면 달라지겠지만……."

"아령!"

"여보게, 왓슨. 자네 설마 이번 사건이 사라진 아령에 달려 있다는 걸 모르진 않겠지? 흠, 그렇다고 기죽지 말게. 맥 경감과 그 명석한 지방 형사도 마찬가지니 말일세. 그들도 아령의 중요성을 아직 눈치채지 못하고 있거든. 하나뿐인 아령이라……. 왓슨, 아령 하나로 운동하는 사람을 생각해보게! 신체의 불균형적인 발달로 척추가 뒤틀려 금방이라도 쓰러질 것 같은 사람을 한번 상상해봐! 쇼킹한 일 아닌가?"

홈즈는 토스트를 입에 가득 물고 장난기 어린 눈으로 어리둥절해하는 나를 쳐다보고 있었다. 그가 식욕이 좋다는 것은 일이 순조롭게 풀리고 있다는 것을 뜻했다. 일이 꼬이거나 난제에 봉착할 때면 며칠이고 음식을 입에도 대지 않았다. 그러면 고행과도 같은 과도한 정신집중 때문에 가뜩이나 마른 그의 몸은 더욱 수척해졌다.

이윽고 식사를 마친 홈즈는 파이프에 불을 붙이고 허름한 여관의 벽난로 구석에 앉아서 생각나는 대로 사건에 대해 말을 꺼내기 시작했다. 그의 말은 깊이 생각한 후에 하는 정황 설명이라기보다는 생각나는 대로 내뱉는 혼잣말에 가까웠다.

"거짓말일세, 왓슨. 엄청나고 새빨간, 뻔뻔스러우리만큼 완벽한 거짓말이지. 우리가 방안에 들어서자마자 마주친 것은 거짓말이었어. 그게 우리의 시작이었지. 바커가 진술한 이야긴 모두 거짓말이야. 그런데 바커의 이야기를 더글러스 부인이 증명해주었지. 따라서 부인 역시 거짓말을 했다는 말이 되네. 둘 다 공모를 하고 거짓말을 한 거야. 그럼 이제 의문이 하나 생기지. 그 사람들이 왜 거짓말을 했을까? 그들이 그토록 열심히 감추려고 한 진실은 무엇일까? 한번 파헤쳐보세, 왓슨. 자네와 내가 거짓말의 배후를 파헤쳐서 진실을 재구성해보자구."

홈즈는 말을 이었다.

"그들이 거짓말을 하고 있는지 어떻게 알았냐고? 진실이라고는 조금도 찾아볼 수 없을 정도로 서투르게 꾸며냈기 때문이네. 생각해보게! 우리가 들은 이야기에 따르면, 암살자는 살인을 저지른 후 1분도 안 되는 시간에 죽은 사람의 손가락에서 반지를 빼고, 그 반지 안쪽에 있는 결혼 반지를 빼낸 다음, 앞서 뺐던 반지를 다시 껴 놓았다네. 그런데다 기묘한 메모까지 피살자 옆에 두었지. 범인이 그런 짓을 했을 리가 없네. 그건 정말 불가능하거든! 자네는 더글러스가 살해당하기 전에 반지를 빼앗긴 거라고 생각할 수도 있겠지. 평소 자네의 판단력을 높이 사네만 그럴 리 없어. 촛불이 짧은 시간 동안 켜져 있었다는 것은 두 사람의 대면 시간이 길지 않았다는 것을 의미하네. 더글러스는 평소 두려움을 모르는 용맹한 사람이라고 들었어. 그런 사람이 그렇게 짧은 시간 안에 결혼 반지를 건네줬을 거라고 생각하나? 아니야, 왓슨. 범인은 등잔불이 켜진 상태에서 한동안 죽은 사람 옆에 있었어. 틀림없어. 하지만 사망 원인은 분명히 총상이라네. 따라서 우리가 들은 진술보다 이전에 발사된 게 분명해. 하지만 총소리를 들은 시간을 두고 사람들이 착각할 리 없지. 결국 총소리를 들었다는 두 사람, 바커와 더글러스 부인이 거짓말을 했다는 결론이 나오는 것이지. 그들이 치밀하게 공모를 한 셈이야. 게다가 수사에 혼선을 주기 위해 바커가 창턱에 핏자국을 고의로 찍었다는 것도 밝혀졌으니, 상황이 바커에게 불리하게 돌아간다는 것은 자네도 알겠지?

이제 살인이 실제로 언제 일어났는지 한번 생각해보세나. 10시 반까지 하인들이 집안을 돌아다니고 있었으니 그 시각 이전은 아닐세. 10시 45분 전에는 식기실에서 일하고 있던 에임스만 제외하고 하인들은 모두 자신들 방으로 돌아갔네. 오늘 오후 자네가 돌아간 뒤 나는 몇 가지 실험을 해보았는데, 문이 닫힌 상태에서는 서재에서 어떤 소리가 나도 식기실에서는 그 소리가 들리지 않았어. 그러나 가정부 방은 조금 달랐지. 그 방도 홀에서 멀기는 했지만 그렇다고 복도 맨 끝은 아니어서 서재에서 큰 소리가 나면 희미하게나마 들리더군. 총이 아주 가까운 거리에서 발사되면 그 소리를 어느 정도 줄일 수 있지. 이번 경우가 그렇다네. 총소리가 그리 크지는 않았지만 조용한 밤이라 분명 앨런 부인의 방까지는 들렸을 거야. 스스로 인정했듯이 가정부 앨런은 귀가 어두운 편이지. 그렇지만 벨이 울리기 30분 전에 문이 쾅 닫히는 듯한 소리를 들었다고 증언했네. 벨이 울리기 30분 전이라면 10시 45분 쯤일세. 그녀가 들었다는 소리는 총소리가 틀림없어. 나는 그때 실제 살인이 일어났다고 믿네.

이것이 사실이라면 우린 이제 바커와 더글러스 부인이 총소리를 듣고 달려온 시간인 10시 45분부터 벨을 울려 하인들을 집합시킨 11시 15분 사이에 무엇을 했느냐를 파악해야 하네. 물론 그들이 직접 살인을 저지르지는 않았다는 전제하에 말일세. 그들은 그 동안 무엇을 했을까? 왜 바로 벨을 울리지 않았을까? 이게 우리가 직면하고 있는 문제일세. 이 문제가 풀리면 우린 한결 수월하게 이번 사건을 해결할 수 있을 거야."

"그 두 사람 사이에 뭔가 있는 게 분명해. 부인은 피도 눈물도 없는 여자야. 남편이 죽은 지 몇 시간도 지나지 않았는데 벌써부터 외간남자와 희희낙락하다니……."

내가 말했다.

"잘 봤네. 부인은 증언할 때부터 별로 진실해보이진 않았어. 왓슨, 내가 여성 찬미자가 아니라는 건 자네도 잘 알 테지만 나도 인생 경험을 통해 배운 게 있네. 남편을 진정 사랑했던 부인이라면 다른 남자의 말 한마디에 죽은 남편의 시체를 확인하지도 않고 물러나는 일은 없을 거야. 왓슨, 내가 결혼이란 걸 하게 된다면, 아내에게 어떤 애틋한 감정을 쏟고 싶네. 그렇게 해야 불과 몇 미터 떨어지지 않은 곳에 내 시신을 두고 가정부가 잡는다고 해서 돌아가는 일은 없을 게 아닌가. 참으로 서툰 연기였어. 경험이 없는 형사일지라도 남편의 죽음에 슬퍼하는 기색이 전혀 없는 부인을 보고 뭔가 이상하다는 느낌이 들었을 걸세. 다른 문제가 없더라도 이 자체만으로 사전에 치밀히 준비된 작당이라는 생각이 들고도 남네.”

“그렇다면 자넨 바커와 더글러스 부인이 살인을 저질렀다고 확신하는 건가?”

“자네 질문은 단도직입적인 면이 있군, 왓슨.”

홈즈는 파이프를 내쪽으로 흔들어 보이며 말했다.

“너무 직선적이라 마치 총알을 맞는 거 같네. 자네도 더글러스 부인과 바커가 살인에 관한 진실을 알면서도 함께 공모하여 그것을 감추고 있다고 생각한다면 나도 솔직히 그렇다고 말하겠네. 하지만 그들이 직접 살인을 했다는 자네의 끔찍한 짐작에는 아직 동의할 수 없네. 석연치 않은 점이 많거든. 자, 그럼 어째서 그렇게 추정하기 어려운지 한번 생각해보세나.

바커와 더글러스 부인이 남편 몰래 정을 나누고 있는데 그들 사이를 가로막는 남자를 제거하기로 마음먹었다고 가정해 보세. 이건 정말 억측이야. 왜냐하면 집안 하인과 다른 사람을 아무리 철저히 조사해봐도 그것을 뒷받침할 만한 증언을 들어보지 못했거든. 오히려 더글러스 부부가 진심으로 사랑하고 있었다는 진술이 많았네.”

“아무튼 바커 말은 사실일 리 없어. 확신하네.”

나는 정원에서 쾌활하게 웃고 있던 부인의 모습을 떠올리며 말했다.

“글쎄, 적어도 바커와 더글러스 부인이 그런 인상을 준건 사실이네. 그러나 이 남녀가 아주 교활한 한 쌍이고 주위 사람들의 눈을 감쪽같이 속이며 정을 통하고, 남편을 살해할 모의를 했다고 하세. 그러다 우연히 남편이 항상 신변의 위협을 느끼고 있다는 것을 알게 됐고……”

“그건 그 두 사람에게서만 들은 말일 뿐이야.”

홈즈는 한결 신중한 태세를 취했다.

“여보게, 왓슨. 자네는 그 사람들이 한 이야기를 처음부터 거짓말로 보는군. 자네 의견에 따르면 신변위협도, 비밀조직도, 공포의 계곡도, 맥 아무개 지부장도 애초부터 없었다는 말인데, 자네는 사건을 너무 일반화해서 보는 것 같네. 좋아, 그렇게 추리하면 어떤 문제가 있나 보세나. 두 사람은 범행을 숨기기 위해 그럴듯한 계획을 세운 뒤 외부인의 소행이라는 증거로 숲 속에 자전거를 놔두고, 창턱에 자국을 남기고, 집에서 메모를 준비하여 시체 옆에 놔뒀네. 자네 가정이 다 들어맞는군, 왓슨. 하지만 그러면 앞뒤가 맞지 않는 난처한 문제들이 남아 있네. 하필이면 왜 수많은 무기를 놔두고 짧게 자른 엽총을 사용했을까? 그것도 미제 총을? 총소리를 들은 사람들이 달려오지 않으리란 걸 어떻게 확신할 수 있었을까? 앨런 부인이 문이 쾅 닫히는 소리를 듣고도 나가보지 않은 건 순전히 우연이었네. 왓슨, 자네가 의심하는 남녀가 그런 우연까지 염두에 두었을까?”

“솔직히 설명하지 못하겠어.”

“또한 여자와 그녀의 애인이 모의해서 남편을 죽였다면, 범행 후에 남편의 결혼 반지를 빼낸 이유는 무얼까? 여봐란 듯이 자신들의 유죄를 광고라도 할 셈이었나? 어때, 왓슨? 이게 현실에서 있음직한 일이라고 생각하나?”

“그건 그런 것 같군.”

“그리고 또 하나, 도망자에게 가장 필요한 게 자전거인데 그걸 놔두고 간다는 건 아무리 우둔한 탐정이라도 말이 안 된다고 생각할 것이네. 그러니 굳이 자전거를 숲속에 감추는 연출을 할 필요가 있었을까 하는 점이지.”

“내가 생각해도 앞뒤가 안 맞는군.”

“인간의 두뇌로 설명 불가능한 일이란 없는 법일세. 가벼운 두뇌운동을 위해 타당한 추리를 해보겠네. 그렇다고 내가 하는 말이 진실이라는 건 아닐세. 그냥 상상일 뿐이니 섣불리 단정짓진 말게. 하지만 '상상은 진실의 어머니'라는 경구에 해당되는 경우가 많지 않은가?

이 더글러스라는 남자 인생에 어떤 떳떳치 못한 비밀, 대단히 불명예스러운 비밀이 있다고 가정해보세. 그래서 어떤 원한을 품은 자가 내부로 침입해 그를 살해했다고 생각해보는 거지. 살인범은 죽은 사람에게서 결혼 반지를 빼서 가져갔네. 그 이유는 솔직히 아직 모르겠어. 피의 복수를 부른 원인을 거슬러 올라가다 보면 더글러스의 첫 번째 결혼과 맞닥뜨릴 지도 모르지. 그리고 그 비슷한 이유로 결혼 반지를 빼갔을 수도 있고. 어쨌든 범인이 서재에서 더글러스를 살해하고 도망하려는 순간, 바커와 더글러스 부인이 그 방에 도착했네. 그는 만일 자신이 체포되면 끔찍한 스캔들을 신문에 폭로해버린다고 협박했어. 여기에 마음이 움직인 두 사람은 범인을 그냥 보내주기로 했네. 그래서 아무도 눈치채지 못하게 조용히 다리를 내려서 범인을 보낸 다음 다시 들어올렸어. 밖으로 나온 범인은 어떤 이유 때문인지 자전거를 타는 것보다 걷는 게 더 안전하다고 생각했네. 그래서 자전거를 숨겨둔 후 도주했고, 자전거는 그가 멀리 사라진 뒤에야 발견된 거지. 어떤가? 현실에서 있음직한 멋진 가정 아닌가?"

"그래, 정말 그럴 듯해."

나는 조금 뚱한 표정으로 이야기했다.

"왓슨, 우린 이번 사건과 관련된 일이 모두 기묘하다는 걸 인정해야 하네. 자, 계속 거짓말을 파헤쳐보세. 그렇게 떳떳치 못할 것도 없는 두 남녀는 살인범을 놓아주고 난 뒤 자신들의 입장을 깨달았지. 그들이 살인을 저지른 게 아니라는 것을 증명하기도 힘들고, 그렇다고 이미 벌어진 일을 무시하고 지나갈 수도 없는 노릇이었지. 그래서 그들은 그 상황을 민첩하게, 하지만 서투르게 마무리했네. 바커는 창턱에 슬리퍼로 핏자국을 찍어 도망자가 그리로 빠져나간 것처럼 위장했지. 어쨌든 분명 총소리를 들었기 때문에 그들은 일을 처리한 후 벨을 울렸지. 그땐 이미 범행이 있은 지 30분이나 지난 시각이었어."

"자네 그걸 어떻게 증명할 수 있나?"

"흠, 외부에서 침입한 사람이 있었다면 그는 멀리 도망가지 못해 잡혔을 거야. 그자가 잡히지 않았다는 사실 자체야 말로 핵심적인 증거지. 하지만 그렇지 않다면…… 글쎄, 과학적인 방편은 무궁무진하니까. 하루 저녁 정도 그 서재에서 혼자 지내보는 것도 꽤 도움이 될 걸세."

"혼자서 저녁을 보낸다고?"

"오늘 저녁 거기에 가볼 참이네. 착실한 에임스에게 미리 부탁해뒀거든. 그는 바커를 진심으로 좋아하지는 않네. 나는 그 방에 앉아서 그곳 분위기가 내게 어떤 영감을 주는지 보겠네. 나는 현장이 골치 아픈 문제를 해결해준다고 믿는 사람일세. 자네 웃고 있군, 왓슨. 좋아, 두고보면 알 테니까. 그건 그렇고 자네 커다란 우산 가지고 있지?"

"여기 있네."

"잘됐어. 좀 빌려주겠나?"

"물론이지. 그런데 무기 치고는 좀 빈약하지 않나? 무슨 위험이라도 닥치면……."

"여보게, 심각하게 생각하지 말게. 위험할 것 같으면 자네에게 동행을 부탁하지. 당장은 우산만 있으면 충분해. 지금 난 턴브리지 웰즈에 갔던 친구들이 돌아오길 기다리고 있네. 지금쯤 그곳에서 열심히 자전거 주인의 뒤를 캐며 조사하고 있을 걸세."

맥도널드 경감과 화이트 메이슨이 해가 떨어진 후 의기양양한 모습으로 원정에서 돌아왔다. 그들은 그곳에서 수집한 조사 결과를 쏟아냈다.

"홈즈 씨, 전 처음엔 이번 사건이 외부인의 소행일 가능성이 거의 없다고 판단했습니다."

맥도널드 경감이 말했다.

"하지만 이제 그 추정을 취소해야겠습니다. 자전거 주인 신원을 확인하고 왔으니까요. 그자에 대해서 자세히 조사하느라

고생을 좀 했습니다."

"이제야 사건이 막바지에 접어드는 것 같군."

홈즈가 말했다.

"진심으로 축하하네."

"전 더글러스 씨가 사건 전날 턴브리지 웰즈에 다녀와서 몹시 불안해했다는 사실에 착안했습니다. 턴브리지 웰즈에서 직접적인 신변 위협을 느낀 것이지요. 따라서 자전거를 타고 이곳으로 온 사람이 있다면 그는 턴브리지 웰즈에서 온 게 분명합니다. 그 남자는 더글러스 씨를 쫓아 이곳까지 왔을 겁니다. 우리는 호텔을 돌아니며 자전거를 보여줬습니다. 그러다 이글 커머셜 호텔 지배인이 그 자전거를 알아봤습니다. 이틀 전에 투숙한 하그레이브라는 남자의 것이라고 하더군요. 그 자전거와 여행용 손가방이 남자 짐의 전부였습니다. 숙박부에는 그가 런던에서 온 걸로 되어 있었지만 주소는 기재하지 않았습니다. 손가방은 런던에서 만든 것이고 내용물은 모두 영국제였습니다. 하지만 그 남자는 분명 미국인이었습니다."

"좋아, 좋아."

홈즈가 매우 기뻐했다.

"내가 친구와 함께 여기 앉아 머리를 굴리고 있는 동안 자네 정말 실속 있는 일을 했군! 실천이 중요하다는 말이 역시 맞군, 맥 경감."

“네, 바로 그겁니다, 홈즈 씨.”

경감이 만족스럽게 말했다.

“하지만 그건 자네의 논리를 더욱 훌륭한 것으로 뒷받침하는 것이지 않나.”

내가 말했다.

“그럴 수도 있고 아닐 수도 있어. 맥 경감, 이야기를 마저 들려주게나. 그자의 신원은 확인된 게 없었나?”

“별로 없습니다. 놈은 용의주도하게 자신의 신분을 숨겨왔던 것 같습니다. 서류나 편지도 없고 옷가지에 아무 흔적도 남아 있지 않았으며 시골 자전거 지도가 침실 탁자에 놓여 있을 뿐이었습니다. 놈은 어제 아침 식사를 마친 후 자전거를 타고 호텔을 나선 뒤 우리가 그곳에 갔을 때까지 돌아오지 않고 있었습니다.”

“전 그 부분이 이상합니다, 홈즈 씨.”

화이트 메이슨이 말했다.

“만일 그자가 시끄러운 추적을 피하고자 했다면 조용히 호텔로 돌아와서 평범한 여행객처럼 행세했을 겁니다. 그가 사라지면 호텔 지배인이 경찰에 실종자 신고를 할 테고, 그러면 그의 실종이 살인사건과 결부될 텐데 그가 그것을 몰랐을 리 없지 않습니까?”

“그렇게 추측할 수도 있겠지. 하지만 그가 아직 잡히지 않는 걸로 보면 지금까지는 그의 판단이 옳은 거지. 그건 그렇고 인상착의는 알아봤나, 맥 경감?"

맥도널드는 수첩을 펼쳐 들었다.

"목격자들의 진술을 모두 받아왔습니다. 그자를 유심히 본 사람은 없지만 짐꾼과 프런트 담당, 객실 담당 여종업원 진술이 몇 가지 점에서 일치했습니다. 놈은 키가 175센티미터 정도에 나이는 50세 전후로, 회색 머리에 희끗희끗한 콧수염과 구부러진 코가 특징이었습니다. 그를 본 사람들은 한결같이 사납고 험악한 얼굴 때문에 가까이하기 어렵다는 인상을 받았다고 합니다."

"이런, 얼굴 일부만 제외하면 몸집이나 특징이 더글러스 씨와 거의 똑같군."

홈즈가 말했다.

"더글러스 씨도 50세를 막 넘긴 데다 머리와 수염이 회색이었지. 키도 거의 비슷하고. 그 외 다른 것은 없나?"

"리퍼 재킷에 짙은 회색 양복 차림으로 기장이 짧은 노란 외투를 걸치고 가벼운 천 모자를 썼습니다."

"엽총은 어떤가?"

"그건 길이가 60센티미터도 채 되지 않습니다. 작은 가방에 쏙 들어갈 크기죠. 외투 속에 별 어려움 없이 숨기고 다닐 수 있었을 겁니다."

"그 모든 게 구체적으로 이번 사건과 어떤 관계가 있다고 생각하나?"

"네, 홈즈 씨."

맥도널드가 말했다.

"그놈을 잡으면 구체적으로 알 수 있겠죠. 용의자의 인상착의를 전국에 뿌렸으니 머지 않아 제보가 답지할 겁니다. 하지만 현재로서도 수사에 많은 진척이 있었습니다. 자칭 하그레이브라는 미국인이 이틀 전 자전거와 손가방을 소지하고 턴브리지 웰즈에 왔습니다. 손가방에는 엽총이 들어 있었겠지요. 놈은 애초부터 범행을 치밀하게 준비했습니다. 어제 아침 그는 엽총을 외투 속에 숨긴 채 자전거를 타고 이곳으로 떠났습니다. 그런데 그자를 이곳에서 봤다는 사람은 아직 나타나지 않고 있습니다. 마을을 가로지르지 않고도 공원 입구에 도착할 수 있었을 겁니다. 그리고 당시 차도에는 자전거 타는 사람이 적지 않았습니다. 놈은 이곳에 이르러 자전거를 덤불 속에 숨겼습니다. 그리고 그곳에 숨어서 저택을 감시했을 겁니다. 더글러스 씨가 밖으로 나오길 기다린 거죠. 그 총은 애시당초 밖에서 사용하려고 했을 겁니다. 엽총을 실내에서 사용한다는 것은 좀 우스꽝스러운 일이니까요. 엽총을 사용하는 데는 몇 가지 장점도 있습니다. 목표물에 대한 명중률도 높고 영국에선 엽총 사냥이 빈번하니 총소리가 나더라도 사람들 주목을 그리 끌진 않을 거라는 점입니다."

"아주 정확한 설명이군."

홈즈가 말했다.

"그런데 더글러스 씨는 밖으로 나오지 않았습니다. 그럼 놈은 어떻게 행동했을까요? 그는 땅거미가 내릴 즈음 자전거를 남겨두고 저택으로 다가갔습니다. 그때 다리는 내려져 있었고 주위엔 아무도 없었습니다. 누군가를 맞닥뜨리면 무슨 핑계라도 대려고 했는데 사람이 아무도 없으니 그럴 필요가 없었겠죠. 놈은 눈에 들어오는 첫 번째 방으로 살짝 들어가서 커튼 뒤에 몸을 숨겼습니다. 숨어 있으면서 다리가 올라가는 것을 봤을 테고, 이제 도주하려면 해자를 가로지르는 수밖에 없다는 걸 깨달았겠죠. 그는 11시 15분까지 그곳에 있었습니다. 그때 더글러스가 평소처럼 집안을 단속하다가 그 방으로 들어왔습니다. 범인은 더글러스를 총으로 쏜 다음 미리 봐둔 해자로 도주했습니다. 호텔 사람이 자전거에 대해 증언이라도 하게 되면 자기에게 불리해질 것이라는 생각이 들자 자전거를 거기 남겨두고 어떤 다른 방법으로 런던이나 미리 준비해둔 어떤 안전한 곳으로 도주를 했을 겁니다. 어떻습니까, 홈즈 씨?"

"좋소, 맥 경감. 아주 명확하고 훌륭한 추리일세. 그게 자네의 결론이군. 하지만 내 추리는 좀 다르네. 실제 살인이 발생한 때는 보고된 것보다 30분 이른 시각이라네. 더글러스 부인과 바커가 뭔가를 감추고 있는 거지. 그들은 살인자가 도주하는 걸 도왔어. 적어도 그들이 방에 도착했을 때 살인자가 그곳에 있었던 것은 분명하다네. 어쨌든 범인이 방을 빠져나간 뒤, 그들은 범인이 창문으로 탈출한 것처럼 현장을 꾸몄네. 여러 정황으로 보아 그들이 다리를 내려 범인을 내보낸 것이 틀림없어. 사건 전반부에 대한 내 해석은 여기까지라네."

형사 둘은 고개를 내저었다.

"그게 사실이라면 우리는 지금까지 문제를 해결하면서 또 다른 의문을 만든 셈이군요."

런던 경감이 말했다.

"그렇다고 해도 이해 되지 않는 부분이 있습니다."

화이트 메이슨이 덧붙였다.

"부인은 미국에 가본 적도 없습니다. 그런데 어떻게 미국에서 온 암살자를 알아보고 그가 도망하는 것을 도왔을까요?"

"나도 솔직히 그 점이 의심스럽다네."

홈즈가 말했다.

"그래서 오늘 밤 혼자 어떤 조사를 해볼 참이네. 뭔가라도 발견하게 되면 그 의문을 좀더 쉽게 해결할 수 있을 걸세."

"도와드릴 일은 없습니까, 홈즈 씨?"

"아니, 괜찮네. 칠흑 같은 어둠과 왓슨 박사의 우산만 있으면 충분하네. 충실한 집사 에임스가 나를 도와줄 것이라네. 지

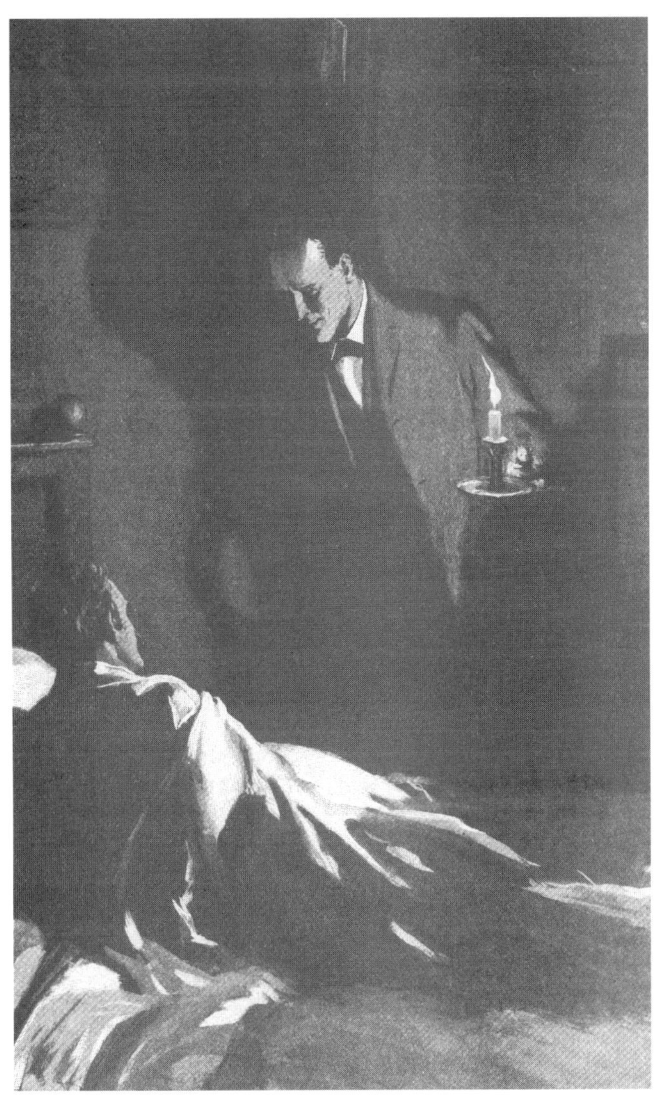

금 내 생각은 온통 한 가지 문제에 쏠려 있지. 왜 운동하는 사람이 아령 하나만 가지고 운동을 했는가 하는 점일세."

홈즈가 단독 수사에서 돌아온 때는 밤 늦은 시각이었다. 홈즈와 내가 묵고 있는 방에는 작은 침대가 두 개 있었는데 허름한 시골 여관에서는 이것도 최고급에 속했다. 나는 이미 잠들어 있었는데 홈즈가 문을 열고 들어오는 소리에 반쯤 잠이 깼다.

"홈즈, 뭐라도 발견했나?"

내가 웅얼거렸다.

그는 한 손에 촛불을 들고 내 옆으로 와서 잠자코 서 있다가 마르고 긴 몸을 내 쪽으로 수그리며 속삭였다.

"여보게, 왓슨. 자네 미치광이나 노망한 사람, 지능이 낮은 멍청이와 한방에서 자는 게 무섭지 않나?"

"아니, 전혀."

나는 어안이 벙벙해졌다.

"아, 그거 다행이군."

홈즈는 그 말을 끝으로, 그날 밤에는 한 마디 말도 하지 않았다.

해결

다음 날 아침 식사를 마친 홈즈와 나는 시골 경사 사무실을 찾았다. 그곳에는 맥도널드 경감과 화이트 메이슨이 작은 응접실에 앉아서 머리를 맞대고 있었다. 그들은 탁자 위에 여러 통의 편지와 전보를 분류하면서 내용을 요약하고 있었다. 그중 세 통은 한쪽으로 밀쳐져 있었다.

"아직도 그 자전거 탄 사람을 찾고 있나?"

홈즈가 쾌활하게 물었다.

"그 악당에 대해 뭐 새로운 소식이라도 있나?"

맥도널드는 애처로운 표정으로 앞에 쌓여 있는 통신문 더미를 가리켰다.

"용의자를 목격했다는 전보가 레스터, 노팅엄, 사우샘프턴, 더비, 이스트엄, 리치먼드와 그 외 14곳에서 들어왔습니다. 그

중 이스트엄, 레스터, 리버풀에서는 혐의자를 붙잡아두고 있습니다. 노란 외투를 입은 도망자가 전국에 우글거리는 것 같습니다."

"세상에나!"

홈즈가 애처롭다는 듯 말을 꺼냈다.

"맥 경감, 그리고 화이트 메이슨 씨에게 진심 어린 충고를 하고 싶소. 내가 처음 여러분과 함께 이번 사건을 수사하면서 한 이야길 기억할 거요. 나는 어중간히 밝혀진 진실은 말하지 않고 내 의견이 옳다는 것이 확실히 증명될 때까지, 내 방식대로 밀고 가겠다고 했지. 이러한 이유로 현재 내가 생각하고 있는 것을 이야기하지 않고 있는데, 한편으로는 공정한 게임을 하겠다고 약속한 이상 여러분이 쓸데없는 일에 매달려 시간과 정열을 낭비하고 있는 것을 그냥 보기만 할 수 없었다네. 그래서 오늘 아침 여러분에게 따뜻한 충고를 하려고 이렇게 찾아온 것이지. 내 충고는 간단하네. 수사를 포기하게나."

맥도널드와 화이트 메이슨은 휘둥그레진 눈으로 이 유명한 탐정을 응시했다.

"희망이 없다고 생각하고 계시는군요!"

경감이 외쳤다.

"여러분의 조사가 가망 없다는 것이지 사건 자체가 그렇다는 건 아닐세."

"하지만 이 자전거 사나이, 그는 가공인물이 아닙니다. 우리는 그의 인상착의도 알고, 손가방과 자전거도 확보하고 있습니다. 놈은 분명 어딘가에 있습니다. 그런데 왜 그를 잡는 일을 그만둬야 합니까?"

"그렇지. 그가 어딘가에 있는 건 분명하네. 그를 추적해야 하는 것도 당연하고. 하지만 자네들이 이스트엄이나 리버풀에서 힘과 시간을 낭비하는 걸 보고 싶지 않다네. 사건 해결에 좀더 간단하고 분명한 방법이 있으니까."

"뭔가 숨기시는 게 있군요! 그러시면 안 됩니다, 홈즈 씨!"

경감이 화가 나서 말했다.

"맥 경감, 내가 어떻게 일하는지 자네는 잘 알고 있지 않나? 하지만 내가 알고 있는 걸 오래 숨기고 있을 생각은 없다네. 난 단지 세부사항을 확인하고 싶은 것뿐인데, 그것은 쉽게 확인할 수 있지. 그 일이 끝나면 내가 조사한 결과와 추리를 자네에게 모두 넘겨준 다음 런던으로 돌아갈 것이네. 자네들에게 신세를 많이 졌기 때문이지. 내 평생 이처럼 이상하고 흥미로운 사건을 조사한 적이 없었으니 말이네."

"정말 이해할 수 없군요, 홈즈 씨. 어젯밤 우리가 턴브리지에서 돌아왔을 때 우리 의견에 대체로 동의하지 않으셨습니까? 그런데 그 뒤로 무슨 일이 생겼기에 사건에 대한 생각이 이렇게 달라졌습니까?"

"물어봤으니 말하지만, 이미 말했듯이 나는 어젯밤 영주 저택에서 몇 시간을 보냈다네."

"그런데 무슨 일이 있었습니까?"

"지금으로선 일반적인 대답밖에 할 수 없지. 여하튼 나는 그 유서 깊은 저택에 대해 짧지만 흥미로운 기사를 읽었다네. 그것은 벌스톤 지역의 담배가게에서 1페니면 살 수 있는 안내서에 쓰여 있었지."

홈즈는 옛날 영주 저택을 목판으로 뜬 그림이 그려 있는 소책자를 조끼 주머니에서 꺼냈다.

"맥 경감, 주위 환경의 역사적 분위기를 충분히 이해하면서 수사하다보면 좀더 열의가 깊어진다네. 그렇게 초조해하지 말게나. 이 책자에 나오는 간단한 이야기를 읽다보면 과거의 어떤 모습이 마음속에 떠오를 수도 있을 거라네. 이제 책의 한 구절을 읽어보지."

홈즈는 책을 읽었다.

'제임스 1세 재위 5년에, 성채가 있던 옛터 위에 세워진 벌스톤 영주 저택은 해자를 갖춘 제임스 왕조 풍 저택으로, 현존하는 것 중 가장 아름다운……'

"우리를 바보로 아시는 겁니까, 홈즈 씨?"

"맥 경감, 당신이 그렇게 화내는 건 처음 보는군. 그렇게 신경에 거슬린다면 기록을 읽는 일은 이쯤에서 그만두겠네. 하지만 책에는 1644년 의회측 군대가 이곳을 점령했다는 것, 찰스 1세와 의회간에 내전이 벌어졌을 때 찰스 왕이 이곳에 며칠간 은신했었다는 것, 그리고 마지막으로 조지 2세가 이곳을 방문한 적이 있다는 일 등 유서 깊은 이 저택에는 수많은 흥미로운 이야기들이 묻혀 있다고 적혀 있다네."

"그렇다고 하죠, 홈즈 씨. 하지만 그게 이 사건과 무슨 관계가 있습니까?"

"관계가 없다고? 관계가 없다니! 맥 경감, 우리 같은 탐정들에게는 시야를 넓게 갖는 일이 아주 중요하네. 생각의 자투리를 서로 연결해보고 이미 사실로 판명된 것도 뒤집어보면 더욱 흥미롭고도 유익한 일이 생기는 법이지. 나는 일개 범죄 전문가일 뿐이지만 이런 말을 하는 것은 그래도 자네들보다 나이도 많고 인생경험도 많은 듯하기에 노파심에서 하는 말이니 너무 기분 나쁘게 생각하진 말게나."

"저도 그 점은 인정합니다."

경감이 진심으로 말했다.

"하지만 당신은 본론을 놔두고 에둘러 가는 경향이 있는 것 같습니다. 이제 본론을 말씀해주시죠."

"좋소. 지난 역사 이야기는 그만하고 현실 문제로 돌아가지. 이미 말했듯이 나는 어젯밤 영주 저택에 갔었다네. 바커와 더글러스 부인은 만나지 않았네. 그들을 귀찮게 할 필요는 없었으니까. 하지만 부인이 그다지 슬픔에 잠기지 않았고 저녁 식사도 맛있게 했다고 하니까 나로선 기분이 꽤 좋았지. 내가 거길 찾아간 목적은 착실한 집사 에임스를 만나기 위해서 였다네. 사전에 어느 정도 친해두어서인지 그는 내가 왔다는 사실을 아무에게도 말하지 않고 서재에 한동안 혼자 있도록 배려해주었지."

"뭐라고? 시체와 함께 말이야?"

나는 화들짝 놀라 소리질렀다.

"아니, 방은 정리되어 있었네. 맥 경감이 그래도 된다고 지시한 걸로 알고 있네. 방은 원래 상태로 복구되어 있었어. 나는 거기서 15분 정도 아주 유익한 시간을 보냈지."

"거기서 뭘 했습니까?"

"아령 한 개가 없어졌다는 간단한 문제가 수수께끼가 되지 않도록 찾고 있었다네. 내 추리에서 사라진 아령은 아주 중요한 문제였기 때문이지. 그리고 마침내 아령을 찾았다네."

"어디서요?"

"아령과 관련해서는 아직 밝혀지지 않은 부분이 있다네. 조금만 더 시간을 주게나. 그러면 내가 알고 있는 걸 모두 말해주겠다고 약속하지."

"좋습니다, 홈즈 씨. 당신은 자신의 생각대로 행동할 권리가 있으니까요."

경감이 말했다.

"하지만 우리더러 조사를 포기하라고 말씀하셨는데, 도대체 왜 우리가 수사를 중단해야 합니까?"

"이유는 간단하다네, 맥 경감. 자네는 지금 무엇을 조사하고 있는지 모르고 있기 때문이지."

"벌스톤 영주 저택 존 더글러스 씨 살인사건을 조사하고 있는 것 아닙니까?"

"그건 자네 말이 맞네. 그렇지만 행방이 묘연한 자전거 주인을 추적하느라 사서 고생하지 말라는 말이야. 아무 소용이 없는 일이란 걸 내가 보증하지."

"그럼 대관절 우리는 뭘 해야 합니까?"

"내 말대로 하겠다면, 무엇을 해야할지 정확히 일러주겠네."

"좋습니다. 비록 이상야릇한 방법으로 일을 하긴 해도 홈즈 씨에겐 항상 타당한 이유가 있었으니 따를 수밖에 없군요. 말씀하신 대로 하겠습니다."

"그럼, 화이트 메이슨 씨는?"

지방 형사는 어찌할 바를 모르는 표정으로 두 사람을 번갈아 쳐다봤다. 그에게 홈즈와 홈즈식 수사방법은 낯선 것이었기 때문에 아직도 감을 못 잡고 있었다.

"글쎄요, 경감님이 좋다면 저도 좋습니다."

그가 마침내 말을 꺼냈다.

"좋습니다!"

홈즈가 말했다.

"그럼 두 분에게 근처의 유쾌하고 좋은 산책로를 권해드리겠네. 사람들 말을 들어보니 벌스톤 산등성이에서 윌드 삼림지대를 바라보는 전망이 대단히 좋다고 하더군. 식사는 근처 적당한 여관에서 하면 될 걸세. 내가 이 지역 사정에 밝지 못해 더 멋진 곳을 권해드리지 못해 유감이요. 그리고 저녁에 피곤하겠지만 기분 좋게……."

"농담이 지나치십니다!"

맥도널드가 의자에서 벌떡 일어나며 성난 목소리로 외쳤다.

"그렇다면 자네가 원하는 대로 하루를 보내게나."

홈즈는 쾌활한 표정으로 경감 어깨를 툭툭 치며 말했다.

"무엇이든 자네가 하고 싶은 일을 하거나 가고 싶었던 장소에 가보는 것도 좋겠지. 하지만 어스름이 내리기 전까지는 여기로 와야 한다네. 여기서 꼭 만나야해, 맥 경감."

"그 말은 한결 정상적으로 들리는군요."

"난 최대한 훌륭한 조언을 하려고 노력했네만 꼭 그렇게 해야 한다고 강요하진 않겠네. 그 시간에 자네가 이곳에 오기만 하면 된다네. 아, 그리고 헤어지기 전에 바커 씨에게 편지를 써 주겠나?"

"무슨 내용으로요?"

“내가 불러주지. 준비됐나?”

세실 바커 씨에게

수사상 해자의 물을 빼야할 필요가 생겼으니 협조 부탁드립니다. 우리는 그곳에서 사건 해결에 도움될 만한 단서를 발견……

“그건 말도 안됩니다. 이미 조사를 해봤지만 물을 빼는 것은 불가능합니다.”

“친애하는 맥 경감, 부탁이니 마저 받아 써주게.”

“좋습니다. 그럼, 계속하십시오.”

……우리는 그곳에서 사건 해결에 도움이 될 만한 단서를 발견할 수 있기를 기대합니다. 내일 아침 일찍, 해자로 들어가는 물길을 바꾸는 작업을 위해……

“불가능해요!”

……인부들이 도착할 것입니다. 따라서 사전에 양해를 구하는 것이 도리일 것 같아 이렇게 알려드립니다.

“이제 거기에 서명하고 4시쯤 인편으로 보내주게나. 그리고 우리는 그 시간에 여기 다시 모이기로 하지. 그때까지는 수사가 잠시 중단된 것이니 각자 하고 싶은 일을 하기로 하세.”

땅거미가 질 무렵 우리는 다시 모였다. 홈즈는 몹시 신중한 표정이었고, 나는 잔뜩 흥분해 있었다. 형사들은 불쾌한 모습이 역력했으며 매우 비판적으로 보였다.

내 친구는 엄숙하게 입을 열었다.

"자, 이제 여러분들은 나와 함께 탐험을 하게 된다네. 내가 지금까지 언급한 추리가 맞는지 틀리는지는 앞으로의 경과를 보고 각자가 판단하길 바라네. 저녁 공기가 꽤 쌀쌀한데다 이번 시험에 시간이 얼마나 걸릴지 모르니 아주 따뜻하게 입게나. 어두워지기 전에 목적지에 도착해야하니 준비가 끝났다면 지금 출발하기로 하세."

우리는 영주 저택의 정원 바깥쪽 경계를 지나서, 나무 울타리가 둘러쳐진 곳에 이르렀다. 울타리 난간 사이에 벌어진 틈으로 빠져나온 우리는 짙어 가는 어둠 속에서 홈즈를 따라 관목 숲에 이르렀다. 이윽고 맞은 편에 저택의 정문과 도개교가 보이는 곳에 이르렀는데, 다리는 아직 올라가 있지 않았다. 홈즈는 월계수를 장벽 삼아 뒤에 쭈그리고 앉았고, 우리도 그를 따라 몸을 웅크렸다.

"자, 이제 뭘 합니까?"

맥도널드 경감이 퉁명스럽게 말했다.

"인내심을 가지고 조용히 기다려야 한다네."

홈즈가 대답했다.

"대체 여긴 왜 온 겁니까? 좀더 솔직하게 말씀해주실 수 없습니까?"

홈즈가 웃으며 말했다.

"왓슨은 날보고 극작가라고 하더군. 내 가슴 속에는 예술가적 감흥이 끊임없이 솟구쳐올라 멋있게 연극을 연출하라고 속삭이고 있다네. 맥 경감, 이렇게 훌륭하게 극을 연출하지 않는다면 우리 직업은 정말 단조롭고 지루한 것이 될 걸세. 냉혹하게 죄를 밝히고, 범인을 잔혹하게 잡아들여 대단원의 막을 내린다면 무슨 재미가 있겠는가? 하지만 치밀한 추리, 교묘한 함정, 앞으로 발생할 사건에 대한 날카로운 예측, 대담한 이론을 기반으로 한 성공적인 증명 같은 것이 우리 직업의 자부심이자 존재의 이유 아니겠나? 지금 이 순간, 아슬아슬한 상황과 사냥 전의 흥분으로 가슴이 뛰고 있지 않나? 열차 시간표처럼 정해진 시간에 계획대로만 행동한다면 어디에서 짜릿한 전율을 찾을 수 있겠나? 난 많은 것을 바라지는 않으니 조금만 참아주게나. 그러면 모든 게 명확해질 것이라네."

"글쎄요, 저는 그 자부심과 존재의 이유라는 게 우리가 얼어죽기 전에 찾아와 주길 바랄 뿐입니다."

맥 경감이 체념 어린 농담조로 말했다.

불침번을 서는 시간이 길어지고, 잔인할 정도로 차가운 밤공기로 인해 우리 모두는 각자 나름대로의 이유로 맥 경감의 의견에 동의했다. 길게 뻗은 예스러운 저택에 칙칙한 어둠이 서서히 드리웠다. 해자에서 피어오르는 냉습한 기운 때문에 우리는 뼈속까지 얼어붙을 정도로 추웠고 저절로 이가 딱딱거리며 부딪혔다. 바로 그때, 대문 너머로 등잔불이 켜지더니 사건이 일어난 서재에서 둥근 불빛이 비쳐나왔다. 그 불빛 주위를 제외한 사방은 어둡고 고요했다.

마침내 맥도널드 경감이 참지 못하겠다는 듯 물었다.

"얼마나 더 오래 있어야 됩니까? 그리고 뭘 지켜보고 있는 겁니까?"

홈즈가 무뚝뚝하게 대답했다.

"얼마나 더 기다려야 할지는 나도 모른다네. 범인이 항상 시간표처럼 움직여준다면 우리도 훨씬 편리하겠지. 지금 감시하고 있는 것은, 바로 저거라네!"

바로 그때 누군가 서재에 밝게 켜져 있는 불빛 앞을 왔다갔다하면서, 노란 불빛이 어슴푸레 해졌다. 우리가 몸을 숨기고 있는 월계수는 서재 창문 정면에 있었는데, 창문과 거리가 채 300미터도 되지 않았다. 그때 여닫이창이 삐걱 소리를 내며 열렸다. 어둠 속을 내다보는 남자의 머리와 어깨 윤곽이 희미하게 나타났다. 잠시 동안 그 남자는 주위에 아무도 없는지 살펴보려는 듯 살며시 고개를 앞으로 내밀었다. 그리고는 몸을 앞으로 굽혔다. 이어 물이 찰랑거리는 소리가 깊은 정적 속에서 은은하게 퍼졌다. 남자는 뭔가를 손에 쥐고 해자 속을 휘젓는 듯했다. 그러다 갑자기 어부가 물고기를 낚아 올리듯 뭔가를 잡아당겼다. 큼직하고 둥근 물건이었는데, 열린 창문을 통해 안으로 끌어당겨지며 불빛을 가렸다.

"지금이야! 빨리 움직여!"

홈즈가 갑자기 소리를 내지르며 뛰쳐나갔다. 우리는 굳은 다리를 비틀거리며 일어나 홈즈 뒤를 따랐다. 그는 날렵하게 다리를 건너 저택의 벨을 세차게 울렸다. 안쪽에서 빗장을 여는 소리가 들렸고 당황한 에임스가 현관에 서 있었다. 홈즈는 말 한마디 없이 에임스를 스쳐 지나갔고 우리도 그를 따라 서재로 들어갔다. 방금 전까지 우리가 보았던 남자가 그 방에 있었다.

등잔불이 탁자 위에서 타고 있었는데 밖에서 보았던 불빛이었다. 일행이 방으로 들어서자 바커가 등잔불을 우리 쪽으로 들었다. 그 불빛 속에 강렬하고도 단호해보이는, 깔끔하게 면도한 그의 얼굴과 위협적인 눈이 드러났다.

"이게 무슨 짓들이오? 대관절 뭘 찾고 있는 거요?"

바커가 소리쳤다.

홈즈는 주위를 날렵하게 휘둘러보다가 갑자기 책상 쪽으로 달려들었다. 책상 밑에는 끈으로 묶인 보따리가 물에 흠뻑 젖은 채 쑤셔 넣어져 있었다.

"이게 우리가 찾던 것입니다, 바커 씨. 당신이 아령을 매달아 무게를 더해 해자 밑바닥에 던져 넣었다가 방금 건져 올린

이 보따리 말입니다."

바커는 당황한 기색으로 홈즈를 뚫어지게 쳐다봤다.

"이게 뭔지 당신이 어떻게 안단 말이오?"

"내가 거기에 두었기 때문이지요."

"당신이 거기에 두었다니! 당신이?"

"해자에 '다시 넣어 두었다'고 말하는 게 정확하겠군요."

홈즈가 말했다.

"맥도널드 경감, 자네도 기억하겠지만 난 아령이 하나뿐이라는 사실에 주목했네. 난 자네의 관심을 그쪽으로 돌리려고 해봤지만, 자넨 다른 것을 챙기느라 바빠서 그것에 대해서는 생각할 겨를이 없었지. 조금만 관심을 기울였다면 자네도 추리할 수 있었을 텐데 말이야. 물이 바로 옆에 있고 무게 나가는 물건이 사라졌다면, 무엇인가를 물에 가라앉혔다고 생각하는 것은 그리 어려운 일이 아니지. 이런 추리를 검증할 필요가 있다고 생각한 나는 어젯밤 에임스의 허락을 받아 이방으로 들어왔다네. 그리고 왓슨 박사의 우산 손잡이 부분을 이용해 이 보따리를 건져 올렸지. 하지만 누가 그것을 물에 빠뜨렸는지 알아내는 게 가장 중요한 일이었어. 그래서 술책을 하나 썼지. 내일 해자의 물을 빼겠다고 하면, 해자에 물건을 숨긴 자가 어두워진 틈을 타서 그것을 건져 올릴 것이라고 생각한 거라네. 그런데 보다시피 기가 막히게 들어맞지. 누가 그것을 건

져 올렸는지 목격한 사람이 여기 네 명이나 있으니, 바커 씨,
이제 당신이 해명할 차례입니다."

셜록 홈즈는 물에 젖은 보따리를 탁자 위 등잔 옆에 놓고
끈을 풀었다. 그는 보따리에서 아령을 꺼내 방의 구석에 있는
동료들에게 가볍게 던졌다. 그런 다음 구두 한 켤레를 꺼냈다.

"보시다시피 미국제군요."

홈즈는 구두코를 가리키며 말했다. 그 다음으로 보기에도
섬뜩한 칼집에 든 길쭉한 칼을 꺼내 탁자에 올려놓았다. 마지
막으로 옷 꾸러미를 풀어 한 벌의 속옷, 양말, 회색 트위드 양
복, 노란 외투를 꺼냈다.

홈즈가 말문을 열었다.

"이 옷들은 기장이 짧은 외투만 빼면 지극히 평범한 의복들
입니다. 뭔가 의미 있는 부분들이 많이 있군요."

그는 외투를 가볍게 들어 불빛에 비추어 보았다.

"보시다시피 여기 안감을 길게 댄 안주머니가 있습니다. 자
른 사냥 도구를 넣기에는 충분한 공간이군요. 깃 안쪽에는 '미
국, 버미사, 양복점, 닐'이라는 상표가 붙어 있습니다. 나는 오
늘 오후 목사관에 가서 지식을 넓히는 유익한 시간을 가졌습니
다. 자료를 찾아보니 버미사는 미국에서 유명한 탄광과 철광이
있는 계곡의 작은 마을이더군요. 저는 바커 씨가 지난 번에 더
글러스 씨 첫 번째 아내가 그 탄광 지대와 무슨 인연이 있다고

하신 이야기가 생각났습니다. 따라서 죽은 사람 옆에 있던 메모에 쓰여 있던 'V. V.'가 버미사 계곡(Vermissa Valley)을 의미하고, 암살자를 파견한 그 계곡이 우리가 들은 바 있는 '공포의 계곡'이라는 것을 쉽게 추론할 수 있었습니다. 현재까지 상당히 많은 부분이 밝혀졌군요. 이런, 내가 바커 씨의 설명을 미리 해버린 것 같습니다. 나머지 설명을 듣고 싶습니다."

우리 위대한 탐정의 설명을 듣고 있던 세실 바커의 표정은 참으로 가관이었다. 분노와 놀라움, 경악과 망설임까지 온갖 감정들이 그의 얼굴에 스쳐 지나갔다. 마침내 바커는 신랄한 어조로 쏘아 붙였다.

"그렇게 잘 아시니 선생이 마저 설명하시는 게 어떻겠소?"

그가 빈정댔다.

"제가 말할 수도 있지만 바커 씨가 하시는 게 아무래도 모양이 좋을 듯 합니다."

"아, 그렇게 생각하오? 글쎄, 여기에 무슨 비밀이 있다고 해도 내 비밀이 아니므로 그것을 밝힐 수 없다는 말밖에는 할 수 없소이다."

맥도널드 경감이 끼어들어 나직한 목소리로 말했다.

"좋습니다, 바커 씨. 정 그렇게 나오신다면 우리는 구속 영장을 발부해 귀하를 체포할 때까지 여기서 지키고 있는 수밖에 없겠습니다."

"당신 마음대로 하시오!"

바커가 도전적으로 말했다. 수사는 더 이상 진전되지 않을 듯했다. 그 고집스러운 얼굴을 보니 아무리 상대를 다그치고 몰아대도 입을 열 것 같지 않았다. 그러나 교착상태는 그리 오래가지 않았다. 반쯤 열려진 문 앞에 서 있던 더글러스 부인이 방 안으로 들어왔다.

"세실, 당신은 할 만큼 했어요."

그녀가 말했다.

"앞으로 무슨 일이 생긴다 해도 당신은 최선을 다 해주신 거예요."

"그렇습니다. 바커 씨는 넘칠 정도로 충분히 일했지요."

홈즈가 정중하게 말했다.

"전 부인을 진심으로 이해하고 있습니다. 부디 우리 사법당국의 공명정대함을 굳게 믿고 우리가 부인을 깊이 신뢰할 수 있도록 해주십시오. 부인께서 제 친구 왓슨 박사를 통해 제게 의논할 게 있다는 의사를 비춰주셨는 데도 그것을 받아들이지 않은 것은 제 잘못일지도 모릅니다. 하지만 그때는 부인이 범죄와 직접적으로 관계됐다고 믿을 만한 충분한 이유가 있었습니다. 이제는 그렇지 않다고 확신합니다. 하지만 아직 납득되지 않는 부분들이 있으니, 저는 부인이 더글러스 씨에게 나오라고 해서 그분이 직접 우리에게 이야기하도록 간청해주시기를 부탁드립니다."

더글러스 부인은 홈즈의 말을 듣고 경악하여 외마디 비명을 질렀다. 순간 어두컴컴한 벽에서 한 남자가 튀어나오는 바람에 형사들과 나도 비명을 질렀다. 남자는 어두운 구석에서 서서히 앞으로 걸어나왔다. 더글러스 부인은 그쪽으로 몸을 돌리며 남자를 끌어안았다. 바커는 그가 내민 손을 굳게 잡았다.

"이게 최선이에요, 잭. 이 방법밖에 없어요."

부인이 되풀이해서 말했다.

"그렇습니다, 더글러스 씨. 당신은 최선의 선택을 하셨습니다."

셜록 홈즈가 말했다.

남자는 어두운 곳에 있다가 갑자기 밝은 곳으로 나와서 눈이 부신 듯이 눈을 껌벅거리며 멍한 표정으로 한동안 서 있었다. 짙은 회색 눈, 짧게 깎아 강한 인상을 주는 회색 콧수염, 돌출한 사각 턱, 재미있게 생긴 입매……. 눈에 띄는 얼굴이었다. 그는 우리를 번갈아 찬찬히 살피더니 놀랍게도 나에게 다가와서 종이 뭉치를 건넸다.

"선생 이야긴 들은 적이 있소."

그의 억양은 딱히 영국식이랄 수도 미국식이랄 수도 없었지만 부드럽고 듣기 좋았다.

"왓슨 선생, 당신이 사건 기록자일테니 이 글을 정리해주시오. 내 장담하건대, 지금까지 이렇게 재미있는 이야기는 선생도 들어본 적이 없을 거요. 내기를 해도 좋소. 당신의 방식대로 정리하되, 사실을 있는 그대로 쓰기만 한다면 독자들을 사로잡을 수 있을 겁니다. 나는 이틀 동안 비좁고 답답한 곳에서 갇혀 있으면서, 낮이 되면 어슴푸레한 빛을 최대한 이용해 내 과거의 역사를 썼소이다. 나는 그 이야기를 기꺼이 당신과 당신의 독자들에게 내놓는 바이오. 그것은 '공포의 계곡'에 대한 이야기입니다."

"그건 과거 일입니다, 더글러스 씨. 우리가 듣고 싶은 것은 현재 이야깁니다."

홈즈가 말했다.

"설명해드리겠소. 담배를 한 대 피우며 말해도 괜찮겠습니까? 고맙소, 홈즈 선생. 내 기억이 맞다면 선생도 애연가일텐데 이틀 동안 담배가 주머니에 있으면서도 들통날까봐 피우지 못하는 심정이 어떤지 당신은 이해하실 겁니다."

더글러스는 벽난로 선반에 기대어 홈즈가 건네준 시가를 맛있게 빨았다.

"홈즈 선생, 당신의 이야기를 좀 들었지만 여기서 이렇게 만나리라곤 전혀 예상치 못했소."

더글러스는 내가 들고있는 종이뭉치를 턱짓으로 가리켰다.

"저 기록을 조금만 읽어봐도 선생은 아마 상당한 충격을 받을 것이오."

맥도널드 경감은 경악을 금치 못한 채 새로 출현한 남자를 뚫어지게 쳐다보고만 있다가 마침내 입을 열었다.

"대체 이게 어떻게 된 일입니까? 당신이 벌스톤 저택의 존 더글러스 씨라면 대체 우린 지난 이틀 동안 누구의 죽음을 조사한 겁니까? 그리고 당신은 대관절 어디서 튀어나오신 겁니까? 제가 보기엔 귀신처럼 마룻바닥에서 갑자기 튀어나온 것 같은데……."

홈즈가 야단치듯이 손가락을 흔들었다.

"이봐, 맥 경감. 그것은 자네가 옛날 찰스 왕이 이 저택에 은신했던 일을 기록해놓은 훌륭한 지역 안내서를 읽지 않았기 때문이야. 당시 사람들은 멋진 장소가 아니면 몸을 숨기려 하지 않았지. 그리고 이미 사용했던 은신처를 오늘날 다시 사용하지 말란 법도 없어서 나는 더글러스 씨를 지붕 밑에서 찾을 수 있을 것이라 생각했다네."

경감이 화를 내며 말했다.

"홈즈 씨! 그 동안 우릴 속여온 겁니까? 우리가 엉뚱한 수사에 시간을 허비하는 동안 마음껏 비웃으셨겠군요."

"전혀 그렇지 않다네, 맥 경감. 나도 지난밤에야 감을 잡았지. 그리고 오늘 저녁에야 그걸 증명할 수 있었기 때문에 자네와 자네의 동료들에게 해질녘까지 쉬라고 한 걸세. 내가 그 이상 어떻게 할 수 있었겠나? 해자에서 옷 꾸러미를 발견했을

때 나는 우리가 발견한 시신은 더글러스 씨의 것이 아니라 턴
브리지 웰즈에서 자전거를 타고 온 사람 것이 분명하다고 생
각했다네. 다른 가능성은 없었어. 그래서 난 존 더글러스 씨가
어디에 있는지 곰곰이 생각하게 되었고, 더글러스 씨 부인과
친구의 협조 아래 집안 어딘가에 숨어있을 거라고 생각한 걸
세. 도주자에겐 집안의 비밀공간이 그 어디보다 안전한 곳이
기 때문이지. 거기서 지내다가 사건이 조용해지면 최후엔 이
곳을 빠져나갈 것이라고 생각한 거야."

"훌륭하오. 거의 정확합니다."

더글러스가 동의하며 말했다.

"내가 저지른 일을 영국 법이 어떻게 처리할지 몰랐기 때문
에 영국 법을 피해갈 생각이었습니다. 그리고 내 뒤를 쫓는 추
적자들을 완전히 따돌리고 싶었소. 나는 처음부터 지금까지
부끄러워하거나 후회할 만한 일을 한번도 한 적이 없습니다.
하지만 내 말에 대한 판단은 여러분이 내리십시오. 경감, 내게
경고할 생각은 마십시오. 나는 어디까지나 진실에 입각해 진
술할 것입니다."

그는 내가 들고 있는 종이뭉치를 가리키며 말을 이었다.

"처음부터 말하진 않겠소이다. 그건 내가 준 문서에 다 나
와 있습니다. 정말 진귀한 모험담이라는 걸 알게 될 것입니다.
요약하면 이렇소. 나를 증오하는 사람들이 있는데, 그들은 나

를 잡기 위해서 돈을 아끼지 않고 추적하는 자들입니다. 내가 살아있고 그들이 살아있는 한 내게 이 세상에서 안전한 곳이란 없습니다. 시카고에서 캘리포니아로, 그리고 미국을 벗어나서도 놈들은 나를 쫓아왔습니다. 하지만 조용한 시골에서 결혼해 정착했을 때, 나는 남은 인생을 평온하게 보낼 수 있을 것이라 생각했습니다. 아내에게 자세한 건 설명하지 않았지요. 아내를 끌어들일 필요는 없었으니까. 사실을 알게 되면 그녀는 단 하루도 편안할 날 없이 걱정만 했을 겁니다.

하지만 아내는 내가 중간중간 흘린 말로 미루어 뭔가 짐작은 하고 있는 듯했습니다. 하지만 어제까지도, 그러니까 신사분들이 내 아내를 면담했을 때까지만 해도 그녀는 사건의 진상을 모르고 있었습니다. 그러니 아내는 아는 것을 전부 말한 것입니다. 여기 바커도 마찬가지입니다. 왜냐하면 사건이 일어나던 날 밤에는 자세히 설명할 겨를이 없었기 때문입니다. 이제는 아내도 사정을 다 알고 있지요. 좀더 빨리 말해줬으면 좋았을거라는 생각은 듭니다. 하지만 그러긴 쉽지 않았소, 여보."

이때 그는 아내의 손을 잡았다.

"나도 내 나름대로 최선을 다한 거라오. 자, 신사 여러분. 나는 사건이 일어나기 전날 턴브리지 웰즈 거리에서 우연히 한 남자를 얼핏 보게 되었습니다. 순간이었지만 난 그런 일에는 눈치가 아주 빠른 편이어서 그놈을 대번 알아 봤습니다. 그는 비밀조직원 중에서 가장 흉포한 놈으로, 최근 수년 간 순록을 쫓는 굶주린 늑대처럼 나를 추적해왔습니다. 곧 뭔가 일이 터질 것이라 생각한 나는 집으로 돌아온 후 그것에 대해 만반의 준비를 했습니다. '굴하지 않고 끝까지 싸워 이기리라, 운명은 내 편이다' 라고 생각했지요. 지난 1876년 전후로 난 미국에서 하늘 아래 둘도 없는 행운아로 정평이 나 있었으니까 그 행운이 계속되리라 믿어 의심치 않았던 겁니다. 다음 날, 나는 하루종일 무기를 휴대한 채 밖으론 일체 나가지 않았습니다. 그러길 잘했지, 밖에 나갔더라면 그를 미처 발견하기도 전에 놈이 쏜 총에 맞아 몸에 큼직한 구멍이 뚫렸을 겁니다. 저녁에 다리를 올린 후에는 놈에 대해 까맣게 잊고 있었습니다. 평상시에도 다리를 올린 다음에는 항상 마음이 편했으니까요. 하지만 놈이 집안으로 들어와서 나를 기다릴 줄은 정말 꿈에도 생각지 못했습니다. 나는 평상시처럼 가운만 입고 집안을 한바퀴 둘러본 뒤 서재로 들어섰습니다. 그 방에 들어서자마자 나는 어떤 위기의식을 느꼈습니다. 평생을 위험 속에서 위태위태하게 살아와서인지, 나에겐 위험이 다가오면 적색경보를 울리는 육감이랄까 그런 것이 발달되어 있지요. 나는 위험 신호를 뚜렷이 느꼈지만 그게 무엇 때문인지는 알지 못했습니다. 그러나 다음 순간, 창문 커튼 밑으로 보이는 구두를 발견하고 그제야 이유를 깨달았지요. 내 손에 들려있는 것이라곤 촛불 하나가 고작이었지만 열린 문을 통해 홀의 등불이 비추어 서재 안은 그리 어둡지 않았습니다. 나는 촛불을 내려 두고 벽난로 선반에 두었던 망치를 가지러 몸을 날렸습니다. 동시에 놈이 내 쪽으로 튀어나왔고 번쩍이는 칼날이 눈에 띄더군요. 나는 망치로 놈을 세차게 내리쳤습니다. 칼이 쨍그랑 소리를 내며 바닥에 떨어진 걸 보면 놈의 몸 어딘가를 내리친 것 같았습니다. 그러나 그는 도마뱀처럼 날렵하게 탁자 주위로 몸을 피하더니 외투 속에서 총을 꺼냈습니다. 공이치기를 잡아당기는 소리를 듣자마자 나는 그가 방아쇠를 당기기 전에 달려들어 총신을 움켜잡았지요. 우리는 일이분 동안 엎치락뒤치락하며 총을 뺏기 위해 싸웠습니다. 총을 놓치는 사람은 개죽음을 당할 게 분명했지요. 놈은 총을 놓지 않았지만, 개머리판을 너무 오래 아래로 향하고 있었습니다. 방아쇠를 당긴 게 나였는지, 아니면 총을 사이에 둔 치열한 몸싸움 끝에 어떤 충격으로 인해 발사된 것인지 잘 모르겠습니다. 아무튼 그는 두 방을 머리에 맞았습니다. 나는 한동안 멍하니 바닥에 쓰러진 테드 볼드윈을 쳐다봤습니다. 놈을 전날 마을에서 얼핏 봤을 때도, 서재에서 내게 덤벼들었을 때도 대번 알아챘지만, 바닥에 쓰러져 있는 그가 테드 볼드윈이라는 것은 그의 가족이라도 알아보지 못할 정도였습니다. 나도 참 험한 일을 겪어왔지만 그렇게 끔찍한 광경은 처음이었습니다. 내가 탁자 한쪽에

기대어 몸을 가까스로 가누고 있을 때, 바커가 달려왔습니다. 뒤이어 아내가 내려오는 소리를 들은 나는 문으로 달려가 그녀를 막았지요. 여자가 볼만한 광경은 아니었으니까요. 좀 있다가 가겠다고 하며 아내를 돌려보냈습니다. 긴 이야기를 할 겨를이 없어서 짧게 한두 마디만 했지요. 바커는 얼핏 보고도 상황을 단박에 알아차렸습니다. 우린 다른 사람들이 오길 기다렸습니다. 하지만 아무도 내려오는 기척이 없더군요. 나는 그제야 다른 사람들이 아무 소리도 듣지 못했다는 것과 무슨 일이 있었는지 아는 사람은 우리 두 사람뿐이라는 것을 깨달았습니다. 순간, 내 머리에 어떤 생각이 번개처럼 떠올랐습니다. 정말 기막힌 생각이어서 찬탄을 금할 수 없었지요. 죽은 남자의 소매가 올라가서 팔뚝에 찍힌 비밀 결사 지부의 낙인이 보였습니다. 여기 보시오!"

더글러스라 믿어지는 남자는 외투와 셔츠 소매를 걷어올려 시체의 팔뚝에서 보았던 것과 똑같은, 원 안에 갈색 삼각형이 그려진 낙인을 보여주었다.

"이걸 보고 좋은 생각이 났습니다. 단번에 모든 계획이 선명하게 떠올랐습니다. 놈의 키와 머리색, 얼굴 윤곽은 나와 아주 비슷했습니다. 가엾은 악당! 놈의 얼굴은 아무도 알아볼 수 없을 지경이었습니다. 나는 지금 입고 있는 옷을 가지고 내려왔고, 바커와 함께 내 가운을 놈에게 입혀서 여러분이 발견한 대로 두었습니다. 그리고 그의 물건은 보따리에 넣어 아령과 함께 묶었습니다. 주위에 무게가 나가는 물건이 그것밖에 없었기 때문입니다. 그런 다음 보따리를 창 밖으로 내던지고는 내 옆에 남기려고 했던 메모를 놈의 옆에 두었습니다. 그리고 반지를 빼서 그놈의 손가락에 끼웠습니다. 하지만 막상 결혼 반지를 빼려고 하니……"

그는 결혼 반지를 끼고 있는 손가락을 보여주며 말했다.

"보시다시피 결혼한 이후에 한번도 빼지 않았기 때문에 빠지지 않았습니다. 빼려면 줄칼이 필요했지요. 무엇보다 이 반지와 헤어지기 싫다는 생각이 들었습니다. 어쨌든 빼려고 해도 뺄 수도 없는 상황이었고요. 그래서 결혼 반지를 제외하고 나머지 반지만 끼웠던 것입니다. 그후 반창고를 갖고 와서 내가 붙인 곳과 같은 곳에 붙였습니다. 홈즈 선생, 명석한 당신도 한 가지 실수를 했습니다. 그때 반창고를 떼어보았다면 거기에 상처가 없다는 걸 발견했을 겁니다. 일이 이렇게 된 것입니다. 나는 잠시 호기를 엿보다가 멀리 달아나 내 '미망인'과 다시 합쳐 남은 여생을 안락하게 보낼 작정이었습니다. 그 악당들은 내가 살아있는 한, 끝까지 날 뒤쫓을 것입니다. 하지만 신문에서 볼드윈이 나를 해치웠다는 기사를 보게 되면 내 고통도 끝날 것이라고 생각했지요. 바커와 아내에게 자세히 설명할 시간은 없었지만 두 사람은 날 충분히 이해하고 도왔습니다. 난 집안에 숨을 만한 은신처가 있다는 것을 잘 알고 있었고 에임스도 알고 있었습니다. 하지만 그는 그것을 이번 사건과 연결시켜 생각하지는 못한 것 같습니다. 나는 그곳에 숨었고 나머지 뒤처리는 바커가 했습니다. 바커가 어떻게 했는지는 여러분도 잘 알 것입니다. 그는 창문을 열고 범인이 도망가다가 남긴 것처럼 창턱에 발자국을 남겨놓았습니다. 무리한 일이기는 했지만 다리가 올라가 있는 상황에서는 어쩔 수 없었지요. 바커는 이 일을 모두 마친 후 벨을 울렸습니다. 그 다음의 일은 여러분도 잘 아실 겁니다. 자, 이제 당신들 뜻대로 하시오. 나는 오직 진실만을 말했습니다. 내가 지금 궁금한 것은 영국 법정이 나를 어떻게 생각하겠느냐는 것입니다."

잠시 침묵이 흐른 후 셜록 홈즈가 입을 열었다.

"영국법은 대체로 공정합니다. 더글러스 씨, 당신이 무거운 처벌을 받는 일은 없을 것입니다. 하지만 한 가지 궁금한 점은 당신이 여기 산다는 것을 그가 어떻게 알았으며, 저택으로 들어오는 길과 당신을 해치기 위해 숨어있을 만한 곳을 어떻게 알았느냐는 겁니다."

"나도 전혀 모르겠습니다."

홈즈는 얼굴이 창백해진 채 무겁게 말했다.

"안타깝게도 이야기가 아직 끝나지 않은 것 같습니다. 당신은 영국 법이나 미국에서 온 적들보다 훨씬 위험한 적수를 만날 수도 있습니다. 당신에게 닥칠 위험이 내 눈에는 보입니다. 부디 제 충고를 받아들여 앞으로도 경계를 늦추지 마십시오."

이제 독자 여러분에게 제안을 하나 하고 싶다. 한동안 서섹스의 벌스톤 영주 저택을 뒤로 하고, 잠시 나와 먼 여행을 떠나보자. 그것은 존 더글러스로 알려진 남자의 이상한 이야기, 대단원의 막을 내린 연극이 일어났던 해부터 약 20년이란 세월을 거슬러 오르고, 서쪽으로 수천 킬로미터나 떨어진 곳으로의 여행이 될 것이다. 그 일은 너무도 기괴하고 소름끼쳐서 나 자신부터도 믿기 힘들지만 실제로 일어났던 일이다.

하나의 이야기가 끝나지도 않았는데 뒤에 다른 이야기를 끌어다 붙인다고 생각하지 않기를 바란다. 계속 읽다보면 그렇지 않다는 것을 알게 될 것이다. 그리고 그 먼 곳에서 벌어진 사건을 꼼꼼히 읽어내려가다보면 신비에 둘러싸인 과거의 수수께끼 전모를 하나도 남김없이 파악할 수 있을 것이다. 그 이야기가 끝나면, 우리는 마지막으로 베이커 가의 방에 다시 한번 모여 이 사건의 결말을 맺을 것이다.

▪ 잭 맥머도
시카고 29지부의 단원이었다가 버미사로 옮겨오면서 버미사 341지부에 가
입한다. 재치 있는 말솜씨, 날카로운 두뇌와 깔끔한 일처리 능력, 두둑한
배짱으로 스카우러단에서 지부장 후보 일순위로 급부상한다.

▪ 잭 맥긴티
버미사 스카우러단의 지부장이면서 지역의회 의원이자 철도 이사이다. 겉
으로는 호탕하고 서글서글하지만, 뒤로는 버미사 계곡에서 온갖 악행과 불
법을 자행하는 암흑가의 대부.

▪ 에티 샤프터
샤프터 주인의 딸로 젊고 아름다우며 우아한 독일 여성이다. 잭 맥머도와 사
랑에 빠지지만, 그녀에게 먼저 관심을 보인 잔인한 성격의 테드 볼드윈이 두
려워 고민한다.

▪ 테드 볼드윈
스카우러단의 간부로서, 건장하고 당당한 태도에 아무 거리낌 없이 살인과
폭행에 앞장서는 잔혹한 인물. 에티를 먼저 찍어놨다가 맥머도에게 뺏긴다.

▪ 모리스
버미사 341지부에서 가장 신중하고, 논리적이며, 입바른 소리를 하는 임원
이다. 그 결과 맥긴티나 다른 형제들에게 겁쟁이란 소리를 들으며 제거 대
상 1호로 올라 있다.

▪ 마이크 스캔런
잭 맥머도가 버미사로 오는 기차 안에서 만난 청년으로 버미사 341지부의
단원이나 배짱이 그리 좋지는 않다. 후에 잭 맥머도와 함께 하숙을 하며 그
를 많이 의지한다.

▪ 테디 마빈 경감
한때 시카고의 경찰이었으나, 스카우러단의 위협 아래 무력해진 시 경찰을
돕기 위해 철도 회사와 광산 소유주가 주축이 되어 창설한 광산 경찰대에
서 근무하는 경감. 맥머도의 과거를 알고 그를 주의 경계한다.

▪ 버디 에드워즈
미국의 거대 조직들이 단결하여 스카우러단을 파괴하기 위해 고용한 핀커
톤 탐정 사무소의 최고 실력자로, 혼자서 거대 조직과 대항하여 싸우는 기
지를 발휘한다.

2부
스카우러단

그 남자

때는 1875년 2월 4일, 몹시 추운 겨울이었다. 길머톤 산맥 골짜기에는 눈이 두텁게 쌓여 있었지만 증기 제설기로 눈을 치운 철로 위로 열차가 힘겹게 오르고 있었다. 탄광촌과 철광촌을 잇는 긴 철로를 달리는 열차는 평원 위의 스태그빌에서 버미사 계곡 초입에 위치한 소도시 버미사로 향하는 가파른 경사길을 아주 힘겹게 오르고 있었다. 버미사까지 이어진 철로는 그곳에서부터 골짜기 아래까지 계속되어 바톤 크로싱, 햄데일을 거쳐 순수 농업지대인 머톤으로 이어진다. 선로는 단선이었는데 무수히 많은 측선에는 숨은 보물로 일컬어지는 석탄과 철광석을 잔뜩 실은 무개차가 길게 줄지어 서 있었다. 미국에서도 극히 황폐하고 구석진 땅으로 거친 사람들이 모여들어 북적거리는 것은 다 이 때문이었다.

이 지역은 참으로 황량한 곳이었다. 이곳을 지나간 초기 개척자들은 시커멓고 험한 바위와 빽빽한 숲으로 둘러싸인 암울한 땅이 아름다운 초원이나 관개가 잘된 목초지보다 가치가 있으리라고 상상이나 했을까? 어둠이 내리고 있는 골짜기의 양 옆으로 사람의 접근을 금하듯 나무가 빽빽하게 들어찬 숲이 끝없이 이어져 있었고, 그 위의 벌거벗은 산 정상 부근에는 하얀 눈이 덮여 있는 깎아지른 듯한 바위가 우뚝 솟아 있었다. 그리고 이 위로 작은 열차가 느릿느릿 기어오르고 있었다.

약 20~30명의 사람들이 기름 등불이 밝혀진 길고 썰렁한 객차에 앉아 있었다. 이들 대부분은 계곡 밑에서 하루 일을 끝내고 돌아가는 노동자들이었다. 그 중 적어도 12~14명은 지저분한 얼굴에 작업용 랜턴을 휴대한 것으로 보아 광부가 분명했다. 그들은 무리를 지어 한데 모여 앉아 담배를 피우며 낮은 목소리로 대화를 나누고 있었는데, 이따금씩 반대편에 있는 두 남자를 힐끔힐끔 쳐다봤다. 두 남자는 제복과 배지로 보아 경찰관이 틀림없었다.

그 외에 서너 명의 여자 노동자와 지방의 자영업자로 보이는 한두 명의 여행객, 그리고 한구석에 홀로 떨어져 앉아 있는 젊은이 하나가 나머지 일행의 전부였다. 우리가 지금부터 관심 있게 살펴볼 사람은 이 젊은이다. 이 사람을 자세히 들여다보자. 그럴만한 가치가 있으니까.

잘생긴 외모에 보통 몸집의 이 남자는 30세쯤으로 보인다. 그는 간간이 호기심 어린 눈길로 주위 사람들을 둘러보았다. 그럴 때마다 날카로우면서도 큼직하고 익살스럽게 생긴 회색 눈이 안경 너머로 반짝거렸다. 그가 싹싹하고 단순한 성격의 소유자로 사람들과 어울리고 싶어한다는 것은 쉽게 알 수 있었다. 누구라도 그를 보면 그가 사람들과 어울리기를 좋아하고 말하기 좋아하는 데다, 재치가 넘치고 항상 웃음을 잃지 않는 사람이라고 생각할 것이다. 그러나 그를 자세히 들여다본 사람은 그의 단단한 턱과 냉혹하고 견고한 입매에서 어떤 범상치 않은 기운을 눈치챌 것이다. 이 쾌활한 갈색 머리의 아일랜드 젊은이는 분명 자신이 속한 조직에 좋건 나쁘건 간에 나름대로 뚜렷한 인상을 남길 것이다.

가까이 있는 광부에게 머뭇거리며 한두 마디 붙여봤지만 되돌아오는 것은 퉁명스럽고 짧은 대답뿐이었다. 그는 할 수 없이 입을 꾹 다물고 스쳐가는 창 밖 풍경을 우울하게 내다보았다. 창 밖의 경치는 그리 유쾌하지 않았다. 양쪽 언덕배기에서는 짙은 어둠을 집어삼킬 듯 용광로가 붉은 혀를 날름거리며 작열하고 있었다. 어렴풋하게 모습을 드러낸 거대한 광석재와 석탄재가 산더미 같이 쌓여 있었고, 그 위로 수직갱이 우뚝 솟아 있었다. 철로 근처에는 초라한 목조 주택이 여기저기 불규칙하게 흩어져 있고, 창문으로 불빛이 흘러나오고 있었다. 열차가 역에서 잠시 멈춰 설 때마다 꾀죄죄한 주민들이 열차 안으로 우르르 몰려들었다.

버미사 지방의 철광과 석탄 골짜기는 유한계급이나 교양 있는 사람들이 찾을 만한 휴양지는 분명 아니었다. 도처에 치열한 생존 경쟁에 시달린 흔적과 거친 노동을 하는 억세고 건장한 노동자들뿐이었다.

젊은 여행자는 이 음침한 촌락을 꺼림칙함과 흥미가 뒤섞인 표정으로 바라봤다. 그는 이런 곳이 처음인 것 같았다. 젊은이는 이따금씩 주머니에서 낡은 편지를 꺼내 읽다가 그 여백에 뭔가를 끼적거렸다. 그러다 허리춤에서 뭔가를 꺼냈다. 이 유순해보이는 남자가 그런 것을 소지하고 있으리라고는 아무도 생각하지 못했을 것이다. 그것은 초대형 해군용 권총이었다. 그가 총을 불빛에 비스듬히 비추자 원통 탄실에 장착된 구리 탄피 가장자리가 번쩍거렸다. 총알이 가득 장전되어 있는 것이 틀림없었다. 그는 권총을 재빨리 안쪽 주머니에 도로 쑤셔 넣었지만 옆 의자에 앉아 있던 노동자에게 들키고 말았다.

"이봐, 젊은이! 권총까지 차고, 준비를 단단히했군!"

젊은이는 당혹스러운 표정으로 어설프게 웃었다.

"예. 제가 있던 곳에서는 가끔씩 이런 게 필요했죠."

"거기가 어디요?"

"시카고요."

“여기는 처음이오?”

“그렇습니다.”

“그 물건이 아마 여기서도 필요할 거요.”

“아, 그래요?”

젊은이가 흥미를 보였다.

“이곳에 관한 소식을 듣지 못했나 보군.”

“전혀 듣지 못했습니다.”

“이런! 전국이 이곳 이야기로 떠들썩했을 텐데 듣지 못했다고? 뭐, 금방 알게 되겠지. 근데 여긴 무슨 일로 왔소?”

“이곳에서는 마음만 먹으면 쉽게 일자리를 구할 수 있다고 들었습니다.”

“노동조합 회원이오?”

“물론이죠.”

“그럼 일을 구할 수 있겠군. 아는 사람은 있으신가?”

“아직. 하지만 친구를 쉽게 사귈 수 있는 방법은 있죠.”

“그게 뭐요?”

“저는 ‘프리맨’의 회원입니다. 전국에 프리맨 지부가 없는 곳은 없죠. 여기도 지부가 있다면 친구를 사귀는 것은 문제가 안 됩니다.”

이 말에 상대의 태도가 즉각 달라졌다. 노동자는 객차 안에 있는 사람들을 경계하는 눈초리로 쭉 살펴봤다. 광부들은 아직도 낮은 목소리로 숙덕거리고 있었고, 두 경관은 간간이 머리를 끄덕이며 졸고 있었다. 노동자는 젊은 여행자 곁으로 바짝 다가앉으며 불쑥 손을 내밀었다.

"악수합시다."

노동자가 말했다.

두 사람은 굳게 악수를 나눴다.

"젊은이 말을 의심하는 건 아니지만 매사에 확실히 해두는 게 좋을 것 같소."

이렇게 말한 노동자는 오른손을 들어 오른쪽 눈썹에 댔다. 그러자 젊은 여행자는 왼손을 들어 왼쪽 눈썹에 댔다.

"어두운 밤은 유쾌하지 않다."

노동자가 말했다.

"그렇다, 낯선 여행자에게는."

상대방이 말했다.

"그 정도면 됐소. 나는 버미사 계곡 341지부의 스캔런 형제요. 이런 곳에서 만나게 되어 반갑군."

"마찬가지입니다. 전 시카고 29지부, 지부장은 J. H. 스코트, 잭 맥머도 형제입니다. 이렇게 빨리 친구를 만나다니 정말 기쁘군요."

"이 근처에는 우리 단원들이 많이 활동하고 있지. 미국에서도 버미사 계곡만큼 활동적인 지부는 아마 없을 거야. 하지만 우리는 당신 같은 젊은이가 필요해. 그런데 노동조합에 가입해 있는 쾌활하고 건장한 젊은이가 시카고에서 일거리를 구할 수가 없다니 이해가 안 되는군."

"일거리는 많았죠."

맥머도가 말했다.

"그런데 왜 거길 떠났나?"

맥머도는 경관 쪽을 턱으로 가리키더니 미소 지었다.

"저 작자들이 알고 싶어할 만한 일이지요."

스캔런은 알겠다는 듯 탄식소리를 낮게 냈다.

"무슨 사고라도 쳤나?"

"그것도 크게 쳤지요."

"교도소감이었나?"

"그 외에 여러 가지가 있었죠."

"설마 살인은 아니겠지?"

"그런 말을 하기에는 아직 이른 것 아닙니까?"

맥머도는 생각없이 너무 많이 말했다는 것에 흠칫 놀라며 말했다.

"시카고를 떠날 때는 다 그럴 만한 이유가 있었소. 그 정도로만 아시오. 그런데 그걸 묻는 댁은 누구요?"

맥머도의 잿빛 눈이 갑자기 안경 안에서 노기로 번득였다.

"왜 이러시나, 친구. 기분 나쁘게 할 의도는 아니었어. 과거에 무슨 일을 저질렀든지 간에 자네를 나쁘게 생각할 단원은 없을 걸세. 그런데 지금 어디로 가는 길인가?"

"버미사."

"여기서 세 번째 역이군. 묵을 곳은 정했나?"

맥머도는 봉투를 꺼내서 어두운 기름 등잔불에 가까이 비추었다.

"여기 주소가 있소. 셰리던 가, 제이콥 샤프터. 시카고에서 알던 사람이 소개해준 하숙집이지."

"못 들어 본 이름인데, 그곳은 내 구역이 아니니까. 나는 홉슨 패치에 살고 있어. 다음 역에서 내려야 하네. 헤어지기 전에 한 가지 조언을 해주지. 버미사에서 무슨 일이 있거든 곧장 프리맨 조합건물로 가서 맥긴티 대장을 찾게. 그가 버미사 지부의 지부장이야. 이 지역에서 블랙잭 맥긴티의 허락 없이는 아무 일도 할 수가 없네. 이제 잘 가게나, 친구! 조만간 지부 저녁 모임에서 만날 수 있겠군. 하지만 내 말을 잊지 말게. 무슨 일이 있으면 꼭 맥긴티 대장에게 가라구."

스캔런이 내리자 맥머도는 다시 혼자가 되어 생각에 잠겼다. 밤이 깊었다. 여기저기 용광로가 포효하며 어둠을 시뻘겋게 달궜다. 타는 듯한 붉은 하늘을 배경으로 어슴푸레한 형체들이 몸을 구부려 힘껏 윈치와 권양기를 비틀어 돌리고 있었다. 그때마다 절거덕거리는 소리와 기계 굉음이 서로 박자를 맞추며 계속해서 밤하늘로 울려 퍼졌다.

"지옥이 있다면 저런 곳이겠지?"

말소리가 들렸다. 맥머도가 몸을 돌려보니 경관 하나가 자리를 옮겨 화염에 휩싸인 바깥 광경을 내다보고 있었다. 그러자 다른 경관이 말했다.

"동감이야. 저기 보이는 자들보다 더 무서운 놈들은 이 세상에 없을 거야. 그건 그렇고 젊은이는 여기에 처음인 것 같은데?"

"그렇다면 어쩔 거요?"

맥머도가 적의 어린 목소리로 말했다.

"이봐 젊은이, 친구를 사귈 때는 특별히 조심하라고 조언을 해주려는 것뿐이야. 내가 자네라면 마이크 스캔런이나 그 일당을 친구로 삼진 않을 거야."

"빌어먹을! 내가 누구를 친구로 삼든 그게 당신과 무슨 상관이 있소?"

맥머도가 갑자기 고함을 지르자 객차 안에 있던 사람들이 일제히 맥머도 쪽으로 고개를 돌렸다.

"내가 당신에게 충고를 해달라고 했어? 아니면 나를 당신 충고 없이는 한 발짝도 내디딜 수 없는 바보천치로 생각한 거요? 말을 해야 할 때나 말하시오. 나라면 당신에게 말도 걸지 않겠어."

그는 고개를 빳빳이 치켜들고 으르렁거리는 사냥개처럼 경관들에게 허연 이를 드러냈다.

몸집이 크고 사람 좋아 보이는 경관 둘은 친절하게 조언한답시고 말했다가 예상치 못한 반응에 당혹해했다.

"기분 나쁘게 하려고 한 말은 아니네. 보아하니 이곳이 처음인 것 같아서 자네를 위해 한 소리야."

경관 하나가 말했다.

"그래, 난 이곳이 처음이지. 하지만 당신들과 그런 친절은 처음이 아냐! 당신들은 모두 똑같아. 부탁도 하지 않았는데 일방적으로 충고나 하고."

맥머도는 격하게 성을 내며 외쳤다.

"머지않아 다시 만나게 될 것 같군. 자넨 정말 명물이군, 명물이야."

경관 하나가 이를 드러내며 히죽 웃었다.

"내 생각도 그래. 머지않아 한번 보겠어."

다른 경관이 말했다.

"난 당신들이 전혀 무섭지 않아! 내 이름은 잭 맥머도다. 내가 묵을 곳은 버미사 셰리던 가에 있는 제이콥 샤프트의 하숙집이니 언제든 찾아와라! 이러니 내가 당신들로부터 도망치는 거라고 생각하지는 않겠지? 밤이고 낮이고 당신들을 떳떳하게 맞아 줄 테니 분명히 알라고!"

낯선 젊은이의 겁 없는 행동에 광부들 사이에서 옳거니 잘한다, 대단한 친구군, 하는 공감과 감탄이 뒤섞인 웅성거림이 흘러나왔다. 경관들은 어깨를 으쓱한 다음 자기들끼리 이야기를 계속했다.

몇 분 뒤 열차가 어두컴컴한 역에 멈춰서자 사람들이 우르르 빠져나가 객차 안은 텅 비다시피 했다. 버미사가 이 철도의 노선에서 가장 큰 도시이기 때문이다. 맥머도는 가죽 가방을 집어들고 어둠 속으로 나가려고 하자 광부 하나가 다가와 말을 걸었다.

"이봐, 젊은 양반! 아까 보니 경찰들을 참 잘 다루더군."

광부는 감탄어린 목소리로 말했다.

"속이 다 후련하더군. 가방은 내가 들을 테니 이리 주시오. 집에 가는 길에 샤프터의 집을 지나쳐 가니 하숙집까지 안내하겠네."

역을 빠져나가는데 다른 광부들이 맥머도를 향해 따뜻한 목소리로 '잘 가시오'라고 한데 외쳤다. 난폭한 맥머도는 이곳에 발을 내딛기도 전에 벌써 버미사의 명물이 되었다.

이곳으로 오는 길에 기차간에서 본 광경도 꽤 섬뜩했지만, 도시의 모습은 한층 더 음침했다. 길게 뻗은 협곡을 올라올 때는 거대한 불기둥과 피어오르는 연기가 음산하긴 했지만 그런대로 웅장한 맛이 있었다. 인간의 노동과 부지런함으로 산더

미같이 쌓여 있는 광물들이 거대한 굴 옆에서 하나의 기념비처럼 서 있었기 때문이다. 그러나 지금 걷고 있는 도시의 시내는 흉측하고 더럽기만 했다. 널찍한 거리는 오고 가는 마차들로 인해 눈과 흙이 뒤섞여 진흙탕으로 변해 있었다. 보도는 좁고 울퉁불퉁했다. 길가의 가스등은 길을 따라 늘어선 목재 주택을 겨우 비춰줄 뿐이었고, 베란다들은 지저분한 진흙 투성이의 거리 쪽으로 불쑥 튀어나와 있었다.

두 사내가 시내 중심으로 들어서자 길가에는 환하게 불을 켠 상점과 술집, 도박장이 거리를 밝히며 줄지어 서 있었다. 광부들이 힘겹게 벌어들인 월급은 그곳에서 탕진되고 있었다.

"저기가 조합건물이오."

안내자가 호텔처럼 웅장하게 솟아 있는 술집을 가리키며 말했다.

"잭 맥긴티가 저곳의 우두머리지."

"그는 어떤 사람이죠?"

맥머도가 물었다.

"뭐라고? 아직 들어보지 못했단 말이오?"

"이곳은 처음인데 내가 어떻게 알겠습니까?"

"흠, 맥긴티 이름을 모르는 사람은 없을 거라고 생각했지. 신문에 여러 번 났으니까."

"무슨 일로요?"

광부는 목소리를 낮췄다.

"글쎄……. 여러 가지 일로."

"무슨 일이죠?"

"이럴 수가! 젊은 양반이 그걸 모르다니. 나쁜 뜻으로 하는 말은 아니네만 자네는 이상하군. 여기에서 들을 수 있는 소식이라곤 한 가지뿐이오. 바로 스카우러단에 관한 것이지."

"아, 그 이름이라면 시카고에 있을 때 들어본 것 같습니다. 살인을 일삼는 갱단 아닌가요?"

"쉿, 살고 싶으면 말조심하게!"

광부는 깜짝 놀라서 우뚝 섰고, 놀란 눈으로 상대를 쳐다보며 외쳤다.

"오래 살고 싶다면 길에서 그런 말은 하지 않는 게 좋을 걸세. 그보다 사소한 일로도 많은 사람이 목숨을 잃었네."

"스카우러단에 대해 아는 건 그뿐입니다. 신문에서 읽은 것 빼고는 아는 게 없습니다."

"자네가 읽은 게 사실이 아니란 말은 아닐세."

사내는 불안한 듯 주위를 두리번거리며, 으슥한 구석에 무슨 위험이 도사리고 있기라도 한 듯 어둠 속을 주시하며 말했다.

"사람을 죽이는 게 살인이라면 이곳은 도처에 살인이 넘친다는 것을 하나님도 아실 거요. 하지만 잭 맥긴티를 살인과 함부로 결부시키지는 말게. 아무리 작은 소리도 그자에게 흘러

들어가게 되어 있으니까. 그는 그런 이야기를 듣고 그냥 넘겨
버릴 위인이 아니네. 자, 큰길에서 조금 들어가 있는 저 집이
당신이 찾는 곳일세. 하숙집 주인인 제이콥 샤프터는 이 마을
에서 아주 착실한 양반이라네."

"고맙습니다."

맥머도는 새로 알게 된 사람과 악수를 나눈 후, 가방을 손
에 들고 하숙집 길목으로 들어갔다. 그는 그 집을 찾아 문을
두드렸다.

전혀 기대하지 않았던 사람이 문을 열었다. 젊고 보기 드물
게 아름다운 여자였다. 독일 사람인 것 같았는데 아름다운 금
발 머리와 뚜렷이 대조를 이루는 바다처럼 깊고 까만 눈을 가
지고 있었다. 여자는 놀라움과 수줍음으로 낯선 남자를 쳐다
보며, 하얀 얼굴에 살짝 홍조를 띠었다. 열려진 문으로 새어
나오는 불빛 아래 그녀의 모습을 쳐다보면서 맥머도는 이처럼
아름다운 여인을 본 적이 없다는 생각을 했다. 그녀는 칙칙하
고 어두운 주위환경과 대조를 이루어 더욱 매력적으로 보였
다. 탄광 잿더미에 피어난 한 송이 제비꽃도 이보다 눈부시지
는 않으리라. 그는 넋을 잃고 우뚝 선 채 한 마디 말도 않고 그
녀를 바라보고 있었다. 침묵을 먼저 깨뜨린 사람은 그녀였다.

"전 아버지인 줄 알았어요."

독일 억양이 살짝 섞인 듣기 좋은 목소리로 그녀가 말했다.

"아버지를 찾아오셨죠? 아버지는 시내에 나가셨어요. 금방 돌아오실 거예요."

맥머도가 노골적으로 뚫어지게 쳐다보자, 그녀는 이 대범한 방문자 앞에 당황하여 눈을 내리깔았다.

"아니오, 아가씨. 그리 급할 건 없어요. 이 하숙집을 소개받고 온 사람인데 좋은 곳 같군요. 마음에 듭니다."

"빨리 결정하시네요."

그녀는 미소 지으며 말했다.

"눈이 제대로 달린 사람이라면 모두 그럴 것이오."

그가 대답했다.

그녀는 상대방의 칭찬에 웃음을 터트렸다.

"들어오세요. 저는 샤프터 씨의 딸 에티에요. 어머니가 돌아가신 후로 제가 하숙집 일을 돌보고 있죠. 거실 난로 가에 앉아서 아버지가 오실 때까지 기다리셔요. 아, 저기 오시네요. 바로 말씀을 나누실 수 있겠어요."

골목으로 터벅터벅 걸어 들어오고 있는 사람은 덩치가 큰 노인이었다.

맥머도는 그에게 용건을 간단히 설명했다. 시카고에 있을 때 머피라는 사람이 이곳을 소개해줬는데, 그도 다른 사람에게 소개받았다고 말했다. 샤프터 영감은 이미 모든 준비를 하고 있는 듯했다. 낯선 젊은이도 주인이 제시하는 조건을 그대

로 수용했다. 돈을 꽤 많이 가지고 있는지, 일주일에 7달러를
선금으로 내는 조건으로 숙식을 제공받기로 했다.

자신을 도망자라고 자인한 맥머도는 이렇게 해서 샤프터
씨의 하숙집에 자리를 잡게 되었다. 이것이 먼 타지에서 막을
내리게 되는 그 길고도 어두운 사건들의 출발점이었다.

지부장

맥머도는 빨리 두각을 나타내는 사람이었다. 그가 가는 곳마다 주위엔 사람들이 몰려들었다. 일주일도 채 지나지 않아 그는 하숙집에서 가장 유명한 인물이 되었다. 하숙집에는 10명 남짓한 손님들이 묵고 있었는데 그들 대부분은 건실한 노동자거나 상점 점원으로, 아일랜드 젊은이와는 살아온 세상 자체가 달랐다. 저녁이 되어 이들이 함께 모이면 맥머도는 재치 있는 말솜씨로 분위기를 주도했다. 그는 노래를 멋들어지게 부르고 이야기도 아주 조리있게 했는데 마치 사람들을 즐겁게 해주는 재주를 타고나기라도 한 듯했다. 그래서 사람들은 그의 이야기를 들으며 끊임없이 웃음을 터뜨렸다.

그러나 가끔 며칠 전 열차 안에서 그랬던 것처럼 갑작스럽게 안색을 바꾸며 불같이 화를 낼 때도 있어서, 사람들은 그를 함부로 대하지 않았으며 무서워하는 경우도 있었다. 그는 법이나 경찰 관련 종사자에 대해서는 유독 차가운 경멸을 드러냈는데, 그런 그를 보며 일부 통쾌해하는 사람도 있었지만, 불안해하는 사람도 있었다.

그는 처음 만났을 때부터 하숙집 딸을 연모한다는 것을 숨기지 않았으며, 첫눈에 그녀의 우아함과 아름다움에 반했다는 것을 분명히 했다. 그는 뒤로 물러설 줄 모르는 구애자였다. 하숙집에 들어온 지 이틀째 되는 날 그는 그녀에게 사랑을 고백했고, 그녀가 딱 부러지게 거절해도 전혀 실망하지 않고 날마다 같은 이야기를 되풀이했다.

"다른 남자가 있다고요?"

젊은이는 울음을 터뜨릴 듯한 얼굴로 말했다.

"제길, 정말 재수 좋은 녀석이군. 그놈한테 밤길 조심하라고 전해요. 이미 다른 사람이 있다고 해서 이 터질 것 같은 가슴을 가라앉히고 내 평생 단 한 번뿐인 기회를 포기할 것 같소? 지금은 날 좋아하지 않아도 상관없소. 언젠가는 내 사랑을 받아들일 날이 반드시 올 테니까. 난 아직 젊으니 얼마든지 기다릴 수 있소."

아일랜드 특유의 입심으로 듣기 좋은 감언이설을 쏟아놓는 그는 위험한 구애자였다. 그에게는 여자의 환심을 차지하고, 연민과 이해를 불러일으킬 만한 화려한 경험과 호기심을 돋우는 신비스러운 면이 있었다. 그는 고향 아일랜드 모나핸 군의 아름다운 계곡과 감미롭고 아득한 섬, 야트막한 언덕, 푸른 목초지에 대해 이야기했다. 그런 곳들은 눈덮인 더러운 탄광촌과 뚜렷이 대조를 이뤄 상상만으로도 무척 아름답게 느껴졌다. 그리고 청년은 북부에 있는 미시간 주의 디트로이트와 벌목 캠프장에서의 생활, 마지막으로 시카고의 제재소에 대해 이야기했다.

나중에는 사랑 이야기도 언뜻 내비쳤다. 거대한 도시 시카고에서 어느 날 우연히 다가온 이상야릇한 느낌, 너무나 낯선, 하지만 마음속 깊은 곳에서 우러나오는 감정들을 그는 말로 다 설명하지 못하겠다고 했다. 청년은 추억이 그리운 듯 눈을 반쯤 감은 채 갑자기 닥친 이별과 그로 인한 오랜 관계의 단절, 낯선 세계로의 여행을 이야기했다. 그러다 결국 이 끔찍한 골짜기에 도달한 것에서 이야기를 맺었다. 에티는 연민과 동정으로 가득 찬 까만 눈을 반짝이며 청년의 이야기에 귀 기울였다. 이 연민과 동정의 감정은 자연스럽고도 급격하게 사랑으로 발전했다.

맥머도는 교육을 많이 받은 덕분으로 임시직이지만 회계담당 자리를 얻을 수 있었다. 그러면서 하루종일 일에 쫓기다 보니 프리맨의 지부 책임자를 찾아갈 시간을 따로 내지 못했다. 그러던 어느 날 저녁, 며칠 전 기차간에서 만난 적 있는 지부 회원 마이크 스캔런이 하숙집을 찾아와 맥머도에게 그 사실을 일깨워주었다. 작은 키에 날카로운 얼굴, 뭔가 불안해보이는 검은 눈을 가진 스캔런은 그를 다시 만나 반가운 것 같았다. 사내는 위스키 한두 잔을 걸친 다음 자신이 방문한 용건을 밝혔다.

"이봐, 맥머도. 자네 주소를 다행히 잊어버리지 않고 있어서 이렇게 찾아올 생각을 다했네. 자네가 아직 지부장에게 보고를 하지 않았다니 놀랐네. 왜 맥긴티 대장을 아직도 찾아가지 않았나?"

"사실 일거리를 찾느라 무척 바빴소."

"아무리 바빠도 시간을 내야지. 세상에, 여기에 도착했으면 날이 밝자마자 조합건물을 찾아가서 이름을 등록했어야지, 정말 바보 같은 짓을 했군. 그의 기분을 조금이라도 상하게 한다면……. 아니, 그런 일은 절대로 일어나선 안 되네. 절대로!"

맥머도는 남자의 말에 약간 놀랐다.

"스캔런, 나는 지난 2년 동안 프리맨 시카고 지부 회원이었소. 하지만 등록 신고를 그렇게 급히 해야한다는 말은 못 들었는걸."

"시카고에서는 자네 말이 맞을지도 모르지."

"여기도 같은 조직이 아니오?"

"과연 그럴까?"

스캔런은 청년을 한동안 뚫어질 듯 쳐다봤다. 그의 눈에 어떤 불길한 빛이 스쳤다.

"그럼 다르단 말이오?"

"그건 자네도 머지 않아 알게 되겠지. 그건 그렇고 그때 열차에서 내가 내린 뒤 경찰들과 이야길 나눴다면서?"

"어떻게 알았소?"

"흠, 이 구역에서는 좋은 얘기든 나쁜 얘기든 소문이 금방 퍼진다네."

"그랬지. 그 사냥개들한테 내가 생각하는 바를 말해줬을 뿐이오."

"정말 대단하군. 맥긴티의 오른팔이라도 될 수 있겠어!"

"그 사람도 경찰을 싫어하나?"

스캔런은 와락 웃음을 터뜨리고는 자리에서 일어서며 말했다.

"꼭 가서 만나보게, 젊은 친구. 그렇지 않으면 대장이 미워하는 사람은 경찰이 아니라 자네가 될 테니까! 이제라도 친구의 조언을 받아들여 당장 찾아가게!"

마침 그날 밤 맥머도는 집주인 샤프터에게 불려가서 달갑지 않은 소리를 듣고 그렇게 해야겠다는 결심을 더욱 굳히게 되었다. 청년이 에티에게 전보다 더 공공연하게 구애를 해서인지, 아니면 두 남녀가 다정하게 속삭이는 모습에 우둔한 독일인 주인도 감을 잡아서 인지, 원인이야 어쨌든 노인은 그를 자기 방으로 불렀다. 그는 말을 돌리지 않고 단도직입적으로 이야기했다.

"맥머도, 내가 보기엔 자네가 내 딸 에티를 마음에 두고 있는 것 같은데. 그런가? 아니면 내가 잘못 짚었나?"

"아닙니다. 사실입니다."

청년이 대답했다.

"그랬군. 미리 말해두지만 그건 아무 소용없는 일이네. 자네가 이곳에 나타나기 전부터 에티를 찍어놓은 사람이 있으니."

"얘긴 들었습니다."

"그랬군. 그 아이 말은 사실일세. 그런데 그 사내가 누구라고 말하던가?"

"아뇨. 물어봐도 대답하지 않더군요."

"그 말괄량이가 그런 말을 할 리 없지! 자네를 두렵게 하고 싶지 않았을 거야."

순간 맥머도는 버럭 고함을 질렀다.

"내가 두려워한다고요?"

"그렇다네, 젊은이! 그를 두려워하는 게 부끄러운 일은 아닐세. 다른 사람이 아닌 테드 볼드윈이니까."

"그 녀석이 대체 누구입니까?"

"스카우러단의 간부지."

"스카우러단이라! 전에도 들어본 적이 있습니다. 여기서도 스카우러, 저기서도 스카우러, 언제나 스카우러 얘기를 큰 소리도 못 내고 속닥속닥……. 어르신은 대체 무얼 두려워하시는 겁니까? 그리고 스카우러단은 뭡니까?"

그 끔찍한 단체에 대해 이야기할 때 다른 사람들이 그랬던 것처럼 하숙집 주인은 갑자기 목소리를 낮췄다.

"스카우러단은 프리맨을 말하네!"

젊은이는 눈을 동그랗게 떴다.

"저도 프리맨 회원입니다."

"자네가? 그런 줄 알았으면 애초부터 내 집에 들이지 않았을 걸세. 일주일에 100달러를 준다고 해도 말이야."

"그 단체의 어디가 나쁘다는 것이죠? 자선과 친교를 목적으로 한다고 규정에 나와 있는데……."

"다른 곳은 그럴지도 모르지만 여기는 달라!"

"여기는 어떻습니까?"

"여기선 살인 집단이야. 살인 집단!"

맥머도는 믿어지지 않는다는 듯 소리 내어 웃었다.

"증거라도 있습니까?"

"증거? 그 동안 50여 건이 넘는 살인 사건을 저질렀는데도 증거가 필요한가? 밀맨과 반 쇼스트, 니콜슨 가족, 햄 노인, 어린 빌리 제임스와 그 외에 수없이 많은 사람들이 살해당했는데도 증거를 대라고? 이 계곡에서 그 사실을 모르는 사람은 없을 걸세.”

맥머도가 정색을 하고 말했다.

“샤프터 씨! 지금 하신 말씀을 취소하시든지 증거를 대십시오. 이 방을 나가기 전에 둘 중 하나는 해주셔야 합니다. 입장을 바꿔놓고 생각해보십시오. 저는 이 마을에 처음 왔습니다. 그리고 순수한 목적을 가지고 있다고 믿는 한 단체에 가입하고 있습니다. 미국 전역에 이 단체의 지부가 없는 곳이 없으며 그 이상은 순수합니다. 그래서 이제 여기에 있는 지부에도 등록을 하려고 하는데 당신은 그 단체를 살인 집단인 스카우러단이라고 말하고 있습니다. 그러니 저한테 사과를 하시든지 아니면 납득이 가도록 설명해주십시오.”

“젊은이, 그건 이 세상이 다 아는 사실이네. 한 단체의 두목은 다른 단체의 두목이기도 하지. 자네가 한쪽의 뜻을 거스른다면 다른 쪽의 보복을 받게 될 걸세. 이 정도 말하면 알아듣겠나?”

“그건 뜬소문일 뿐입니다. 증거를 대보십시오.”

“자네도 여기에 오래 살다보면 그 증거를 수없이 보게 될 걸세. 참, 자네도 그 단체의 회원이라는 것을 잊었군. 자네도 곧 그놈들에게 물들겠지. 이봐, 다른 하숙집을 알아보라고. 자네를 여기 놔둘 순 없네. 가뜩이나 그 중에 무지막지한 놈 하나가 내 딸 에티에게 치근덕대는 것도 쫓아낼 용기가 없는 판에 다른 자까지 내 집에 들여야겠나? 그렇게 할 수는 없지. 당장 내일부터 딴 곳을 알아봐!"

그간 안락하게 지내오던 숙소에서 당장 쫓겨나는 데다가, 사랑하는 여인까지 뒤로 해야 할 상황에 직면한 맥머도는 암담했다. 그날 저녁, 그는 에티가 거실에 혼자 앉아있는 것을 보고 이 문제를 그녀에게 털어놓았다.

"에티, 당신 아버지가 나에게 이 집을 나가라는 통고를 했소. 나 혼자만의 문제라면 이렇게 걱정하지 않소. 만난 지 1주밖에 되지 않았지만 당신은 이미 내 생명과도 같소. 난 이제 당신 없이는 살 수 없다오."

"쉿! 제발 그렇게 말하지 말아요, 맥머도! 이미 말씀드렸지만 당신은 너무 늦었어요. 이미 다른 사람이 있어요. 그사람과 결혼하겠다고 약속한 것은 아니지만 그렇다고 다른 사람과 미래를 기약할 수 있는 형편도 아니에요."

"내가 조금만 더 빨리 왔다면 내게 기회가 있었을까?"

그녀는 얼굴을 두 손에 파묻고 흐느끼며 말했다.

"당신이 먼저였다면 얼마나 좋았을까요!"

그 말을 들은 맥머도는 그녀 앞에 무릎을 꿇고 외쳤다.

"에티, 제발, 그렇다고 포기하지 말아요. 당신과 내 인생을 그놈과의 약속 하나로 망칠 생각이오? 마음이 가는 대로 해요, 내 사랑! 그래야 후회가 남지 않는 법이오. 당신의 본심을 미처 깨닫기 전에 한 약속보다는, 지금 이 순간 당신이 느끼는 대로 행동하는 것이 더 안전할 것이요."

그는 햇볕에 그을린 억센 손으로 백옥 같은 에티의 손을 꽉 쥐었다.

"내 아내가 되어주시오. 그래서 우리 어떠한 어려움이 닥치더라도 함께 끝까지 이겨나갑시다."

"이곳에서요?"

"그렇소, 여기서."

"안 돼요, 안 돼, 잭!"

이미 그의 팔이 그녀를 안고 있었다.

"여기서는 안 돼요. 나를 멀리 데리고 가주세요."

그 순간 맥머도의 얼굴에 잠시 고민의 빛이 스쳤으나 이내 돌처럼 굳어졌다.

"아니, 여기서 해야 하오. 무슨 일이 있어도 당신을 지켜주겠소, 에티."

"함께 떠나면 되잖아요?"

"아니, 에티. 난 여길 떠날 수 없소."

"왜요?"

"여기서도 쫓겨났다는 생각이 들면 어느 곳에서도 더 이상 머리를 들고 다닐 수 없을 거요. 게다가 여기에 무서울 게 뭐가 있소? 우린 자유로운 나라에 사는 자유시민 아니오? 내가 당신을 사랑하고, 당신이 나를 사랑하는데 누가 감히 우리 사이에 끼어 든단 말이오?"

"몰라서 그래요, 잭. 여기에 온 지 얼마 되지 않아서 모르는 거에요. 볼드윈이란 사람도 그렇고, 맥긴티도, 그의 스카우러단도 당신은 모르죠."

"그렇소. 난 그들을 모르오. 하지만 겁나진 않소. 그들을 좋게 생각하지도 않고……. 내 사랑, 나도 지금까지 거친 사람들 틈에서 살았소. 하지만 그들을 두려워하지 않았소. 아니, 오히려 그들이 날 두려워했지. 항상 그랬다오, 에티. 그리고 이건 언뜻 보기에도 말이 안 되오! 당신 아버지 말처럼 그자들이 이 계곡에서 계속 범행을 저지른다면, 그리고 그들의 이름을 모르는 사람이 없을 정도라면, 어떻게 법의 처벌을 받지 않고 그냥 넘어갈 수 있다는 거요? 대답해보시오, 에티."

"아무도 스카우러단에 맞서 증인으로 나서려고 하지 않기 때문이죠. 그랬다간 얼마 못 가서 소리 소문 없이 사라질 테니까요. 게다가 고소당해도 그들은 항상 자기 사람을 내세워 피의자가 범행 현장에 없었다고 주장해요. 잭, 당신은 여기 일을 읽어보지 못했어요? 미국에 있는 신문이란 신문은 모두 이런 일들에 대해 떠들썩하게 보도했었는데."

"읽긴 읽었지만 그땐 그냥 지어낸 이야기려니 했소. 글세, 그자들이 그러는 데는 무슨 이유가 있지 않겠소? 그럴 수밖에

184

없는 무슨 이유가 있었다든지 하는……."

"오, 잭, 그렇게 말하지 말아요. 어쩜 말투가 그 사람과 똑같을까? 그 사람도 그런 식으로 말했어요."

"볼드윈……. 그자도 그렇게 말했나 보지?"

"그래서 그사람이 진저리 나도록 싫은 거에요. 아, 잭! 이제 다 말해줄께요. 난 그사람이 정말 지긋지긋하게 싫지만 솔직히 무서워요. 무엇보다 걱정되는 건 아버지에요. 그에게 내 감정을 솔직히 밝혔다간 아버지가 무슨 봉변을 당할지 몰라서 할 수 없이 그에게 확답을 주지 않고 차일피일 미루고 있는 거에요. 그게 지금으로서는 가장 안전했거든요. 하지만 잭, 당신이 아버지를 모시고 나와 함께 도망간다면, 이 사악한 사람들의 마수가 닿지 않는 곳에서 영원히 살 수 있을 거에요."

맥머도의 얼굴이 다시 고민으로 어두워졌고 이내 바위처럼 굳어졌다.

"에티, 당신에겐 아무 일 없을 거요. 당신은 물론이고 당신 아버지에게도 어떤 해가 가지 않도록 하겠소. 악한으로 치자면 나도 못지 않소. 그들 중에 가장 악한 사람보다 내가 더 악랄할 수 있다는 걸 알게 될 거요."

"당신은 그렇지 않을 거에요, 잭! 나는 당신이 무슨 일을 하든 당신을 믿겠어요."

맥머도는 쓸쓸하게 웃었다.

"나에 대해 전혀 모르고 있군! 내 사랑, 당신처럼 순수한 영혼을 가진 사람은 내가 무슨 생각을 하는지 짐작조차 못 할거요. 아, 누가 온 것 같소"

젊은 남자 하나가 문을 벌컥 열어 젖히고 주인이라도 되는 양 으스대며 거실로 들어섰다. 건장한 외모에 위세 당당한 젊은 남자는 맥머도와 흡사한 인상을 풍겼으며 나이도 엇비슷해 보였다. 테가 넓은 검은 중절모를 벗지도 않고 있는 남자의 얼굴은 잘생기긴 했지만 어쩐지 잔인한 인상이었다. 그는 눈을 치켜 뜨고 난로 가에 앉아 있는 남녀를 금방이라도 집어삼킬 듯 매서운 눈초리로 노려봤다.

당황한 에티는 겁에 질린 얼굴로 벌떡 일어났다.

"어서 오세요, 볼드윈 씨. 생각보다 일찍 오셨군요. 이리로 와서 앉으세요."

볼드윈은 두 손을 허리에 대고 맥머도를 쳐다보다가 퉁명스럽게 한마디 내뱉었다.

"저 사람은 누구지?"

"제 친구예요, 볼드윈 씨. 저희 집에 새로 하숙하게 된 분이지요. 맥머도 씨, 이쪽은 볼드윈 씨에요."

두 젊은이는 무뚝뚝하게 서로를 향해 머리를 까딱했다.

"우리 둘이 어떤 사이인지 에티 양에게 들었겠지?"

볼드윈이 말했다.

“둘이 어떤 사이인지는 들은 바 없소.”

“그래? 좋아, 그럼 똑똑히 말해주지. 이 숙녀는 내 여자야. 그러니 당신은 밖에 나가서 산책이나 하시지! 아주 상쾌한 밤이니까.”

“고맙지만, 지금은 산책할 기분이 아니군.”

“그래?”

볼드윈의 사나운 눈에 불길이 일었다.

“그럼 나와 한판 붙어보겠단 말인가, 하숙생?”

“그야 좋지!”

맥머도가 버럭 고함을 지르며 벌떡 일어섰다.

“정말 이렇게 따스한 환영은 처음이야.”

“제발, 잭! 그러지 말아요, 잭. 다칠 거에요!”

가엾은 에티가 미친 듯이 부르짖었다.

“아, 잭이라? 벌써 그런 관계가 됐단 말이지?”

볼드윈이 확신이 선 듯 말했다.

“아, 테드, 진정하세요. 왜 이러세요! 제발, 테드, 날 사랑한다면 너그럽게 용서해주세요!”

“에티, 잠시 자리를 피해주면 우리 둘이 조용히 문제를 해결할 수 있을 거야.”

맥머도가 차분한 목소리로 말했다.

“아니면 볼드윈 선생, 나와 함께 거리로 나가시든지. 참 좋은

지부장 189

밤이지 않나? 이곳에서 조금만 나가면 널찍한 공터가 있다네."

"굳이 내 손을 더럽히지 않고도 자네 정도는 얼마든지 쉽게 처리할 수 있지."

맥머도의 적수가 말했다.

"내가 누군지 알게 된다면 이 집에 발을 들여놓은 것을 후회하게 될 걸."

"지금처럼 적당한 시간도 없는 것 같은데."

맥머도가 외쳤다.

"이봐, 시간은 내가 정한다. 그러니 언제든지 준비를 하고 있으라구. 여길 봐!"

사내는 갑자기 소매를 걷어올리더니 팔뚝을 보였다. 그곳에는 이상한 기호가 낙인찍혀 있었다. 동그라미 안에 삼각형이 그려져 있는 기호였다.

"이게 뭘 의미하는지 아나?"

"몰라, 그리고 관심도 없어!"

"머지않아 알게 될 거다. 에티 양이 그게 뭔지 알려줄 수도 있겠군. 어차피 네 목숨은 이내 끊어질 것이지만 말이야. 그리고 에티, 넌 머지않아 나한테 돌아오게 될 거다. 무릎을 꿇고 기어서 말이지. 알아듣겠어, 아가씨? 그때가 되면 네가 무슨 벌을 받아야 할지 얘길 해주지. 애초에 네가 뿌린 씨앗이니 어떻게 거두는지 지켜보겠다!"

사내는 격노한 시선으로 두 사람을 노려본 뒤 발길을 돌렸고, 잠시 후에 바깥문이 쾅 닫히는 소리가 들렸다.

맥머도와 에티는 잠시 아무 말 없이 제자리에 서 있었다. 그러다 그녀가 맥머도를 끌어안았다.

"잭, 정말 용감했어요! 하지만 소용없어요. 도망쳐야해요! 오늘 밤, 잭, 오늘 밤에 도망치세요. 그것만이 당신이 살 길이에요. 그자는 당신을 살려두지 않을 거에요. 잔인한 눈에 그렇게 써 있었어요. 당신은 맥긴티 지부장과 12명의 간부, 그 뒤에 포진해 있는 엄청난 조직의 힘에 대항할 수 없을 거에요"

맥머도는 그녀의 손을 풀고 입을 맞춘 다음 그녀를 가볍게 의자에 앉혔다.

"진정해요, 진정해, 내 사랑! 나 때문에 걱정하거나 무서워하지 말아요. 나도 프리맨 회원이오. 당신 아버지께도 이미 말씀드렸소. 나도 그자들과 다를 바 없을지도 모르니 날 성인군자처럼 대하지 말아요. 이 얘길 들으니 내가 싫어지지 않소?"

"당신이 싫어지다뇨? 내가 살아 있는 한 그런 일은 없을 거에요! 여기는 그렇지 않지만 다른 곳에서는 프리맨이 되는 것이 나쁘지 않다고 들었어요. 그러니 내가 왜 당신을 나쁘게 생각하겠어요? 잭, 당신이 프리맨 단원이라면 왜 진작 가서 맥긴티 대장에게 인사하지 않은 거죠? 잭, 빨리 서둘러요! 먼저 가서 말해요. 아니면 놈들이 당신을 찾아낼 거에요."

"나도 그렇게 생각하고 있었소. 지금 당장 가서 문제를 해결 지으리다. 아버지에게는 내가 오늘 밤만 여기서 자고 내일 아침에 다른 숙소를 구할 거라고 말해줘요."

맥긴티가 주인으로 있는 술집은 여느 때처럼 붐볐다. 인근에서 거칠고 성깔 있기로 소문난 사람들이 모여 시간을 보내기에 이만한 장소도 드물었다. 이곳의 주인인 매킨티는 사람을 대할 때 격의 없고 서글서글해서 인기가 높았다. 그러나 그는 온 지역과 변방 50킬로미터에 이르는 계곡, 나아가 그 너머의 모든 사람들에게 공포의 대상이었다. 사람들은 그의 심기를 건드리지 않기 위해서라도 이 술집을 자주 찾았다. 그를 무시할 수 있는 사람은 아무도 없었다.

널리 알려진 바대로 맥긴티의 뒤에는 막강한 힘을 가진 비밀 조직이 버티고 있었다. 그 외에도 그는 지역의회 의원, 철도 이사라는 직함까지 가지고 있었다. 그가 고위관직에 진출할 수 있었던 것은 건달들에게 후한 보상을 해주는 대가로 표를 끌어모았기 때문이었다. 그러나 그는 시민들에게 엄청난 분담금과 세금을 부과했다. 공공 사업은 철저히 무시되었고 회계보고는 뇌물을 받은 회계감사가 적당히 넘어갔다. 선량한 시민들은 그들의 협박 때문에 돈을 기부해야 했고, 후에 보복이 두려워 아무 말도 하지 못했다.

이리하여 맥긴티의 넥타이핀에 박힌 다이아몬드는 해마다

굵어졌고, 금줄은 무거워졌으며 조끼는 화려해졌다. 그의 술집은 확장에 확장을 거듭해 마침내 시내의 번화가 한 모퉁이 전부를 거의 차지하게 되었다.

맥머도는 맥킨티가 소유한 술집의 육중한 문을 열고 꽉 들어찬 사람들을 밀치며 앞으로 나아갔다. 자욱한 담배 연기가 뒤섞인 실내의 공기는 무척 탁했으며 독한 술 냄새가 코를 찔렀다. 내부는 현란할 정도로 밝았는데, 사방에 걸려 있는 금박을 입힌 거대하고 육중한 거울이 번쩍거리는 조명을 반사하여 실내를 몇 배로 밝게 해주었다. 카운터에는 와이셔츠를 입은 바텐더 서넛이 손님을 위해 분주히 칵테일을 만들고 있었다.

한 남자가 시가를 물고 카운터의 한 쪽 끝에 몸을 비스듬히 기대고 서 있었다. 큰 키에 강인한 인상과 단단한 체격을 가진 남자, 그 유명한 맥킨티가 분명했다. 사내는 마치 시커먼 갈기가 있는 거인 같았는데, 수염은 광대뼈까지 자라 있었고 길고 엉클어진 머리칼은 목을 뒤덮었다. 얼굴은 이탈리아 사람처럼 거무스름했고 움푹 들어간 두 눈두덩이는 어두웠으며, 약간의 사시가 있는 듯 모로 뜬 눈은 아주 기묘한 느낌을 주었다.

그 밖의 특징으로는, 당당한 체격과 잘생긴 얼굴, 거리낌 없는 태도를 들 수 있는데 모두 그의 솔직하고 쾌활한 태도와 잘 어울렸다. 사람들은 그가 솔직하고 정직하며, 말은 좀 심하게 해도 마음씨 좋은 사람이라고 말할 것이다. 그러나 그의 칠흑 같이 어둡고 잔혹한 눈을 정면으로 마주하면 누구라도 몸을 움츠리게 된다. 그리고 그가 무한한 괴력과 담력, 교활함을 감추고 있는 악마 같은 존재라는 것을 느끼고 등골이 오싹해질 것이다.

맥머도는 한동안 사내를 관찰한 후 예의 앞뒤 가리지 않는 담력을 발휘해 태연한 태도로 사람들을 제치고 나아갔다. 알랑거리는 아첨꾼들이 힘센 두목을 에워싸고 그의 가벼운 농담에 과장된 몸짓으로 박장대소하며 떠들어댔다. 용감한 회색 눈의 젊은이는 그 무리 속에 끼어들어 날카롭게 노려보는 상대의 까만 눈을 한치의 두려움 없이 마주했다.

"이봐, 젊은이. 자넨 낯선 얼굴인데."

"여긴 처음입니다, 맥긴티 씨."

"아무리 처음이라도 신사분의 직함을 모르지는 않겠지?"

"이분은 맥긴티 의원님이시라네, 젊은이."

무리 속에서 누군가 외쳤다.

"죄송합니다, 의원님. 아직 여기 관습을 잘 몰라서 그랬습니다. 하지만 의원님을 만나보라는 조언을 듣고 이렇게 찾아왔습니다."

"그래? 날 보러 왔다……. 난 보다시피 이런 사람일세. 그래 직접 보니 어떤가?"

"뵌 지 얼마 되지 않아 아직은 잘 모르겠습니다만, 의원님 마음이 풍채처럼 넓으시고, 영혼이 얼굴처럼 훌륭하시다면 더 이상 바랄 게 없겠습니다."

"재미있어! 입심이 좋은 걸 보니 자넨 아일랜드 출신이군."

술집 주인은 이 대담한 방문자에게 맞장구를 쳐줄 것인지, 아니면 위엄을 지킬 것인지 생각하며 말했다.

"그렇다면 우선 내 외모는 일단 합격이란 말인가?"

"물론이죠."

맥머도가 말했다.

"날 만나보라는 조언을 듣고 왔다고?"

"그렇습니다."

"누가 그러던가?"

"버미사 341지부, 스캔런 형제입니다. 의원님의 건강과 앞으로의 좋은 관계를 위해 건배합시다."

맥머도는 새끼손가락을 치켜올리며 술잔을 들어올렸다.

낯선 젊은이를 유심히 관찰하던 맥긴티는 숱이 많은 검은 눈썹을 치켜올리며 말했다.

"아, 그래. 이쪽으로 가까이 와보게, 이름이……."

"맥머도라고 합니다."

"자넬 좀더 자세히 알아봐야겠군, 맥머도. 우리는 사람들을 함부로 받아들이지 않네. 그들 말을 액면 그대로 다 믿지도 않고. 잠깐 카운터 뒤쪽으로 들어오게."

　그곳에는 술통이 늘어선 작은 방이 있었다. 맥긴티는 조심스럽게 문을 닫은 다음 술통 위에 걸터앉았다. 그는 깊은 생각에 잠긴 듯 담배를 물고는, 상대방을 불안하게 만드는 눈으로 새로운 친구를 이리저리 뜯어봤다. 사내는 2~3분 동안 말이 없었다. 맥머도는 몸 구석구석을 훑고 지나가는 기분 나쁜 눈길을 기꺼이 감수했다. 그는 한 손을 외투 주머니에 찌른 채 다른 한 손으로 갈색 콧수염을 비비꼬았다. 갑자기 맥긴티가 몸을 잠시 숙이더니 보기 흉한 권총을 불쑥 꺼냈다.

　"이봐, 익살꾼. 날 어떻게 해보려는 눈치가 조금이라도 보일 땐 이 총이 가만히 있지 않을 거야. 명심해."

　"대 프리맨의 지부장이 다른 지역의 형제를 맞이하는 환영 인사치고는 참으로 이상하군요."

　맥머도가 점잖게 대답했다.

　"흠, 뭐 자신을 제대로 증명해보인다면 별일이야 있겠나? 하지만 그렇지 못할 경우엔 단단히 각오하라구! 어느 지부 소속이지?"

　"시카고 29지부."

　"언제 가입했나?"

　"1872년 6월 24일."

　"지부장은 누군가?"

　"제임스 H. 스코트."

“자네 구역 담당자는 누구인가?”

“바솔로뮤 윌슨.”

“흠! 여기서는 무슨 일을 하고 있나?”

“의원님처럼 일을 합니다. 그리 내세울 건 아니지만.”

“말대꾸 한번 빠르군.”

“전 항상 말을 빨리 하는 편이죠.”

“동작도 빠른가?”

“절 아는 사람들은 한결같이 그렇게 말합니다.”

“좋아, 언제 한번 실제로 시험해보기로 하지. 이곳 지부에 대해서는 들은 바 있나?”

“용맹한 사람이라면 형제가 될 수 있다고 들었습니다.”

“그건 사실이야, 맥머도. 시카고는 왜 떠났나?”

“그건 말하지 않겠습니다!”

맥긴티의 눈이 휘둥그레졌다. 그러나 이런 식의 대답을 들어본 적이 없어서인지 오히려 흥미를 느끼는 듯했다.

“왜 얘기하기 곤란한가?”

“형제에게 꾸며서 이야기하고 싶진 않습니다.”

“남에게 말하기 곤란할 정도로 나쁜 일인가?”

“마음대로 생각하십시오.”

“이봐, 젊은이. 지부장인 내가 과거를 밝히지 않는 사람을 지부에 받아들일 거라고 생각하나?”

맥머도는 난처한 표정으로 잠시 생각에 잠겼다가 너덜너덜
해진 신문 스크랩을 안주머니에서 꺼냈다.

"다른 형제들에게 발설하진 않으실 테죠?"

"내 앞에서 그런 말을 하다니 주먹으로 얼굴을 한대 갈겨버
릴 테다!"

맥긴티가 화가 나서 소리쳤다.

"의원님 말씀이 맞습니다. 사과드립니다. 제가 경솔했습니
다. 제가 의원님을 믿지 않으면 누굴 믿겠습니까? 이 신문기
사를 보십시오."

맥머도가 유순하게 말했다.

맥긴티는 맥머도가 건네주는 신문기사를 훑어보았다. 1874
년 새해 첫째 주, 시카고 마켓가에 있는 레이크 술집에서 조나
스 핀토라는 자가 총을 맞고 살해됐다는 내용이었다.

"자네가 그랬나?"

맥긴티가 신문을 돌려주며 물었다.

맥머도는 고개를 끄덕였다.

"왜 그랬나?"

"전 화폐를 위조하는 일을 했습니다. 제가 만든 금화는 정
부의 것만큼 좋지는 않았지만 그래도 꽤 쓸만한 편이었습니
다. 제조 비용이 적게 들고 겉으로 보기에는 진짜와 식별이 거
의 불가능했지요. 당시 핀토라는 친구는 저를 도와 그것을 돌

리는……."

"뭘 했다고?"

"말하자면 화폐를 유통조직으로 넘기는 일이죠. 그런데 그 친구가 나를 밀고하겠다고 했습니다. 정말로 저를 밀고했는지 혹은 밀고하지 않았는지는 모르지만, 아무튼 저는 마냥 기다리고 있을 수만은 없었지요. 그래서 그 친구를 죽이고 탄광촌으로 도망쳐왔습니다."

"왜 하필 탄광촌인가?"

"이곳에서는 그런 것을 따지지 않는다는 이야기를 신문에서 읽었습니다."

맥긴티가 너털웃음을 터뜨렸다.

"자네는 처음에는 화폐 위조를 하다가 살인을 저지르고, 그런 다음에는 이곳으로 온 것이로군. 여기서는 환영받을 거라 생각했나?"

"그렇다고 볼 수 있죠."

맥머도가 대답했다.

"좋아, 자넨 큰 일을 해낼 거야. 그런데 금화를 만드는 게 지금도 가능한가?"

맥머도는 주머니에서 금화 대여섯 개를 꺼냈다.

"이건 필라델피아 조폐국에서 나온 게 아닙니다."

"그렇단 말이지."

맥긴티는 털투성이 고릴라 같은 손으로 그것을 집어 불빛에 비춰보았다.

"정말 감쪽같아. 대단하군! 자넨 정말 유능한 형제가 될 거야. 자네 같은 사람이 한둘은 있어야해, 맥머도 형제. 골치 아픈 일을 처리해야 할 때도 있으니까. 우리를 압박해오는 놈들을 밀어내지 않으면 우린 머지 않아 궁지에 몰릴 걸세."

"저도 형제들과 함께 한몫을 하고 싶습니다."

"자네 아까 보니 배짱이 두둑하더군. 내가 총을 들이대도 꿈쩍도 않고."

"그때 위험했던 사람은 제가 아니었거든요."

"그럼 누군가?"

"의원님이죠."

맥머도는 모직 상의 주머니에서 권총을 꺼냈다.

"의원님을 쭉 지켜보고 있었죠. 여차했으면 제 총알이 먼저 날아갔을 겁니다."

"아니, 이 자식이!"

맥긴티의 얼굴이 분노로 시뻘겋게 달아올랐다. 그러나 그는 이내 폭소를 터뜨렸다.

"정말 자네처럼 대범한 친구는 처음이야! 머지 않아 형제들이 자넬 자랑스러워할 걸세. 빌어먹을! 무슨 일이야? 손님과 조용히 이야기를 나누려고 했더니 5분을 못 참고 방해하나?"

바텐더 하나가 무안한 듯 문쪽에 서 있었다.

"죄송합니다만 의원님, 테드 볼드윈입니다. 의원님을 지금 당장 뵙겠다고 해서……."

그런 전갈은 굳이 할 필요도 없었다. 험상궂게 일그러진 얼굴이 종업원 어깨 너머로 이쪽을 들여다보고 있었다. 사내는 바텐더를 뒤로 밀쳐내고 문을 닫았다.

새로 등장한 사내는 금방이라도 맥머도를 내려칠 듯이 노려보며 입을 열었다.

"네 놈이 먼저 여기에 왔군. 이 자에 관해 드릴 말씀이 있습니다, 의원님."

"그럼 지금 내 앞에서 말해."

맥머도가 목소리를 높였다.

"내 시간에 내 방식대로 말하겠다."

"쯧쯧!"

맥긴티가 술통에서 몸을 일으키며 말했다.

"이러면 안 되지. 오늘 새 형제를 맞이했다네, 볼드윈. 그런데 형제를 그렇게 대하면 쓰나. 악수하고 서로 화해하게."

"절대로 못 합니다!"

볼드윈이 거칠게 소리질렀다.

"제가 이 친구에게 결투를 신청했습니다. 저를 못마땅하게 여기는 것 같아서요."

맥머도가 말했다.

"맨주먹으로 붙던가, 아니면 이 친구가 원하는 방식대로 싸울 겁니다. 자, 의원님에게 맡기겠습니다. 지부장으로서 판결을 내려주십시오."

"대체 무슨 일인데?"

"젊은 숙녀 문제입니다. 그녀는 자신이 원하는 남자를 선택할 권리가 있습니다."

"선택할 권리가 있다고?"

볼드윈이 외쳤다.

"지부 형제들 사이의 일이라면 그녀는 그렇게 할 자유가 있다고 생각하네."

맥긴티가 말했다.

"아, 그게 당신의 판정입니까?"

"그렇다네, 테드 볼드윈. 왜, 받아들이지 못하겠나?"

맥긴티는 눈을 부라리며 언짢은 듯이 말했다.

"지난 5년간 묵묵히 당신 옆자리를 지켜온 사람을 이렇게 내팽개치고, 생전 처음 보는 애송이 편을 들 수 있는 거요? 당신이 영원히 지부장을 할 것 같아, 잭 맥긴티? 빌어먹을! 다음 번 선거 때는 내 기필코……."

갑자기 의원이 맹수처럼 볼드윈을 덮쳐 목덜미를 움켜잡고는 술통 쪽으로 넘어뜨렸다. 의원이 너무 격분했기에 맥머도

가 말리지 않았더라면 볼드윈의 숨통을 끊어놓았을 것이다.

"진정하세요, 의원님! 제발, 그만해요!"

맥머도가 볼드윈에게서 거인을 떼어 내며 외쳤다.

맥긴티가 손을 풀자 볼드윈은 잔뜩 겁에 질린 얼굴로 숨을 헐떡였다. 그는 죽을 고비를 겨우 넘긴 사람처럼 온몸을 부르르 떨며 금방 자신이 쓰러졌던 술통에 몸을 기댔다.

"네 놈은 근래 들어 나한테 불만이 많았지, 테드 볼드윈! 오늘 그 값을 치른 거야!"

맥긴티의 거대한 가슴이 크게 들썩거렸다.

"내가 지부장 투표에서 떨어지면 네 놈이 내 자릴 차지할 수 있으리라 생각하고 있겠지만 어림도 없지. 지부를 위해서라도 그런 일은 없을 것이다. 그리고 내가 지부장으로 있는 한 나를 반대하여 들고 일어서는 자는 결코 용서치 않겠다."

"조심하겠습니다."

볼드윈이 목을 어루만지며 중얼거렸다.

"그럼, 됐어."

맥긴티는 노여움을 풀고 호탕하게 미소를 지었다.

"이제 우린 다시 좋은 친구가 되었네. 그 일은 이것으로 끝내자고."

그는 선반에서 샴페인 한 병을 집어서 마개를 비틀어 땄다.

"자, 그러면……."

그는 세 개의 술잔에 술을 채우며 말을 이었다.

"화해를 위해 건배하세. 이후 우리 사이에 악감정은 없는 걸세. 자, 그러면 왼손을 목젖에 대고. 테드 볼드윈, 자네에게 묻겠는데, 왜 화를 냈나?"

"먹구름이 짙게 끼었다."

볼드윈이 대답했다.

"그러나 구름은 영원히 갤 것이다."

"그리고 나는 그것을 맹세한다!"

두 사람이 술잔을 기울인 뒤 볼드윈과 맥머도도 같은 의식을 치렀다.

"됐어!"

맥긴티가 손을 비비며 말했다.

"더 이상 불화는 없다. 앞으로도 이런 일이 있으면 지부 규율대로 엄히 다스리겠다. 볼드윈도 알다시피 이곳의 처벌은 가혹하다. 맥머도 형제, 자네도 문제를 일으키면 곧 알게 될 거야."

"절대로 그런 일은 없을 겁니다."

맥머도는 볼드윈에게 손을 내밀었다.

"난 화를 잘 내지만 뒤끝은 없습니다. 아일랜드 기질 때문이라고 사람들이 그러더군요. 그 문제는 이제 끝났고, 원한은 없습니다."

볼드윈은 맥머도가 내민 손을 잡을 수밖에 없었다. 무서운 두목이 눈을 부라리며 그를 쳐다보고 있기 때문이었다. 그러나 볼드윈의 부루퉁한 얼굴은 상대에 대해 여전히 화가 풀리지 않았다는 것을 보여 주고 있었다.

맥긴티는 두 사람 어깨를 가볍게 두드렸다.

"쯧쯧! 여자 문제라니! 여자 치마폭에 사내 둘이 비집고 들어가 앉은 꼴이군. 악운이 꼈어. 사내 둘이 한 여자를 마음에 두고 있으니 해결은 전적으로 여자에게 달렸네. 그건 지부장 권한 밖의 문제니까. 여자 문제 말고도 할 일이 많다네. 맥머도 형제, 자네는 341지부에 소속될 걸세. 그 전에 지부에서 정한 가입 절차를 밟아야하네. 시카고와는 다른 우리만의 방식이 있거든. 토요일 밤에 모임이 있네. 그때 오면 자네는 프리맨으로 버미사 계곡에서 무제한의 자유를 누리게 될 거야!"

버미사 341지부

손에 땀을 쥐게 하는 사건들이 연달아 발생한 다음 날, 맥머도는 제이콥 샤프터 노인의 하숙집에서 짐을 챙겨 나와 시내에서 한참 떨어진 맥나마라 과부 집으로 숙소를 정했다. 얼마 후 열차 안에서 알게 됐던 스캔런이 버미사로 옮겨왔고, 맥머도가 있는 집에 거처를 정해 둘은 함께 살게 됐다. 과부집에는 그 두 사람뿐이었는데, 태평스러운 성격의 아일랜드 노파는 둘의 일에 전혀 간섭하지 않고 그들이 하는 대로 내버려두었다. 그래서 그들은 누구의 눈치도 보지 않고 은밀한 이야기를 마음놓고 주고받을 수 있었다.

샤프터 노인은 후에 마음이 다소 누그러져서 맥머도가 가끔씩 찾아와 저녁 식사를 함께 하는 것을 허락했다. 그렇게 해서 맥머도는 에티와의 교제를 계속할 수 있었고, 두 사람의 사이는 시간이 갈수록 깊어졌다.

새로운 숙소에서 맥머도는 조심스럽게 화폐를 주조하는 주형을 꺼냈다. 지부의 형제들은 비밀 준수를 여러 번 맹세하고 나서야 맥머도 방에 들어올 수 있었다. 그들은 맥머도가 화폐를 주조하는 것을 지켜보고 있다가 위조된 금화를 몇 개씩 주머니에 넣어 가져갔다. 워낙 정교하게 만들어진 것이라 그것을 사용하는 데는 아무 어려움이나 위험이 없었다. 동료들은 그렇게 훌륭한 기술을 가진 맥머도가 무엇이 부족해서 다른 일을 계속하는지 의아해했다. 그럴 때마다 그는 확실한 생계 수단 없이 빈둥거리면 경찰의 의심을 사게 될 것 아니냐고 형제들에게 설명했다.

사실 경관 하나가 벌써 그에게 따라붙었다. 그러나 어떻게 된 일인지 그 경관과 관련된 우연한 사건은 맥머도에게 해를 입히기는커녕 오히려 그의 인기를 높이는 역할을 했다. 맥긴티 술집에 처음 모습을 드러낸 이후, 맥머도는 거의 하루도 빠지지 않고 저녁마다 그곳에 가서 '청년들'을 사귀었다. '청년들'이란 그곳에 몰려드는 위험천만한 젊은 패거리들이 서로를 부르는 유쾌한 호칭이었다. 맥머도는 매사에 대담한 행동과 겁 없는 말솜씨로 사람들 사이에서 인기가 높았다. 바에서 싸움이라도 있을 때면 그는 날렵한 기술로 상대를 단숨에 제압했기 때문에 거친 무리들 사이에서 존경을 받게 되었다. 가뜩이나 높은 신임을 얻은 맥머도에게 뜻밖의 사건이 생겼는데, 그 사건 때문에 사람들은 그를 더더욱 우러러보게 되었다.

술집이 한창 사람들로 붐비던 어느 밤, 문이 열리며 연청색 제복 차림에 챙 달린 모자를 쓴 광산 경찰이 들어왔다. 광산 경찰이란 철도 회사와 광산 소유주가 힘을 합쳐 창설한 조직으로, 이 구역을 공포의 도가니로 몰아넣는 무법 조직 앞에 철저히 무기력해진 정규 시 경찰을 돕기 위해 구성되었다. 경관이 들어서자 일순 주위가 조용해졌고 주의에 많은 사람들이 호기심 어린 시선으로 그를 쳐다봤다.

그러나 미국 일부 지역에서는 경찰과 범죄조직 간에 묘한 관계가 형성되어 있었다. 카운터 뒤쪽에 서 있던 맥긴티는 손님들 사이를 비집고 들어오는 경관을 보고도 전혀 놀라는 기색을 보이지 않았다.

"스트레이트 위스키 한 잔만 주시오. 밤공기가 제법 쌀쌀하군요. 처음 뵙겠습니다, 의원님."

경관이 말했다.

"당신이 새로 온 경감이오?"

맥긴티가 물었다.

"그렇습니다, 의원님. 저는 의원님을 비롯한 여러 지역의 유지들께서 이 도시에 법과 질서를 바로 세우는 데 기꺼이 도와주실 것이라 믿습니다. 저는 마빈 경감입니다."

"우린 당신 없이도 잘 할 수 있소, 마빈 경감."

맥긴티가 차갑게 말했다.

"우리 도시엔 우리들만의 경찰이 있으니 외부에서 따로 사람을 불러올 필요는 없소이다. 당신은 자본가에게 고용되어 녹을 받아먹으면서 불쌍한 시민들을 몽둥이로 때려잡거나 총알을 먹이는 그들의 앞잡이가 아니오?"

"하하, 여기서 그런 논쟁은 그만둡시다."

경감은 가벼운 웃음을 띠며 부드럽게 말했다.

"우리가 맡고 있는 임무는 서로 다르지만 그 임무에 최선을 다하고자 한다는 점에서는 같지 않습니까?"

그는 술잔을 비우고 돌아서 나가려다가 옆에서 자신을 노려보고 있는 잭 맥머도를 발견했다.

"어이, 이봐!"

경감은 맥머도를 아래위로 훑어보며 말했다.

"이거 정말 오랜만이군!"

맥머도는 뒷걸음질 치며 말했다.

"내 평생, 당신은 물론이거니와 가증스러운 경찰과 친한 적은 한 번도 없소."

"안다고 해서 다 친구는 아니지."

경감은 히죽 웃으며 말했다.

"자넨 시카고의 잭 맥머도가 분명해. 어때, 부인할 텐가?"

맥머도는 어깨를 으쓱해 보이며 대꾸했다.

"굳이 부인할 필요는 없지. 내가 내 이름을 부끄러워할 이유가 없으니까."

"부끄러워할 만한 이유가 충분히 있을 텐데?"

"빌어먹을, 무슨 소리를 하는 거요?"

그는 주먹을 불끈 쥐고 으르렁거렸다.

"이봐, 잭. 그렇게 날뛰어도 소용없어. 난 시카고에서 경찰로 있었어. 어찌어찌하다보니 이 탄광 지역에까지 오게 됐지만 자네는 한눈에 알아봤지. 시카고의 그 유명한 무법자 님을 내가 모르면 누가 알아주겠나?"

맥머도는 고개를 아래로 떨구며 물었다.

"당신이 설마 시카고 경찰청에 있던 마빈은 아니겠지?"

"그 테디 마빈 맞네. 자네 거기서 조나스 핀토를 살해한 일을 잊고 있진 않았겠지?"

"내가 죽인 게 아냐."

"하! 자네가 죽인 게 아니라고? 그걸 나보고 믿으라는 말인가? 그 친구가 죽은 건 자네에겐 둘도 없는 행운이었지. 그 친구가 죽지 않았으면 자네는 화폐 위조 건으로 잡혀들어갔을 걸세. 아무튼 우리 사이에 지난 일은 더 이상 거론하지 말자고. 이런 말을 하는 건 직권 남용일 수도 있지만, 어쨌든 현재 시카고 경찰청에는 자네의 범행을 증명할 만한 증거가 전혀 없네. 그리니 내일 그곳으로 간다고 해도 아무 탈 없을 걸세."

"이곳에서의 생활도 충분히 좋네."

"정보를 줬는데도 고맙다는 말은커녕 투덜거리기만 하는군."

"그럼 좋은 뜻으로 한 말로 받아들이고 고맙게 여기겠네."

맥머도는 그리 고마워하지 않는 태도로 말했다.

"자네가 앞으로 올바른 삶을 산다면 내 그 일에 대해 문제 삼지는 않겠네. 하지만 그렇지 않는다면 재미없을 줄 알아! 그럼 이만……. 의원님도 좋은 밤 되십시오."

경감은 맥머도를 영웅으로 만들어놓고 술집을 떠났다. 맥머도가 시카고에서 한 일에 대해서는 전부터 여러 말이 나돌고 있었다. 그러나 그는 동료들이 아무리 질문을 해도 가벼운 미소로 응수할 뿐이었다. 그러나 이제 그 추측이 공식적으로 확인된 것이다. 바에 있던 건달들이 그를 에워싸고 악수를 청했다. 그는 이제 그곳에서 거리낌없이 행동할 수 있었다. 맥머도는 원래 술을 어지간히 마셔도 취한 티를 내지 않을 만큼 술이 셌지만, 그날 밤은 친구 스캔런이 그를 데리고 집에 가지 않았으면 바에서 밤을 지샜을 정도로 고주망태가 되었다.

토요일 밤, 맥머도는 지부로 불려갔다. 그는 시카고에서 이미 입단을 했기 때문에 여기서 별다른 절차를 밟지 않아도 될 것이라고 생각했는데, 버미사에는 그들이 자랑스러워하는 그들만의 독특한 의식이 있었기 때문에 가입 희망자는 모두 그

절차를 거쳐야 했다.

입단 의식을 목적으로 마련된 조합건물 내 커다란 방에서 집회가 열렸다. 약 60명의 버미사 회원들이 집결했는데 그들이 조직의 전부는 아니었다. 골짜기 여기저기에 다른 지부 서넛이 활동하고 있었고, 산줄기 너머에도 조직이 있어서 긴급한 일이 생기면 회원들을 서로 교환하기도 했다. 그런 방법으로 한 지역에서 외부 사람이 범죄를 저지르는 경우가 더러 있었다. 탄광촌 일대에 거주하는 조직 회원을 모두 합치면 500명은 족히 됐다.

회원들은 텅 빈 집회실의 길다란 탁자 주위에 둘러앉아 있었다. 방 한쪽에는 술병과 잔을 올려둔 보조탁자가 있었고, 몇몇 사내들은 벌써부터 그곳으로 눈길을 돌리며 군침을 흘리고 있었다. 볏단같이 헝클어진 검은머리에 납작한 검정 벨벳 모자를 눌러 쓴 맥긴티는 목둘레로 자줏빛 어깨걸이를 걸치고 상석에 앉아 있었는데, 언뜻 보면 악마의 의식을 집전하는 사제처럼 보였다. 그의 좌우에 자리잡은 지부 간부들 중에는 잔인하지만 잘생긴 얼굴의 테드 볼드윈이 보였다. 그들은 자신의 지위를 상징하는 메달이나 스카프를 두르고 있었다.

그곳에 모인 사람들의 다수는 어느 정도 나이를 먹은 장년층이었고 나머지는 선배 회원들이 내리는 명령을 언제든지 이행할 준비가 되어있는 18세에서 25세에 이르는 소년과 청년들이었다. 나이 지긋한 사람들은 보기에도 잔인해보이는 사람들이 많았다. 그러나 혈기 왕성한 젊은이들은 지위로 보나 나이로 보나 순진한 얼굴을 하고 있어서 이렇게 위험한 살인 집단의 구성원이라고는 선뜻 믿기 힘들었다. 이들은 철저하게 망가진 가치관을 가지고 있었기 때문에 조직의 과업을 수행할 때마다 소름끼치는 자부심을 느꼈고, 소위 '청소'라고 부르는 일을 대담하게 해치우는 회원을 존경 어린 눈으로 바라보았다.

그들은 자기에게 해를 끼친 적도 없고 어쩌면 평생에 한번도 본 적이 없는 사람을 해치우는 일에 아무런 망설임 없이 나섰다. 그리고 범행 뒤에는 누가 치명적인 타격을 가했냐는 주제를 두고 서로 티격태격했고, 피살자가 죽어가던 모습과 그들이 내지르던 비명에 대해 자세히 묘사하며 즐거워했다.

처음에는 처리한 일을 비밀로 부쳤지만, 시간이 지나면서 그들은 자신이 저지른 일에 대해 대놓고 떠들어댔다. 법은 그들의 유죄를 입증하는 데 번번이 실패했고, 그들에게 반대되는 증언을 하려는 사람도 없었다.

반대로 그들의 무죄를 뒷받침해줄 만한 확실한 목격자는 수도 없이 많았다. 그들은 조직의 막대한 부를 활용해 최대한 자신들에게 유리한 쪽으로 법의 결정을 이끌어냈다. 무법이 판치던 지난 10년의 세월 동안, 유죄 판결을 받은 스카우러단원은 단 한 명도 없었다. 그들에게 유일한 위험이라면 일을 처리하다가 다치는 것뿐이었다. 여러 스카우러들에게서 공격을 받은 피해자가 엉겁결에 가끔 공격자들에게 뜻하지 않은 부상을 입히기도 했기 때문이다.

맥머도에게 조만간 어떤 시련이 있을 것이라고 누가 귀띔해주긴 했지만, 그것이 무엇인지는 아무도 설명해주지 않았다. 그는 굳은 얼굴을 한 형제 두 명에게 이끌려 대기실로 갔다. 판자로 막혀 있는 안쪽 집회실에서 여러 명이 웅성거리는 소리가 들렸다. 맥머도는 자기 이름이 한두 번 나오는 것으로 보아 자신의 가입여부를 두고 사람들이 의논하는 것이라고 생각했다. 잠시 후 녹색과 금빛 띠를 어깨에 두른 집회실 경비원 하나가 등장했다.

"당신을 밧줄로 묶고 눈을 가려서 데려오라는 지부장님의 명령이다."

경비원 세 명이 달려들어 맥머도의 외투를 벗기고 오른팔 소매를 올린 다음, 밧줄로 팔꿈치 위쪽을 둘러 몸통을 묶었다. 그 다음에는 두꺼운 검정 두건을 머리부터 목 아래까지 씌워서 아무것도 볼 수 없게 했다. 맥머도는 그렇게 눈이 가려지고 팔이 묶인 상태에서 집회실로 끌려갔다.

두건은 얼굴을 조여 답답했고 아무것도 보이지 않았다. 근처에서 사람들이 부스럭거리는 소리와 웅성거리는 소리가 들렸다. 이윽고 맥긴티의 목소리가 어렴풋하게 들렸다.

"잭 맥머도. 자네는 대 프리맨의 기존 회원인가?"

그는 고개를 끄덕였다.

"가입한 곳이 시카고 29지부 맞나?"

그는 다시 한번 고개를 끄덕였다.

"어두운 밤은 유쾌하지 않다."

맥긴티의 목소리였다.

"그렇다, 낯선 여행자에게는."

그는 대답했다.

"먹구름이 짙게 끼었다."

"그렇다, 폭풍우가 다가오고 있다."

"어떻소, 동지들! 만족하는가?"

지부장이 묻자 다들 동의하는 듯한 웅성거림이 들렸다.

"암호와 확인 암호를 통해 그대가 우리 형제임이 입증되었다."

맥긴티가 말했다.

"하지만 자네도 알다시피 버미사와 주위에 있는 지부에는 신입회원을 받아들이는 특별한 의식이 있다. 여기 있는 형제들도 모두 이 의식을 거쳐서 진정한 사나이로 다시 태어났다. 받아들일 준비가 됐는가?"

"네, 그렇습니다."

"자네는 용감한가?"

"네."

"한 걸음 앞으로 나와 그것을 증명해보라."

그 말이 떨어지자마자 맥머도는 어떤 단단하고 날카로운 물체가 자신의 두 눈을 강하게 짓누르는 느낌을 받았다. 이대로 계속 앞으로 내딛을 경우, 그 뾰족한 것에 두 눈을 잃을 수도 있었지만 그는 마음을 다져 먹고 온 힘을 모아 한 걸음 앞으로 나아갔다. 낮게 술렁거리는 소리와 박수 소리가 들렸다. 즉시 눈을 압박하던 물체가 사라졌다.

"예사 담력이 아니군. 고통을 참을 수 있겠나?"

대장의 목소리였다.

"남들만큼은 참을 수 있습니다."

"시험하라!"

맥머도는 비명이 터져나오려는 것을 가까스로 참았다. 팔뚝에 참아내기 힘든 고통이 느껴졌다. 갑작스러운 충격에 거의 기절할 뻔했지만, 그는 이를 악물고 두 주먹을 불끈 쥐어 고통을 참았다.

"이보다 더한 고통도 참을 수 있습니다."

이번에는 한바탕 우레 같은 박수갈채가 쏟아졌다. 이렇게 용감한 태도로 고통을 이겨낸 사람은 지부 역사상 처음이었다. 주위 형제들이 그의 등을 손으로 가볍게 두드리며 머리에서 두건을 벗겼다. 그는 형제들의 축하를 받으며 가벼운 미소를 지은 채 눈을 깜빡이며 서 있었다.

"마지막으로 한 마디 하겠다, 맥머도 형제."

맥긴티가 말했다.

"그대는 지부 비밀을 준수할 것과 충성을 다 할 것을 맹세했다. 조금이라도 맹세에 어긋나는 행동을 할 경우에는 가차없는 죽음뿐이라는 것을 명심하라."

"명심하겠습니다."

맥머도가 말했다.

"어떠한 상황에서도 지부장의 명령에 복종하겠는가?"

"복종하겠습니다."

"그럼 버미사 341지부 이름으로 그대를 환영하며, 집회에 참석할 권리와 기타 특권을 부여하겠다. 스캔런 형제, 술을 탁자에 올리게. 새로운 멋진 형제를 위해 건배하지."

맥머도는 외투를 돌려받았다. 외투를 입기 전에 아직도 욱신욱신 쑤시는 오른팔을 살펴보았다. 팔뚝 위에는 동그라미 속에 삼각형이 그려져 있는 표시가 깊고 빨갛게 낙인찍혀 있었다. 옆에 있던 두어 명의 형제가 자신들의 소매를 걷어올리며 맥머도의 것과 동일한 지부 낙인을 보여주었다.

"우리 모두 그런 표시가 있네. 낙인을 받을 때 자네만큼 용감하진 못했지만 말야."

한 사람이 이야기했다.

"뭐 별거 아니었어."

이렇게 말하긴 했지만 상처 부위가 후끈후끈 거리며 지독히도 아팠다.

가입을 축하하는 건배가 끝나자 지부 회의가 이어졌다. 단조롭고 지루한 시카고 지부 방식에 익숙해 있던 맥머도는 회의에 귀를 기울이다가 그 내용을 듣고 놀라움을 금치 못했다.

"의사일정에 따른 첫 번째 안건은 머톤 249지부 윈들 지부장이 보내온 편지에 관한 것입니다."

맥긴티가 말했다.

친애하는 귀하에게
이 지역 근처에 있는 탄광회사 래앤 스터매쉬의 소유주 앤드류 리를 처리할 일이 생겼습니다. 지난해 가을, 경관 하나를 처리하는 문제에 있어 우리 지부에서 형제 두 명을 파견했던 일을 기억하실 겁니다. 귀하의 지부가 우리에게 갚을 빚이 있으니 솜씨 좋은 형제 두 명을 보내주십시오. 이번 일은 우리쪽의 재무부장 히긴스가 책임을 맡고 있으니 그쪽으로 보내주시기 바랍니다. 히긴스가 살고 있는 곳은 이미 알고 계시는 바와 같습니다. 거사 장소와 일정은 그가 알려줄 것입니다. 무한한 자유가 함께 하시길.

프리맨 지부장, J. W. 윈들

"윈들은 우리가 형제를 파견해달라고 요청할 때마다 망설임 없이 응해주었다. 따라서 우리도 거절할 수 없지."

맥긴티는 잠시 말을 멈추고 흐릿하면서도 악의가 가득한

눈으로 방안을 둘러보았다.

"이번 일에 지원할 사람 있나?"

젊은이 몇 명이 손을 번쩍 치켜들었다. 지부장은 만족스러운 미소를 지으며 그들을 쳐다보았다.

"좋아, 호랑이 코맥. 지난번처럼만 하면 이번에도 틀림없을거다. 그리고 너, 윌슨."

"전 권총이 없습니다."

십대로 보이는 앳된 소년이 말했다.

"이번이 처음인가? 언젠가는 손에 피를 묻혀야지. 이번이 너에겐 참으로 좋은 기회가 될 것이다. 권총은 이미 준비되어 있을 것이다. 월요일에 가면 시간은 충분하겠지. 돌아오면 성대하게 환영해주겠다."

"이번에 포상이 있습니까?"

키가 땅딸막하고 얼굴이 시커먼데다 잔인하게 생긴 젊은 코맥이 물었다. 그는 야수 같은 흉포함 때문에 동료들에게서 호랑이라는 별명을 얻고 있었다.

"보상은 크게 기대하지 마라. 이번 일은 우리 지부의 명예를 위한 일이니까. 일이 끝나도 우리에게 들어오는 돈은 없다."

"그자가 무슨 짓을 했습니까?"

어린 윌슨이 물었다.

"그자가 무슨 짓을 했는지는 네가 알 필요 없다. 거기서 그를 없애기로 결정했으니 우리와는 아무 상관없는 일이지. 우리가 해야 할 일은, 그들이 우리 일을 아무 말 없이 도와줬듯이 그쪽을 위해 일을 하는 것뿐이다. 말이 나와서 말인데, 머톤 지부의 형제 둘이 다음 주 이곳으로 와서 일을 해주기로 했다.”

“그들이 누구죠?”

누군가 물었다.

“질문은 현명하지 않다. 우리를 믿어라. 아무것도 모르면 증언할 게 없고 따라서 문제도 생기지 않는 법이니까. 그냥 무슨 일을 맡든지 완벽하게 해치우는 형제들쯤으로 알아둬.”

“요즘 들어와서 이곳 사람들의 간이 배 밖으로 나오고 있습니다. 지난 주만 해도 십장 브레이커가 우리 사람 3명을 자르지 않았습니까? 그자는 예전부터 그래왔으니 그 값을 톡톡히 치뤄야 합니다.”

볼드윈이 허연 이를 드러내며 으르렁거렸다.

“어떻게 치르지?”

맥머도가 옆 동료에게 속삭였다.

“산탄을 깊숙이 쑤셔 박아주는 거지!”

남자는 웃음을 와락 터뜨리며 부르짖었다.

“이봐 형제, 우리 방식을 어떻게 생각하나?”

타고난 범죄자 같은 맥머도는 금방 가입한 이 조직의 흉악한 정신에 벌써 젖어든 것 같았다.

"나도 그런 방식을 좋아하지. 여긴 정말 기질이 넘친 사내들에게는 최적의 장소군!"

맥머도의 말을 듣고 주위에 있는 3~4명의 사내들이 손뼉을 치며 좋아했다.

"무슨 일인가?"

탁자 끝에서 악마 같은 지부장이 물었다.

"오늘 새로 온 형제 말입니다, 우리 방식이 마음에 든다고 하는군요."

순간 맥머도가 벌떡 일어섰다.

"한 말씀 드리겠습니다, 대 지부장님. 사람이 필요하시면 저를 뽑아주십시오. 그렇게만 해주신다면 영광으로 알고 지부를 위해 최선을 다하겠습니다."

박수소리가 여기저기서 터져나왔다. 새로운 태양이 수평선 위로 막 고개를 들이미는 순간이었다. 나이 많은 몇몇 사람들은 맥머도가 너무 빨리 적응하는 것이 못마땅한 듯 불만스러운 표정을 짓고 있었다.

"내가 한 말씀 드리겠소."

의장 옆에 앉아있던 비서 해러웨이였다. 그는 사기꾼같이 생긴 외모에 반백의 수염을 하고 있었다.

"내 생각으로는, 맥머도 형제는 지부가 부를 때까지 조용히 기다리는 것이 옳을 것이오."

"제 말이 그 말입니다. 그렇게 하도록 하겠습니다."

맥머도가 말했다.

"형제! 머지않아 자네 차례가 올 것이야."

의장이 말했다.

"우리는 형제가 오늘 자원한 일을 잊지 않고 있겠다. 조만간 이 지역에서 큰 일을 해낼 것이라 믿는다. 오늘 밤 처리할 조그만 일이 하나 있으니 원한다면 참석해도 좋아."

"좀더 비중 있는 일이 생길 때까지 기다리겠습니다."

"아무튼 가급적 참석하기 바란다. 이곳에서 우리의 위치가 어느 정도인지 확인할 수 있는 좋은 기회가 될 테니. 이것은 좀 있다가 정식으로 발표하기로 하지. 그런 그렇고……."

그는 의사 일정을 흘끗 쳐다봤다.

"한두 가지 안건을 마저 토의하겠다. 첫 번째로 재무부장은 우리의 재무상태를 밝혀주기 바란다. 그리고 짐 카나웨이의 미망인에게 연금을 지급해야겠다. 그가 지부의 일을 하다가 죽었으니 미망인에게 우리가 그를 잊지 않고 있다는 것을 보여줘야해."

"짐은 지난 달 총에 맞아 죽었다네. 말리 호수 근처에 사는 체스터 윌콕을 죽이려다 당했지."

옆 동료가 맥머도에게 알려줬다.

"현재 재무 상태는 양호합니다."

재무부장이 장부를 펴면서 말했다.

"최근 들어 기업의 납부실적이 좋아지고 있습니다. 맥스 라인더 앤컴만 500달러를 냈습니다. 워커 브라더스는 100달러를 보내왔습니다만 되돌려보내고, 다시 500달러를 내라고 요구한 상태입니다. 수요일까지 소식이 없으면 권선기가 박살날 것입니다. 작년에도 파쇄기를 불태운 다음에야 정신을 차렸던 놈들입니다. 그리고 서부지구 석탄회사는 해마다 충실하게 기부금을 내고 있습니다. 현재로선 일을 진행하는 데 자금 여유가 있는 편입니다."

"아치 스윈던은 어떻게 된 거죠?"

누군가 물었다.

"그자는 광산을 팔아치우고 이 구역을 떠났습니다. 그 교활한 늙은이는 뉴욕에서 길거리 청소부가 될지언정 공갈협박조직 아래서는 아무리 잘 나가는 광산업이라도 하고 싶지 않다는 편지를 남겼습니다. 제기랄! 그가 도망가기 전에 우리가 편지를 입수했다면 그놈은 박살이 났을 겁니다! 어쨌든 여기에 다시는 얼굴을 내밀지 않겠지."

그때 의장의 반대편 탁자 끝에 앉아 있던 나이가 지긋한 남자가 일어섰다. 그는 깨끗이 면도한 얼굴에 따뜻한 인상을 풍기는 노인으로 가지런한 눈썹이 보기 좋았다.

"재무부장! 그자가 이곳을 빠져나가면서 팔아치운 광산을 어디서 매입했는지 알 수 있습니까?”

“물론입니다, 모리스 형제. 스테이트 앤 카운티 철도회사가 그것을 매입했습니다.”

“작년에 같은 이유로 시장에 나온 토드맨 광산과 리 광산은 어디서 매입했습니까?”

“같은 회사입니다, 모리스 형제.”

“그럼 최근에 시장에 나온 맨슨, 슈만, 반 데헤, 애트우드 제철소는 누가 매입했습니까?”

“그것은 모두 서부 길머톤 종합광업회사에서 구입했습니다.”

“모리스 형제, 이해를 못하겠군.”

의장이 말했다.

“그것을 누가 샀는지가 왜 중요하지? 어차피 짊어지고 갈 순 없는 일 아닌가?”

“존경하는 대 지부장님. 저는 그것이 우리 일과 깊은 상관이 있다고 생각합니다. 이 과정은 지난 10년간 꾸준하게 진행되어 왔습니다. 중소기업은 우리들 때문에 설 자리를 잃고, 소유주는 이곳을 떠났습니다. 그 결과가 어떻게 됐습니까? 중소기업이 물러난 자리에 대신 철도회사와 종합광업회사 같은 대기업이 들어섰습니다. 대기업 임원은 뉴욕이나 필라델피아에 앉아 있으면서 우리 협박에는 코방귀도 뀌지 않고 있습니다. 우리가 이곳 지역담당자를 해치워도 본사에서 다른 사람을 파견해버리면 그만입니다.

결과적으로 우리는 위험을 자초하고 있는 셈입니다. 중소기업의 경영자라면 우리에게 대적이 안 됩니다. 그들은 돈도 없고 힘도 없습니다. 그들을 너무 쥐어짜지만 않는다면 그들은 계속 우리 영향력 아래 머무를 것입니다. 하지만 대기업은 다릅니다. 그들은 회사 이익을 늘리는 데 방해가 된다는 것을 알게 되면, 어떤 노력과 비용을 들여서라도 우리를 끝까지 추적해서 법정에 세울 것입니다."

이 불길한 말에 장내가 일순 잠잠해졌다. 사람들은 어두워진 얼굴로 서로를 바라보았다. 그들은 지금까지 그 누구로부터도 도전 받지 않았으며 이 세상에 두려울 것이 없다고 생각해왔다. 그런데 막상 다른 거대한 조직의 응징을 받을 수 있다는 생각이 들자 겁이라고는 일절 모르는 포악한 사내들조차도 등골이 오싹했다.

"제 의견은 이렇습니다."

발언자가 말을 이었다.

"우리는 중소업체들에게 좀더 너그럽게 대해야 합니다. 그들이 이곳을 모두 빠져나가면 조직은 힘을 잃을 것입니다."

몸에 좋은 약은 입에 쓴 법. 발언자가 자리에 앉자 여기저기서 성난 목소리가 터져나왔다. 맥긴티는 눈썹을 꿈틀거리며 어두운 표정으로 일어나서 말했다.

"모리스 형제, 당신은 언제나 비관적이군. 이 지부에 있는 회원들이 모두 힘을 합해 일어선다면 미국 내에서 우리를 건드릴 수 있는 놈은 아무도 없어. 이미 법정에서도 수없이 무죄 판결을 받지 않았나? 대기업들도 싸우는 것보다 돈을 내는 것이 훨씬 쉬운 방법이라는 것을 곧 이해하게 될 거야. 그럼, 형제 여러분!"

맥긴티는 검정 벨벳 모자와 어깨걸이를 벗으며 말했다.

"이것으로 오늘 밤 회의는 끝났소. 작은 문제가 하나 남아 있긴 하지만 그건 헤어지기 전에 말하겠네. 이제 형제들의 우애와 화합을 다지는 시간을 갖도록 합시다."

사람이란 참 묘한 동물이다. 여기는 살인을 밥 먹듯 저지르는 자들이 있다. 그들은 아무런 개인 감정도 없는 한 가족의 가장을 무참히 살해하면서 통곡하는 부인이나 두려움에 떠는 아이들에게 일말의 연민이나 동정을 느끼지 않는다. 그런 악당들이 잔잔하고 서글픈 음악이 나오면 눈물을 흘렸다. 맥머도는 멋진 테너 목소리를 가지고 있었다. 그는 '메리, 나는 그 계단에 앉아 있다오'(I'm Sitting on the Stile, Mary)와 '앨런 강둑에서'(On the Banks of Allan Water)를 멋들어지게 불러 형제들을 감동시켰다. 앞서 너무 튀는 바람에 받았던 경계심은 눈 녹듯 사라졌다.

그는 가입한 첫날부터 형제들 사이에서 가장 인기 있는 사람이 되었으며, 승진은 물론 높은 직책도 미리 맡아놓은 듯했다. 동료들과 친하게 지내는 것 외에도 훌륭한 프리맨 단원이 되려면 치러야할 또 하나의 시험이 있었는데, 그는 그날 밤이 지나기 전에 그것을 맞이했다. 위스키 병이 몇 번이나 돌아 남자들의 얼굴이 붉게 물들고 어떤 악행이라도 저지를 정도로 기분이 고조되었을 때, 지부장이 자리에서 일어나더니 말했다.

"동지들, 이 도시에 버릇을 고쳐놓아야 할 사람이 하나 있는데, 여러분이 그자를 손 좀 봐줘야겠습니다. 그는 〈헤럴드〉 신문사의 제임스 스탠저입니다. 그자가 다시 우리를 비방하기 시작했다는 걸 여러분들은 잘 알고 있을 것이오."

여기저기서 동의한다는 말이 튀어나왔고 욕지거리가 터져나왔다. 맥긴티는 외투 주머니에서 신문 스크랩을 꺼냈다.

"그자가 '법과 질서'란 제목으로 쓴 기사를 읽어주겠네."

법과 질서

탄광과 철광 지대에 드리운 공포

우리 고장에 범죄 조직이 존재한다는 것을 증명했던 최초의 살인사건이 일어난 지 벌써 12년의 세월이 흘렀다. 그날부터 그들의 극악무도한 행위는 그치지 않았으며, 급기야 오늘날에는 그 행위가 극에 달해 문명 사회를 능욕하는 수준에 이르렀다.

위대한 미국이 유럽의 압제를 못이겨 이곳으로 이주한 이방인을 따뜻하게 맞아들인 결과가 정녕 이것이란 말인가? 그들은 보금자리를 제공한 우리들을 위협하는 폭군이 되어 거룩한 성

조기 아래 공포와 무법이라는 어두운 그림자를 드리우고 있다.

또한 동방의 쇠락한 전제군주 아래서나 있을 법한 공포와 전율을 우리들 마음속에 심었다. 우리는 그들이 누구인지 알고 있다. 그 조직을 모르는 사람은 없다. 언제까지 참기만 할 것인가? 평생 이렇게 살 수는……

"젠장, 이런 쓰레기는 더 읽어볼 필요도 없어."

지부장이 읽던 신문을 탁자로 내던지며 말했다.

"이게 그자가 말한 거다. 여러분에게 묻겠는데, 그를 어떻게 했으면 좋겠는가?"

"죽여버립시다!"

열 두어 명이 거칠게 외쳤다.

"저는 그 의견에 반대합니다."

가지런한 눈썹과 깨끗한 얼굴을 한 모리스 형제가 나섰다.

"형제 여러분, 제가 한 말씀 드리겠습니다. 우리는 이 계곡에서 무소불능의 권력을 휘둘러왔습니다. 그러나 언젠가는 주민 전체가 손에 총을 들고 일심단결해서 우리를 쫓아내려고 몰려들 것입니다. 제임스 스탠저는 연륜이 있는 노인으로 이 도시와 근처에서 존경을 한 몸에 받고 있는 인물입니다. 그리고 〈헤럴드〉 신문은 이 골짝 구석구석에 상당한 영향력을 미치고 있습니다. 따라서 그자를 살해하면 주 전체에 엄청난 반향을 불러일으킬 것이며, 그렇게 되면 우리의 파멸도 시간문제일 것입니다."

"이 겁쟁이! 그들이 어떻게 우리를 파멸시킨단 말이야?"

맥긴티가 으르렁거렸다.

"경찰의 힘으로? 이봐, 그들 중 절반은 우리 수중에 있고 나머지 절반은 우릴 무서워하고 있어. 그럼 법정이나 판사를 동원해서? 지금까지 재판이 수도 없이 있었지만 별 문제 없었다. 대체 무슨 수로 놈들이 우리를 해코지한단 말인가?"

"린치 판사가 재판을 맡을지도 모릅니다."

모리스 형제가 말했다.

성난 목소리가 곳곳에서 터져 나왔다.

"내가 손가락만 까딱하면,"

맥긴티의 눈에 핏발이 섰다.

"이 도시에 200명의 회원을 투입해서 개미 한 마리 남기지 않고 끝장낼 수도 있어."

그러다가 갑자기 목소리를 높이더니 굵고 시커먼 눈썹을 움씰하며 험악한 인상을 지었다.

"이봐, 모리스! 나는 지금까지 당신을 쭉 지켜보고 있었지. 당신은 용기도 없을 뿐만 아니라 다른 형제들의 사기마저 꺾어버리려고 하더군. 모리스, 당신 이름이 우리 회의의 안건에 오르는 날엔, 그날이 당신 제삿날이 될 줄 알아! 그런데 지금이 바로 당신 이름을 올릴 때라는 생각이 드는군."

모리스는 얼굴이 하얗게 질린 채, 무릎에 힘이 다 빠졌는지 쓰러지듯이 의자에 주저앉았다. 모리스는 떨리는 손으로 술을 한 모금 마신 뒤 입을 열었다.

"제가 무례를 범했다면 대 지부장님 이하 지부의 여러 형제들에게 사과를 드립니다. 여러분 모두 아시다시피 저는 충실한 회원입니다. 제가 염려스러운 말을 늘어놓은 까닭은 이 지부에 나쁜 일이 생기지 않기를 바라는 순수한 마음에서였습니다. 하지만 저는 제 자신보다 여러분의 판단을 더 신뢰합니다. 대 지부장님, 다시는 이런 일이 없을 거라고 맹세합니다."

모리스의 겸손한 말을 들은 지부장은 찌푸렸던 얼굴을 폈다.

"좋아, 모리스 형제. 당신을 처벌해야 할 일이 생긴다면 그것은 나로서도 애석한 일일세. 그러나 내가 의장으로 있는 동안에는 우리 모두 한 목소리, 한 몸이 되어 일사불란하게 움직여야한다. 그리고 형제들."

그는 좌중을 한번 둘러보고 말을 이었다.

"한 마디 덧붙이자면, 스탠저가 지은 죄과를 모두 치르자면 죽여도 시원찮겠지만, 그럼 필요이상으로 문제가 생길 소지가 있다. 신문 편집인이 서로 단결하고 있는 상태에서 그렇게 되면 미국 내 모든 신문들은 경찰과 군을 투입하라고 아우성칠 것이다. 하지만 여러분은 그에게 죽지 않을 만큼의 강력한 경고는 줄 수 있을 것이다. 볼드윈 형제, 자네가 할 수 있겠나?"

"물론입니다!"

호명을 받은 젊은이가 거침없이 말했다.

"몇 명이나 필요한가?"

"6명이면 됩니다. 그리고 망 볼 사람 두 명도 필요합니다. 가워, 맨슬, 스캔런, 그리고 월라비 형제, 자네들이 와주게."

"새로 온 형제도 함께할 거라고 약속했다."

의장이 말했다.

테드 볼드윈은 지난 일을 잊거나 용서하지 않은 눈빛으로 맥머도를 쳐다보다가 통명스럽게 한마디 내뱉었다.

"좋소. 그가 원한다면 그렇게 합시다. 이 정도면 충분한 것 같으니 기왕이면 빨리 일을 처리합시다."

고함소리가 여기저기에서 터져나왔고, 취중에 한바탕 부르는 노랫가락과 웅성거리는 소리가 뒤섞여 방 안은 장터처럼 왁자지껄했다. 바에는 아직도 술 마시고 떠드는 사람들로 북적거렸다. 임무를 부여받은 일행은 거리로 빠져나와 사람들의 시선을 끌지 않기 위해 패로 나누어 보도를 걸었다. 지독하게 추운 밤이었다. 별이 반짝이는 싸늘한 밤하늘에는 반쯤 기운 달이 휘영청 밝게 빛나고 있었다. 사내들은 높은 건물의 맞은 편에 있는 공터로 모였다. 건물 창에는 불이 밝혀져 있었고, 창문들 사이에 〈버미사 헤럴드〉라는 글귀가 금빛으로 인쇄되어 있었다. 안에서는 인쇄기가 절거덕거리는 소리가 들렸다.

"이봐!"

볼드윈이 맥머도를 불렀다.

"자넨 아서 윌라비와 함께 아래 입구를 지키게. 다른 사람들은 나를 따라오고. 우리가 이 시간에 조합 술집에 있었다는 걸 증언해줄 사람이 수도 없이 많으니 두려워할 것 없다."

자정에 가까운 시간이었고 거리에는 고성방가하며 집으로 향하는 술꾼 한둘을 제외하면 텅 비어 있었다. 일당은 길을 건너서 신문사 현관문을 열어 젖혔다. 맥머도와 아서는 현관에 남아 있었고, 이들을 제외한 볼드윈 일당은 안으로 우르르 몰려들어가서 정면에 있는 층계를 올랐다. 곧 이어 위쪽 방에서 고함 소리와 살려달라는 외침이 들렸고, 발로 짓뭉개는 소리와 의자 넘어가는 소리가 들렸다. 잠시 후 머리가 희끗희끗한 노인이 층계참으로 튀어나왔다.

그는 몇 걸음 옮기기도 전에 붙잡혔고, 안경이 딸그락딸그락 굴러내려와 맥머도 발 옆에 떨어졌다. 이어 쿵 하고 쓰러지는 소리와 신음 소리가 들렸다. 몽둥이 대여섯 개가 한꺼번에 엎어져 있는 몸뚱이를 퍽퍽 철썩철썩 사정없이 내리갈겼다. 노인은 고통으로 몸부림쳤고, 비쩍 마른 사지가 타격으로 경련을 일으켰다. 이윽고 몽둥이질이 그쳤는가 싶었더니, 볼드윈만은 잔인한 악마 같은 미소를 드리운 채 노인의 머리를 쉬지 않고 연신 가격했다. 노인은 거의 반사적으로 머리를 보호

하려고 했지만 허사였다. 남자의 회색 머리가 벌건 피로 범벅이 되었다. 볼드윈은 노인을 내려다보며 빈 곳이 보일 때마다 인정사정없이 강타를 가했다.

그러자 맥머도가 층계를 단숨에 뛰어올라가서 볼드윈을 뒤로 밀어내며 외쳤다.

"이러다 사람 죽이겠어! 그만해!"

볼드윈은 놀란 눈으로 그를 쳐다보며 고함을 질렀다.

"이 자식이! 감히 어디라고 끼어들어? 신입 주제에, 물러서!"

그가 몽둥이를 치켜올리자 맥머도는 뒷주머니에서 권총을 잽싸게 빼 들었다.

"너야말로 물러서! 내 몸에 손 하나 까딱하면 얼굴을 날려버릴 테다. 지부장이 이 남자를 죽이지 말라고 했는데 이게 죽이는 게 아니고 뭐야?"

"그래, 맞아."

일행 중 하나가 맞장구를 쳤다.

"제기랄! 빨리 서둘러!"

아래에서 망을 보던 사내가 고함을 질렀다.

"창문에 불이 켜지고 있어. 5분도 안 되서 사람들이 몰려오겠어."

정말로 거리에서 외침 소리가 들렸다. 식자공과 인쇄공 일부가 홀에 몰려들면서 반격할 준비를 하고 있었다. 미동도 없이 사지를 늘어뜨리고 있는 편집인을 남겨두고 범죄자들은 부리나케 뛰어내려가 큰거리로 빠져나갔다. 그들 중 일부는 조합건물에 있는 맥긴티 술집에 들어가 바에 있는 두목에게 일이 성공적으로 수행되었음을 귓속말로 알렸다. 맥머도를 포함한 나머지 일부는 옆 골목으로 빠져서 멀리 길을 돌아 각자의 집으로 돌아갔다.

공포의 계곡

다음 날 아침에 일어난 맥머도는 전날 있었던 지부 입회식 장면을 생생하게 떠올렸다. 숙취로 머리가 지끈거렸고 낙인찍힌 팔뚝은 벌겋게 달아올라 욱신거렸다. 그는 특별한 수입처가 있었으므로 간혹 일하러 나가는 것을 빼먹거나 늦게 나가는 일이 있었는데, 그날 아침에는 식사를 늦게 마친 후 오전 내내 집에 남아서 친구에게 긴 편지를 썼다. 편지를 다 쓰고 난 후 〈헤럴드〉 신문을 읽었다. 마감 직전에 실은 듯한 특별 기사에 '헤럴드 신문사에 괴한 난동, 편집인 중상'이라는 제목이 붙어 있었다. 그는 기사를 쓴 사람보다도 그 사건을 더 잘 알고 있었다. 기사는 다음과 같이 끝을 맺고 있었다.

사건은 이제 경찰의 수중에 넘어갔다. 그러나 경찰의 분투가 과거에 비해 얼마나 성과를 거둘지는 미지수다. 일당 중 몇몇을 알아본 목격자가 있으므로 유죄판결을 받을 가능성이 전혀 없는 것은 아니다. 이번 난동의 범인은 말할 필요도 없이 이 지역을 오랫동안 유린해온 악명 높은 조직으로, 그 동안 그들에게 비타협적 입장을 견지해온 〈헤럴드〉 신문사의 편집인을 이번에 공격한 것이다. 비록 그는 잔인하고 무자비하게 구타당하여 전신에 성한 곳이 없고 머리 부위에 중상을 입긴 했지만, 다행히 생명에는 지장이 없다. 스탠저의 지인들은 이 소식에 환호성을 올릴 것이다.

이어 라이플 총으로 무장한 보안 경찰대가 데일리 〈헤럴드〉 신문사 건물을 지키고 있다는 내용이 덧붙여져 있었다. 맥머도는 신문을 내려놓고 파이프에 불을 붙였다. 지난 밤 흥분이 채 가라앉지 않았는지 그의 손이 가늘게 떨리고 있었다. 그때 하숙집 여주인이 노크를 하고 들어와 방금 어떤 남자가 전해주고 갔다면서 편지를 건네주었다. 편지에는 발신인의 이름이 적혀 있지 않았는데 그 내용은 다음과 같았다.

당신과 이야기를 하고 싶소. 하지만 당신이 있는 곳은 적절치 않을 듯하니, 밀러 힐의 정상에 있는 깃대 옆에서 기다리겠소. 지금 그곳으로 오면 피차에게 중요한 이야기를 말씀드리겠소.

맥머도는 놀란 표정으로 쪽지를 다시 한번 읽었다. 이 쪽지를 쓴 사람이 누구인지, 그가 자신에게 무슨 말을 하려는 것인지 전혀 감이 안 잡혔기 때문이다. 여자 필체라면 과거에 종종 그랬던 것처럼 사랑 고백을 하려는 것이려니 생각할 수도 있었지만 필체는 남자 것이었고, 그것도 상당한 교육을 받은 사람이 보낸 것 같았다. 잠시 망설인 끝에 그는 무슨 일인지 알아보기로 결심했다.

시내 한복판에 있는 밀러 힐은 제대로 관리되지 않은 공원으로, 여름에는 서늘한 휴식처로 각광을 받았지만 겨울에는 사람들이 잘 찾지 않아 쓸쓸하기 그지없었다. 공원의 꼭대기에서는 구불구불 이어진 계곡뿐 아니라 여기저기 흩어져 있는 지저분한 마을이 한눈에 내려다보였다. 계곡 도처에 자리잡은 광산과 공장에서 뿜어나온 시커먼 그을음이 골짜기에 쌓인 눈 위에, 그리고 하얀 눈을 뒤집어 쓴 수목이 우거진 숲에 잔뜩 내려앉아 거무죽죽하고 칙칙한 광경을 연출했다.

맥머도는 사철나무가 양쪽으로 울타리처럼 늘어선 구불구불한 산길을 천천히 걸어서 썰렁한 식당에 이르렀다. 식당 옆에는 깃발 없는 깃대가 있었고, 그 밑에 모자를 깊숙이 눌러쓰고 외투 깃을 잔뜩 세운 한 남자가 서 있었다. 그 남자가 얼굴을 들자, 맥머도는 그가 지난 밤 지부장의 성화를 돋우었던 모리스 형제임을 알아보았다. 그들은 지부 암호를 주고받았다.

“맥머도 씨, 당신과 이야길 하고 싶었소.”

나이든 남자가 머뭇거리며 말을 꺼냈다.

“와줘서 고맙소.”

“왜 편지에 이름을 밝히지 않았습니까?”

"조심했어야 했소, 젊은 양반. 요즘과 같은 시기에는 사소한 것 하나라도 어떻게 될지 모르니 누구를 믿고 누구를 믿지 말아야 할지 모르겠소."

"지부 형제라면 믿을 수 있지 않습니까?"

"아니, 아니, 항상 그렇진 않소."

모리스는 격하게 외쳤다.

"우리가 하는 말은 물론, 심지어 마음속으로 하고 있는 생각까지 맥긴티 귀에 들어가는 것 같소."

맥머도가 단호하게 대꾸했다.

"이봐요! 형제도 알다시피 내가 지부장에게 신의를 맹세한 게 바로 어제 일이오. 그런데 그것을 깨뜨리란 말이오?"

모리스가 슬픈 표정을 지으며 대답했다.

"자네 생각이 그렇다면 내 입장에서는 이렇게 나오라고 해서 미안하다는 말밖에는 할 수가 없군. 다만 자유로운 두 시민이 서로의 생각도 자유롭게 얘기하지 못하는 이런 상황이 애석할 뿐이오."

상대를 날카롭게 쳐다보던 맥머도는 태도를 약간 누그러뜨리며 말했다.

"내 생각만 했던 것 같습니다. 형제도 알다시피 난 신참이라 아는 게 없습니다. 그러니 현재로선 입을 열 수 없는 처지입니다. 그러나 무슨 할 말이 있다면 하십시오. 그냥 듣는 건

할 수 있으니까요."

"그 다음에 맥긴티 대장에게 가서 말하려고?"

모리스가 씁쓸하게 말을 내뱉자 맥머도가 반발했다.

"그건 날 잘못 생각한 겁니다. 난 프리맨의 충실한 단원으로서 내 생각을 솔직하게 말한 것입니다. 나는 형제가 비밀을 지켜달라고 한 말을 다른 사람에게 가서 불 정도로 비열한 놈은 아닙니다. 이야기는 발설하지 않겠습니다. 하지만 무슨 도움이나 동정을 기대한다면 그건 오산이라고 말하고 싶군요."

"도움이나 동정은 포기한 지 오래됐소. 일단 말을 하면 내 목숨은 당신의 손에 달린 것이나 마찬가지요. 어젯밤 당신이 한 행동은 다른 놈들만큼이나 불량해보였소. 하지만 아직 신입이니 놈들처럼 양심이 전혀 없진 않을 거란 생각을 했소. 그래서 당신에게 이야기를 해야겠다고 결심한 것이오."

"그렇다면 무슨 이야기입니까?"

"혹시라도 나를 배신하면 당신은 지옥에 떨어질 것이야!"

"물론입니다. 방금 그러지 않겠다고 말씀 드리지 않았습니까."

"그럼 한가지 묻겠소. 자네가 시카고 프리맨에 가입하여 충성을 맹세했을 때, 그것이 범죄로 가는 길이 될 것이라고 생각이나 해봤소?"

"당신이 그것을 범죄라고 부른다면 그렇겠지요."

맥머도가 대답했다.

"그게 범죄가 아니고 무엇이오?"

모리스의 목소리가 격정으로 파르르 떨리고 있었다.

"그게 범죄가 아니라고 생각한다면 그건 당신이 아직 제대로 모르고 있는 거요. 어젯밤 자네 아버지뻘 되는 노인을 머리에서 피가 흥건히 흘러내릴 정도로 두들겨 팬 것이 범죄가 아니란 말이오? 그게 범죄가 아니면 대체 뭐가 범죄란 말이오?"

"그걸 전쟁이라고 말하는 사람도 있지요. 목숨을 건 두 계급간의 전쟁, 인정사정 없이 냉혹하게 상대를 내리치는 자가 살아 남는 그런 전쟁 말입니다."

맥머도는 말했다.

"그렇다면 당신이 시카고 프리맨에 들어갈 때 그런 짓을 하게 될 것이라고 생각해봤소?"

"아뇨, 그런 생각은 하지 않았습니다."

"나도 필라델피아에서 프리맨에 처음 가입했을 때 그랬소. 그 단체는 그저 이익 단체이자 친구를 사귀는 장이었소. 그러다 이곳이 번창 일로에 있다는 소식을 듣게 되었지. 어쩌다 버미사라는 지명을 듣게 되었는지 이 귀를 떼어버리고 싶소! 어쨌든 나는 좀더 잘 살기 위해 이곳으로 왔소이다. 잘 살아보려고 아내와 자식 셋을 데리고 왔단 말이오. 번화가 한 모퉁이에 포목점을 냈는데 장사가 잘 되었소. 그런데 내가 프리맨 회원이라는 소문이 어떻게 놈들 귀에 들어갔는지 그들이 나를 강제로 여기 지부에 가입시켰소. 어젯밤 당신처럼 말이오. 팔뚝에 수치스러운 표시가 찍혔고, 내 마음에는 그보다 더 깊은 낙인이 찍혔지. 어느 날 보니 난 악당들의 손아귀에 떨어져 있고 범죄의 그물망에 걸려 있더군. 그 속에서 내가 뭘 할 수 있었겠소? 상황을 개선하기 위해 무슨 말을 하면 모두 조직에 도전하는 것으로 받아들이더군. 어젯밤처럼 말이오. 내가 가진 재산은 이 가게밖에 없어서 어디로 도망갈 수도 없소. 내가 조직을 떠난다면 나는 곧 죽게 될 거요. 오, 하나님, 내 아내와 아이들을 굽어살피소서! 오, 이건 너무 끔찍해……. 정말 가혹한 일이야!"

사내는 손바닥에 얼굴을 묻고 어깨를 들먹이며 격렬하게 흐느꼈다.

맥머도는 어깨를 으쓱하며 입을 열었다.

"형제는 이런 일을 하기에 마음이 너무 약해요. 이렇게 험한 일에는 맞지 않는 것 같습니다."

"내겐 양심도 종교도 있었소. 그런데 놈들은 나를 범죄자로 만들어버렸소. 난 어쩔 수 없이 어떤 일에 가담하게 되었소. 거부를 하면 어떻게 될지 뻔히 아는 나로서는 발을 뺄 수가 없었지. 내가 겁쟁이인지도 모르겠소. 그들과 한통속이 된 것은 가엾은 내 아내와 아이들 때문이었지. 어쨌든 난 그들과 함께 갔고, 당시 경험한 일은 죽을 때까지 내게 고통을 줄 거요. 여기서 30여 킬로미터 떨어진 저 산 너머에 있는 외딴 집이었는데, 어젯밤 당신처럼 나는 문을 지키고 있었소. 놈들이 나를 믿지 못했던 거요. 일행은 안으로 들어갔고, 잠시 후 밖으로 나온 놈들 손은 온통 붉은 피로 물들어 있더군. 발길을 돌려서 그곳을 떠나려는 순간, 뒤에서 아이의 울부짖는 소리가 들렸소. 살해당한 아버지의 다섯 살배기 꼬마였소. 나는 소름이 끼쳐 거의 기절할 뻔했지만 짐짓 용감한 척 웃음을 떠어야 했소. 그렇게 하지 않으면 다음 번 놈들이 피 묻은 손으로 빠져 나올 집은 내 집이 될 것이고, 아버지를 잃고 비명을 지르는 아이는 어린 내 아들 프레드가 될 것이라는 사실을 잘 알고 있었기 때문이오. 살인에 가담하게 된 그날부터 난 범죄자이며 살인의 공범자가 되었지. 난 이 세상에서 영원히 구원받을 수 없으며 죽어서도 구원받을 수 없을 것이오. 난 원래 독실한 카톨릭 신자였소. 하지만 신부는 내가 스카우러 단원이라는 것을 알고는 나와 한 마디도 안 하더니 결국 나를 제명시켰소. 난 지금 이런 상황에 놓여 있소. 그런데 당신은 내가 갔던 길을 그대로 밟으려하고 있으니, 대체 그 결과가 어떻게 될 것 같소? 당신도 냉혹한 살인마가 되고 싶은 거요? 아니면 둘이 힘을 합하면 이 일을 막을 방법이 있지는 않겠소?"

"어떻게 하시려고? 경찰에 밀고라도 할 참이오?"

맥머도가 불쑥 말을 내뱉자 모리스가 황급히 손사래를 쳤다.

"당치도 않소! 그런 생각만 해도 바로 목숨을 잃을 테니까."

"그렇겠죠. 형제는 이 일을 하기엔 너무 소심하고 문제를 너무 과장해서 생각하는 것 같습니다."

"과장한다고? 여기서 좀더 오래 살다보면 알 것이오. 계곡 아래를 보시오! 수없이 들어선 굴뚝에서 뿜어져 나온 시커먼 연기가 골짜기를 암울하게 뒤덮고 있소. 그러나 살인의 먹구름은 저보다 더 낮고 두껍게 사람들의 머리를 드리우고 있소이다. 여긴 공포의 계곡이오. 죽음의 계곡이지. 황혼에서 새벽까지 사람들 마음에서 두려움과 전율이 가실 때가 없소. 젊은 양반, 조금만 지내보면 스스로 깨닫게 될 것이오."

모리스의 음산한 이야기에 맥머도가 겁도 없이 대꾸했다.

"그럼, 좀더 지켜본 다음에 내 생각을 말해드리겠습니다. 아무튼 형제는 이곳에 어울리는 사람이 아닙니다. 그러니 재산을 헐값에 처분하는 한이 있더라도 가급적 빨리 이곳을 떠나는 게 좋겠소. 형제가 한 말은 누설하지 않겠습니다. 하지만, 만에 하나라도 당신이 밀고자라면……."

"아니, 아니오!"

모리스가 애처롭게 외쳤다.

"그럼 이쯤에서 그만둡시다. 형제가 오늘 내게 말한 내용은 내 마음에만 담아두고 있다가 언젠가 때가 되면 당신에게 내 생각을 말해주겠습니다. 오늘 들은 말은 나에게 호의로 한 말로 생각하지요. 이만 집에 가보겠습니다."

"가기 전에 한 마디만 더 하겠소. 우리가 같이 있는 것을 봤다는 사람이 있을 수 있소. 그러면 우리가 무슨 이야기를 나눴는지 궁금해할 거요."

"아! 그럴 수도 있겠군요."

"내가 당신에게 우리 가게의 점원 자리를 제의한 것으로 하면 어떻겠소?"

"그럼 나는 거절한 것으로 하면 되겠군요. 이건 우리 둘만의 일이니까. 그럼 안녕히 가십시오, 모리스 형제. 앞으로 상황이 더 나아지기를 바랍니다."

그날 오후, 맥머도는 거실 난롯가에 앉아 담배를 피우며 골똘한 생각에 잠겨 있었다. 그때 문이 왁 열리더니 맥긴티 대장의 거대한 몸집이 현관을 가득 채웠다. 그는 암호를 교환한 뒤 맥머도의 맞은 편에 앉아 잠시 그를 쳐다보았다. 맥머도도 이에 지지 않고 그를 응시했다. 마침내 대장이 입을 열었다.

"맥머도 형제, 난 웬만하면 남을 방문하지 않네. 날 찾아오는 사람을 상대하기도 바쁘니 말일세. 그런데 오늘은 자네를 직접 방문해야겠다는 생각이 들었네."

"이렇게 방문해주서서 영광입니다, 의원님."

맥머도는 벽장에서 위스키 병을 꺼내오면서 사심 없이 말했다.

"저를 직접 찾아주시리라고는 생각지도 못했습니다."

"팔은 어떤가?"

대장이 물었다.

맥머도는 얼굴을 찡그리며 대답했다.

"아직 상처가 아물지 않았습니다만 참을만 합니다. 가치 있
는 일에는 항상 고통이 뒤따르게 마련이죠."

"그래, 가치 있는 일이지. 지부에 충실하고, 운명을 함께 하
며 힘든 일을 마다하지 않는 사내에겐 더욱더 그렇다네. 그건
그렇고, 오늘 오전 밀러 힐에서 모리스 형제와 무슨 얘기를
했나?"

질문이 너무 갑작스러웠기 때문에 답변을 미리 준비해둔
것이 다행이었다. 맥머도는 불쑥 너털웃음을 터뜨렸다.

"모리스는 내가 집에서도 돈을 벌 수 있다는 걸 모르는 것
같더군요. 뭐 상상도 못했을 겁니다. 너무 착해 빠진 양반이라
내가 어떤 사람인지 알지 못하는 게지요. 하지만 사람은 좋더
군요. 내가 직업 없이 놀고 있다고 생각했는지 자기 가게의 점
원자리를 제의했습니다."

"아, 그랬나?"

"네, 그렇습니다."

"그래서 자넨 거절했고?"

"물론이죠. 내 방에 가만히 앉아서 4시간만 일하면 그보다

10배는 더 벌 수 있는데요."

"그럼 됐네. 하지만 모리스와는 너무 가깝게 지내지 말게."

"왜 그렇습니까?"

"자네에게 그와 가깝게 지내지 말라고 이미 이야기한 것 같은데. 단체에 있는 대부분의 형제들은 그렇게 이야기하면 알아듣지."

"대부분의 형제들은 알아들었겠지만, 제게는 충분치 않습니다, 의원님. 사람을 보는 눈이 있으시다면 제가 어떤 사람인지 이미 파악하셨을 것 같은데요."

맥머도가 거침없이 대꾸했다.

거무스레한 얼굴의 거인은 상대를 노려보면서 술잔을 그의 얼굴에 당장이라도 집어던질 듯 꽉 움켜쥐었다. 그러다 대장은 큰소리로, 그러나 조금은 과장된 웃음을 터뜨렸다.

"자넨 정말 별종이야, 별종. 그렇게 이유를 알고 싶다면 내 말해주지. 모리스가 지부에 대해 좋지 않은 이야기를 하지는 않던가?"

"아뇨."

"내 험담도?"

"없었습니다."

"좋아. 아마 자네를 믿지 않았나 보군. 그자는 사실 충실한 형제가 아니라네. 우리 모두 그렇게 생각하지. 그래서 그를 지켜보면서 혼내줄 때를 기다리고 있지. 내 생각엔 그날이 가까워오고 있는 것 같아. 우리 조직에는 비열한 겁쟁이가 있을 자리는 없네. 불성실한 놈과 친하게 지내면 자네도 불성실한 사람으로 찍힌다는 걸 명심하게. 알겠나?"

"모리스와 친해질 일은 없을 것입니다. 난 그를 좋아하지 않으니까요. 그리고 지부장님은 제가 불성실하다고 하셨기에 하는 말인데, 당신이었기에 망정이지, 다른 사람이라면 두 번 다시 내게 그따위 소릴 못하게 했을 것입니다."

맥머도가 대범하게 따지고 들었다.

"좋아, 그만하지."

맥긴티가 잔을 비우며 말했다.

"늦지 않게 그 말을 해주러 왔네. 자네도 알아들었겠지."

"궁금한 게 하나 있는데, 내가 모리스를 만나 애기를 나눈 건 대체 어떻게 아셨습니까?"

맥머도의 질문에 맥긴티가 웃음을 터뜨렸다.

"이 도시에서 일어나는 일 중에 내가 모르는 것이라곤 없네. 여기서 흘러다니는 소문은 다 내 귀에 들어오게 되어 있지. 자, 시간이 됐으니 이만 가보겠네."

그런데 작별인사가 채 끝나기 전에 전혀 예상하지 못했던 일이 터졌다. 갑자기 요란한 소리를 내며 문이 홱 열리고 경찰모를 쓴 세 사람이 위압적인 얼굴로 들어오더니, 방안에 있는 두 사람을 날카롭게 노려봤다. 맥머도가 벌떡 일어나 권총을 꺼내드는 순간, 이미 라이플 총 두개가 그의 머리를 정확히 조준하고 있었다. 경찰 제복을 입은 사내 하나가 6연발 권총을 들고 방안으로 들어왔다. 한때 시카고에 있다가 이제는 광산 경찰대에 근무하는 마빈 경감이었다. 그는 웃음 띤 얼굴로 맥머도를 바라보며 고개를 흔들었다.

"자네가 결국 문제를 일으킬 줄 알았지. 시카고 악당 맥머도 씨. 조용히 지내는 게 그렇게 힘들던가? 모자를 쓰고 우릴 따라 나서게."

"마빈 경감, 이러고도 무사하리라 생각하나?"

맥긴티가 말했다.

"당신이 누군데 감히 이렇게 집안으로 쳐들어와서 법 없이도 살 사람에게 이래라 저래라 하는거야?"

"당신은 상관 없으니 빠지십시오, 맥긴티 의원님."

경감이 대꾸했다.

"우리는 당신이 아니라 맥머도를 데려가려고 왔소이다. 임무를 수행하는데 방해하지 않는 게 당신이 할 일입니다!"

"이 사람은 내 친구요. 무슨 일인지 모르지만 내 이 사람의 무죄를 증명하리다."

대장이 말했다.

"맥긴티 씨, 머지않아 당신 입으로 자신의 무죄를 증명해야

할 날이 올 것입니다."

경감이 대꾸했다.

"이 맥머도는 여기에 오기 전에도 악한이었고 여기서도 변함없이 악당 노릇을 하고 있소. 여보게, 내가 이 자에게서 무기를 뺏는 동안 잘 감시하고 있게."

"여기 권총 있소."

맥머도가 시원스럽게 말하며 권총을 건네줬다.

"마빈 경감, 우리가 단둘이서 만났다면 이렇게 쉽게 나를 붙잡진 못했을 거요."

"체포영장은 있나?"

맥긴티가 물었다.

"제기랄! 당신 같은 작자들이 경찰로 있는 한 차라리 러시아에 사는 게 낫겠군. 이건 자본가들의 횡포야! 내 언젠가 오늘 당한 것을 몇 배로 쳐서 고이 돌려주지."

"당신은 당신 일이나 잘 하시오. 우리는 우리 일을 할 테니."

"내 죄목이 무엇이오?"

맥머도가 물었다.

"〈헤럴드〉 신문사의 편집인 스탠저 폭행 사건에 연루된 혐의야. 살인죄로 기소되지 않은 것만도 다행으로 알라구!"

맥긴티가 껄걸 웃으며 말했다.

"그게 맥머도의 혐의라면, 괜히 긁어 부스럼 만들지 말고 지금 당장 그만두는 것이 좋을 게요. 이 친구는 내 술집에서 나와 함께 자정까지 포커를 쳤네. 그리고 그것을 증명할 사람이 10명도 넘게 있지."

"그건 당신 생각이오. 필요하다면 내일 법정에서 진술하시오. 이봐, 맥머도, 머리에 구멍나고 싶지 않으면 조용히 따라나서. 옆으로 비켜서시오, 맥긴티 의원. 미리 말해두지만 난 공무 집행 중일 때는 인정사정 보지 않소!"

경감의 태도가 너무나 단호했기 때문에 맥머도와 의원은 상황을 받아들일 수밖에 없었다. 맥머도와 헤어지기 전에 맥긴티가 간신히 한두 마디를 속삭일 수 있었다.

"그건 어떤가?"

대장은 엄지손가락을 위로 세워 화폐 주형을 암시했다.

"안전합니다."

맥머도가 속삭였다. 그는 그것을 마루 바닥 밑의 안전한 곳에 숨겨뒀던 것이다.

"그럼 잘 가게."

맥긴티가 악수하며 말했다.

"레일리 변호사를 찾아가서 우리측 변호를 맡길 테니 걱정하지 말게. 자네를 오래 붙잡아두진 못할 거야."

"그런 약속은 안 하는 게 좋을걸. 자네 둘은 피의자를 지키고 있게. 조금이라도 허튼 짓을 하는 기미가 보이면 사정없이 쐬도 좋아. 난 이곳을 떠나기 전에 잠시 집을 수색해야겠네.”

마빈 경감이 집안 구석구석을 수색했지만 숨겨진 주형을 찾아내지 못했다. 경감은 부하들과 함께 맥머도를 경찰서로 압송했다. 밖은 이미 어두웠고 눈보라가 심하게 몰아치고 있어서 거리에는 인적이 드물었다. 그러나 할일없이 거리를 어슬렁거리던 사람 몇몇이 일행을 뒤따르면서 날이 어두워 잘 안 보이는 데 용기를 얻었는지 체포된 사람에게 저주의 말을 퍼부었다.

“빌어먹을 스카우러를 쳐죽여라! 때려죽여라!”

맥머도가 경찰서로 떠밀려 들어가자 그들은 낄낄거리며 조롱했다. 맥머도는 경감에게 형식적인 조사를 받은 후 미결수 감방으로 보내졌다. 그곳에는 이미 전날 밤 함께 범죄를 저지른 볼드원과 동료 셋이 잡혀 있었다. 그들은 모두 그날 오후에 체포되어, 다음날 아침에 열리는 공판을 기다리는 중이었다.

그러나 가장 견고한 법의 요새 안에도 프리맨의 손길이 뻗쳐 있었다. 밤늦게 죄수들 잠자리용 짚더미를 가지고 온 교도관은 그 속에서 위스키 두 병과 술잔 몇 개, 카드 한 벌을 꺼냈다. 그들은 재판에 대해서는 아무 걱정 없이 그 밤을 신나게 보냈다.

결과적으로 그들은 유죄 판결을 받지 않았다. 치안판사는 증거 부족으로 그들을 상급법원에 기소할 수 없었다. 증인으로 선 식자공과 인쇄공은 협박에 의해, 피의자들 중에 범인이 있는 것 같긴 하지만 사건 당시 등불이 희미했고 자신들도 경황이 없었기 때문에 공격자가 누구인지 가려내기는 어렵다고 진술했다. 게다가 맥긴티가 고용한 유능한 변호사의 반대 심문이 이어지자 그들의 증언은 더더욱 신빙성을 잃었다.

부상당한 편집인은 너무나도 갑작스럽게 공격을 받았기 때문에 자신을 제일 처음 가격한 사람이 콧수염을 기르고 있었다는 것 외에는 기억이 나지 않는다고 이미 증언한 후였다.그러나 그는 공격자들이 스카우러 단원임을 확신한다고 말했다. 왜냐하면 이 도시에서 자신에게 적대감정을 품은 사람이 그들 말고는 없으며, 자신의 직설적인 사설과 관련해 오랫동안 그들에게서 협박을 받아왔기 때문이라고 덧붙였다.

반면, 시 고위 관리인 맥긴티 의원을 포함한 시민 대여섯 명은 한결같이 피의자들이 사건 발생 시각부터 1시간을 훨씬 넘긴 시각까지 조합 술집에서 카드놀이를 하고 있었다고 분명하게 증언했다.

두말 할 필요도 없이 그들은 무죄 방면되었다. 판사로부터 불편을 끼쳐 미안하다는 사과까지 받았고, 마빈 경감을 비롯한 해당 경찰들은 지나치게 욕심을 부렸다며 질타를 받았다.

판결이 떨어지자 법정 여기저기서 환호성과 박수갈채가 터져나왔다. 주위를 둘러보니 맥머도에게 친숙한 얼굴들이 보였다. 지부 형제들은 웃음을 띠며 손을 흔들었다. 그러나 무죄 판결을 받은 피고인들이 자리에서 일어나 가운데 통로로 열을 지어 빠져나올 즈음, 일단의 낯선 남자들이 입을 꾹 다물고 깊은 생각에 잠긴 채 방청석에 앉아 있는 모습이 보였다. 그 중 작은 키에 짙은 턱수염을 기르고 강단 있어 보이는 한 사내가 맥머도 일행이 그 옆을 지나갈 때, 자신과 동료들의 마음에 담아둔 듯한 말을 밖으로 내뱉었다.

"이 빌어먹을 살인자들! 언젠가는 싹 쓸어버릴 테다!"

암흑의 나날

　형제들 사이에서 잭 맥머도의 인기를 한층 더 높이기 위해
필요한 것이 있었다면 그것은 체포와 무죄 방면이었다. 지부
에 입회한 첫날부터 조직의 부름을 받고 '청소'를 하다가 판사
앞에 끌려간 것은 지부 청사에 길이 빛날 위업이었다. 그는 이
미 꽤 재미있는 동료로, 쾌활한 술친구로, 게다가 전지전능한
두목에게도 대드는 대범하고 성깔이 있는 친구로 평판이 높았
다. 그것만으로도 부족해, 그는 살벌하고도 잔인한 계획을 기
막히게 기획해내는 데 둘째가라고 하면 서러워할 정도로 뛰어
난 두뇌와, 그것을 아무 거침없이 행동으로 옮길 수 있는 실천
력이 있는 사람으로 인정받고 있었다. 지부의 고참들은 그를
'청소에 적합한 인물'이라고 한목소리로 말하며 그에게 일을
맡길 날을 손꼽아 기다렸다.

맥긴티에게는 맥머도 말고도 쓸만한 인재가 많았다. 그러나 그는 맥머도가 가장 뛰어나다고 생각했다. 맥머도와 함께 있을 때면 마치 사슬에 묶인 사나운 사냥개와 함께 있는 듯한 느낌이 들었다. 하찮은 일을 처리할 수 있는 잡종개들은 많았지만 중요한 일을 맡길 만한 명견은 드물었다. 그래서 그는 조만간 이 거친 사냥개를 풀어 놓아 그에 적당한 사냥감을 뒤쫓게 할 작정이었다. 테드 볼드윈을 포함한 지부 회원 몇몇은 이 낯선 자가 급부상하는 것에 대해 불쾌해하며 그에게 반감을 품었지만, 맥머도는 잘 웃는 만큼 싸움도 잘했기 때문에 감히 그를 대적할 생각은 하지 못했다.

동료들에게 인기는 얻었지만, 정작 맥머도에게 더 중요한 부분에 있어서는 그 반대였다. 에티 샤프터의 부친은 더 이상 그를 가까이 하려고 하지 않았고 자신의 집에 오는 것조차 허락하지 않았다. 다만 에티는 그를 너무도 사랑했기에 완전히 포기할 수는 없었지만, 범죄자로 취급받는 남자와 결혼할 경우 앞날이 어떻게 될 것인지 너무도 걱정스러웠다.

밤새 뒤척이며 잠을 설친 어느 날 아침, 그녀는 맥머도를 만나보기로 결심했다. 그녀는 그의 영혼을 야금야금 갉아먹고 있는 악마에게서 그를 빼내야겠다고 굳게 마음을 먹고, 마지막이 될지도 모르는 걸음을 서둘렀다. 에티는 그가 찾아와 달라고 몇 번이나 간청한 그의 하숙집에 도착하여 거실로 사용하는 방으로 들어갔다. 그는 등을 돌린 채 탁자에 앉아 편지를 쓰고 있었다.

그녀 나이 이제 19세. 갑자기 에티의 눈에 소녀다운 장난기가 어렸다. 맥머도는 그녀가 방에 들어온 것을 아직 알아채지 못하고 있었다. 그녀는 발끝으로 살금살금 다가가 고개 숙이고 있는 그의 어깨에 손을 살며시 내려놓았다.

맥머도를 놀라게 할 작정이었다면 작전은 성공이었다. 그러나 그의 반응에 놀란 것은 오히려 그녀였다. 그는 마치 맹수처럼 몸을 날렵하게 돌려 눈 깜짝할 사이에 오른손으로 그녀의 목을 누르는 것과 동시에 왼손으로는 탁자에 놓인 서류를 재빨리 구겨버렸다. 그리고는 두 눈을 부릅뜬 채로 서서 잠시 동안 그녀 쪽을 노려봤다. 그러나 이내 상대를 알아본 그의 얼굴에는 흉포한 표정이 사라지고 놀라움과 기쁨이 넘쳤다. 그러나 에티는 평생을 살면서 그렇게 사나운 표정을 처음 봤기 때문에 공포심에 몸을 부르르 떨며 뒤로 물러섰다.

"당신이군!"

그가 양미간을 찌푸리며 말했다.

"언젠가 한 번쯤 찾아오리라 생각했소, 내 사랑. 까딱 잘못했으면 당신 목을 조를 뻔했구려! 이리 와요, 에티."

그는 양팔을 활짝 벌리며 말했다.

"내 잘못을 용서해주구려."

그러나 그녀는 방금 전 남자 얼굴에 죄책감과 두려움이 섞인 표정이 스쳐지나는 것을 놓치지 않고 읽었다. 그것이 분명 깜짝 놀란 남자의 표정만이 아니라는 것을 여자는 본능적으로 느꼈다. 그것은 죄책감, 그것이었다. 죄책감과 공포!

"무슨 일이에요, 잭? 왜 나를 무서워하죠? 오, 잭! 당신의 양심에 걸리는 일이 아무것도 없다면 날보고 그렇게 놀랄 필요는 없잖아요?"

그녀가 외쳤다.

"아무 일 없소. 그냥 다른 생각을 좀 하고 있었소. 그때 당신이 요정 같은 발로 사뿐사뿐 걸어……."

"아니, 아니, 그건 아니에요, 잭."

갑자기 그녀는 강한 의심에 사로잡혔다.

"당신이 쓰고 있던 편지를 보여줘요."

"아, 에티. 그럴 순 없소."

그녀의 의심은 확신으로 굳어졌다.

"다른 여자에게 쓰는 편지였군요. 난 알아요! 그렇지 않다면 무슨 이유로 내게 편지를 감추겠어요? 당신 아내에게 편지를 쓰고 있었던 건 아닌가요? 당신이 결혼하지 않았다는 것을 내가 어떻게 알 수 있죠? 당신이 이곳에 온 지는 얼마 되지도 않았으니 그 과거를 누가 알겠어요?"

"난 결혼하지 않았소, 에티. 맹세하오. 이 세상에 태어나 당신이 첫 여자요. 예수님 이름으로 맹세하오!"

그는 얼굴이 창백해질 정도로 아주 간절하게 호소했기 때문에 에티는 그를 믿을 수밖에 없었다.

"그렇다면 왜 내게 편지를 보여주지 않는 거죠?"

"말해주겠소, 내 사랑. 나는 이 편지를 아무에게도 보여주지 않기로 서약했소. 내가 당신에게 고백한 말을 지키는 것처럼 다른 사람들과 한 약속도 반드시 지켜야만 하오. 그것은 지부와 관련된 일이라서 당신에게도 말할 수가 없구려. 갑자기 내 어깨에 손이 닿았을 때 깜짝 놀란 이유는, 그 손이 경찰의 것이라고 생각했기 때문이오. 이해하지 못하겠소?

그녀는 그가 진실을 말하고 있다고 느꼈다. 그는 두 팔로 에티를 얼싸안고 키스를 하여 그녀의 두려움과 의심을 걷어냈다.

"여기 내 옆에 앉아요. 당신 같은 여왕에겐 정말로 초라한 자리지만 가난한 당신의 남자가 줄 수 있는 최선의 것이라오. 머지않아 당신에게 어울리는 멋진 자리를 마련해주겠소. 이제 마음이 한결 편안해졌소?"

"어떻게 그렇게 쉽게 마음이 가라앉겠어요, 잭? 당신이 범죄자들 중에서도 탁월한 범죄자라는 걸 알면서, 당신이 언제 살인죄로 법정에 서게 될지도 모르는데 내가 어떻게 마음을 놓겠어요? 스카우러단 맥머도, 어제 우리 하숙생 하나가 당신을 두고 그렇게 부르더군요. 내 가슴은 칼로 에는 듯 고통스러었어요."

"신경 쓰지 말아요. 아무리 심해도 욕만으로는 다치지 않지."

"하지만 그 말이 틀리지 않잖아요."

"내 사랑, 에티. 당신이 생각하는 것만큼 그렇게 나쁘진 않소. 우리는 그냥 우리 방식대로 권리를 찾으려고 노력하는 가없은 사내들일뿐이오."

에티는 사랑하는 남자의 목을 팔로 감았다.

"그만둬요, 잭! 나를 위해서라도 제발 그만둬요! 그걸 부탁하려고 오늘 이렇게 여기에 온 거예요. 오, 잭! 당신 앞에 이렇게 무릎 꿇고 부탁할 테니……. 제발 간청하니 그 일에서 손을 떼요!"

그는 그녀를 일으켜 가슴에 끌어안으며 진정시켰다.

"사랑하는 에티, 당신은 지금 자신이 무엇을 부탁하고 있는지 모르고 있소. 내가 어떻게 맹세를 깨뜨리고 그 일에서 손을 떼어 형제를 배반할 수 있겠소? 내 입장이 어떤지 당신이 안다면 결코 그런 말은 하지 못할 거요. 게다가 내가 원한다고 해도 그게 가능이나 하오? 이곳 지부가 자신들의 비밀을 낱낱이 알고 있는 사람을 순순히 내보내줄 것 같소?"

"나도 그 부분에 대해 생각을 했어요, 잭. 그래서 계획을 세웠지요. 아버지가 모아둔 돈이 좀 있어요. 아버지는 삶에 공포를 드리우는 그들이 있는 이곳에 대해 넌더리가 나셔서 언제든지 떠날 준비를 하고 계시답니다. 우리 함께 필라델피아나 뉴욕으로 도망쳐요. 그들에게서 벗어날 수 있는 안전한 곳이면 어디든지 좋아요."

맥머도가 너털웃음을 터뜨렸다.

"지부의 힘은 막대하오. 그들이 필라델피아나 뉴욕까지 그 마수를 뻗치지 못하리라 생각하오?"

"그럼 서부나 영국, 아니면 아버지의 고향인 독일로 가요. 이 공포의 계곡에서 벗어날 수만 있다면 어디든 상관없어요!"

맥머도는 늙은 형제 모리스를 떠올렸다.

"이 계곡을 그렇게 부른 사람이 당신이 두 번째요. 정말 어두운 그림자가 당신을 짓누르고 있는 모양이군."

"우리 삶의 모든 순간을 암울하게 만들고 있어요. 당신은 테드 볼드윈이 우리를 용서했다고 생각하세요? 그가 당신을 두려워하지 않았다면 우리가 어떻게 되었을지 상상이라도 해 봤어요? 나를 쳐다볼 때 그 두 눈에 도사린 사악하고 굶주린 눈빛을 당신이 보았어야 했어요!"

"제기랄! 당신에게 한번만 더 그러면 그놈 버릇을 단단히 고쳐주겠어! 하지만 에티, 난 이곳을 떠날 순 없소. 지금 당장, 이렇게 허무하게는 떠날 수 없어. 내 방식대로 일을 마무리짓도록 잠시만 나를 내버려두면 지부에서 명예롭게 빠져 나올 방법을 준비하겠소."

"그런 일에 명예란 말은 어울리지 않아요."

"좋소, 좋아. 당신 입장에서는 그렇게 볼 수도 있겠지. 아무튼 나에게 6개월만 시간을 주시오. 그러면 다른 사람을 만나더라도 부끄럽지 않을 정도로 일을 처리해서 이곳을 떠날 수 있게 하겠소."

소녀는 기쁨에 젖어 팔짝팔짝 뛰며 외쳤다.

"6개월! 약속하는 거죠?"

"그렇소, 어쩌면 7개월이나 8개월이 될 수도 있소. 하지만 늦어도 1년 안에는 확실히 이 계곡을 떠날 것이오."

에티로서는 최고의 성과라고 할 수 있었다. 칠흑 같은 어둠이 저 멀리 보이는 한줄기 서광으로 사라지는 느낌이었다. 그녀는 잭 맥머도를 알게 된 이후로 가장 가벼운 마음으로 집에 돌아왔다.

맥머도는 지부의 회원이 되면 조직의 모든 활동을 알게 될 것이라고 생각했는지 모른다. 그러나 그는 얼마 지나지 않아 버미사 조직이 생각보다 방대하고 구성이 복잡해서 여타 다른 지부와는 그 성격이 완전히 다르다는 것을 깨달았다. 심지어 맥긴티 대장이 모르는 일도 꽤 있었다. 왜냐하면 기찻길을 따라 한참 내려간 곳에 자리잡은 홉슨 패치에 '군 대표'라 불리는 상급 조직 간부가 있었기 때문이다. 그는 근처 여러 지부를 관할하면서 불시에 명령을 내리곤 했다. 맥머도도 그를 한 번

밖에 보지 못했다. 그는 회색머리에 작고 교활하여 쥐를 연상시켰는데, 평소에 살금살금 걸어다니는 데다 옆으로 쭉 찢어진 눈에서 살기를 내뿜었다. 에반스 포트란 이름의 그를 대할 때면 버미사의 위대한 대장조차도 두려움을 느끼는지 움찔하며 뒤로 물러섰다. 그것은 마치 거구의 당통(18세기 프랑스의 혁명가이자 정치가, 로베스 피에르의 정적임)이 그보다 작지만 요주의 인물인 로베스 피에르(18세기 프랑스 혁명기의 정치가이자 혁명가로 당통을 처형에 처함)에게 반감을 갖는 것과 동시에 두려움을 느꼈던 것과 같았다.

어느 날 맥머도의 하숙인 동료 스캔런이 맥긴티에게서 편지를 받았다. 그 편지에는 에반스 포트가 맥긴티에게 보내온 편지가 동봉되어 있었다. 이웃 지역에 특별 임무를 띤 로러와 앤드류라는 실력 있는 사내 둘을 파견하니 거사를 마칠 때까지 그들이 묵을 숙소와 여타 편의를 봐달라는 내용이었다. 보안상의 이유 때문인지 그 임무에 대해서는 명시되어 있지 않았다. 맥긴티는 조합건물에서는 보안을 유지하기가 쉽지 않으니 가능하면 맥머도와 스캔런이 책임을 지고 손님들을 며칠간 하숙집에 묵게 하여 편의를 돌보아줬으면 좋겠다는 내용도 덧붙여 있었다.

그날 저녁 손가방을 든 사내 둘이 도착했다. 롤러는 초로의 사내로 눈매가 날카롭고 영리하며, 말수가 적고 신중해보였다. 그는 소매가 넓고 기장이 긴 낡고 검은 외투 차림에 가벼운 펠트 모자를 쓰고 회색 턱수염을 덥수룩하게 기르고 있어서 남들이 보면 순회 설교자라고 생각했을 것이다. 함께 온 동료 앤드류는 소년으로 보이는 티없는 얼굴에 아주 명랑하고 유쾌하게 굴어서 마치 오랜만에 휴가나 소풍 나온 아이 같았다. 두 사람은 술을 입에도 대지 않는 금주가로 모범 시민들처럼 생활했다. 그러나 그들은 겉모습과는 달리 살인을 일삼는 조직에서도 가장 유능한 살인마로서, 롤러는 15번, 앤드류는 3번이나 이런 사건을 수행한 바 있었다.

그들은 조직을 위해 과거에 자신들이 한 행위를 거리낌없이, 약간 머뭇거리면서도 자랑스러움이 뒤섞인 표정으로 말했는데, 그것은 마치 단체를 위해 선하고 헌신적으로 일한 사람들이 자신들의 선행을 말할 때 보이는 태도와 똑같았다. 그러나 이번에 맡은 일에 대해서는 말을 삼갔다.

"우리가 뽑힌 이유는 둘 다 술을 입에도 대지 않기 때문이라오."

롤러가 설명했다.

"조직에선 우리가 필요 이상으로 입을 놀리지 않으리라고 믿고 있소. 그러니 기분 나쁘게 생각하지 마시오. 우린 군 대표의 명령에 무조건 복종해야 하니까."

"이해합니다. 우린 모두 같은 형제 아닙니까."

네 사람이 저녁 식탁에 앉을 때 맥머도의 친구인 스캔런이 말했다.

"그렇소이다. 과거 찰리 윌리암스나 사이먼 버드를 살해한 일이나 여타 다른 이야기는 몇 날 며칠이 걸리더라도 들려줄 수 있소. 하지만 이번 일만은 모두 끝날 때까지 한 마디도 할 수 없소."

"여기에 내가 손봐주고 싶은 놈들이 대여섯 있는데……."

맥머도는 이를 뿌드득 갈며 말했다.

"혹시 당신들이 노리고 있는 사람이 아이론 힐의 잭 코낙스가 아니오? 그놈이 죄과를 치르는 걸 꼭 보고 싶은데."

"아직 그자 차례는 아니오."

"그러면 헤르만 스타우스?"

"그도 아니오."

"좋소, 말하지 않겠다면 어쩔 수 없지. 하지만 궁금한 것 또한 어쩔 수 없구려."

롤러는 미소를 지으며 고개를 절레절레 흔들었다. 그는 한 마디도 누설하지 않았다.

손님들이 입을 꾹 다물고 말할 생각을 않자 스캔런과 맥머도는 그들이 소위 '놀이'라고 부르는 것의 현장을 지켜보기로 결심했다. 이른 새벽, 손님들이 살금살금 층계를 내려가는 소리를 들은 맥머도는 스캔런을 깨우고 급하게 옷을 꿰었다. 옷을 입고 나와보니, 방문객들은 문을 열어놓은 채 이미 밖으로 나간 후였다. 밖은 아직 날이 밝지 않았지만 드문드문 켜져 있는 가로등 불빛에 저만큼 거리를 내려가고 있는 이방인 둘의 모습이 보였다. 맥머도와 친구는 수북이 쌓인 눈을 조심스럽게 밟으며 그들 뒤를 따랐다.

맥머도 하숙집은 도시에서 뚝 떨어진 외진 곳에 있었으므로 그들은 얼마 지나지 않아 도시 경계를 넘어 갈림길에 이르렀다. 롤러와 앤드류는 그곳에서 대기하고 있던 낯선 사내 셋과 심각하게 이야기를 주고받았다. 이제 일행은 다섯 명이 되어 함께 움직였다. 이 정도의 인원이 동원된 것으로 보아 뭔가 큰일을 치를 것이 분명했다.

갈림길에는 각기 다른 광산에 이르는 길이 여럿 나 있었는데, 일행은 크로우 힐로 가는 길을 택했다. 까마귀언덕이라는 뜻의 크로우 힐은 억센 노동자들이 일하는 곳으로, 뉴잉글랜드 출신의 감독 조시아 던이 정열적이고도 담대하게 관리해온 덕분에 오랫동안 공포가 지배해온 이곳에서도 어느 정도 질서와 규율을 갖고 운영되고 있었다.

날이 밝아오기 시작하자 노동자들이 한 사람씩, 혹은 무리를 이루면서 시커먼 길을 따라 느릿느릿 걸었다. 맥머도와 스캔런은 뒤를 밟고 있는 사내들에게서 눈길을 떼지 않은 채 노동자들 사이에 끼어 걸었다. 자욱한 안개가 노동자 행렬뿐 아니라 광산 일대를 뒤덮고 있었다. 갑자기 증기 경적이 안개 장막을 뚫고 날카로운 비명처럼 들려왔다. 광부들을 갱 속으로 실어 나르는 광차가 내려오기 10분 전이라는 신호였다. 광부의 하루를 알리는 소리인 것이다.

맥머도 일행이 수직갱도의 주위 공터에 이르자 약 100명의 광부들이 살을 에는 듯한 추위에 발을 동동 구르고 손을 호호 불어가며 대기하고 있었다. 다섯 명의 남자들은 기관실의 그늘에 있는 일단의 사람들 속에 끼어 있었다. 스캔런과 맥머도는 주위가 훤히 보이는 광석 잿더미 위로 올라갔다. 그러자 스코틀랜드 출신으로 턱수염을 새카맣게 기른 광산 기술자 멘지스가 차고에서 나와 호루라기를 부는 모습이 보였다. 곧 광차가 내려올 모양이었다.

동시에 큰 키에 깔끔한 얼굴의 젊은이 하나가 진지한 표정으로 갱구 쪽으로 부지런히 걸어가고 있었다. 순간, 그는 기관실 그늘에서 가만히 서 있는 한 무리를 발견했다. 그들은 모자를 깊숙이 누르고 옷깃을 세워 얼굴을 가렸다. 순간, 감독은 죽음의 예감에 간담이 서늘해졌다. 그러나 그는 불길한 예감을 애써 떨치고 본연의 임무로 돌아와 사업장에 침입한 낯선 사내들 쪽으로 걸어갔다.

"당신들 누구요?"

감독이 그들 쪽으로 다가서며 물었다.

"뭣 때문에 거기서 어슬렁거리는 거요?"

아무 대답이 없었다. 순간 앤드류가 앞으로 나오더니 권총 방아쇠를 당겨 감독의 복부를 맞췄다. 대기하고 있던 광부 100여 명은 일순 그 자리에 얼어붙었다. 감독은 총알을 맞은 부위를 두 손으로 감싸 쥔 채 몸을 둥글게 웅크리고 비틀거리며 뒤로 물러섰다. 그러나 다른 사내가 쏜 총을 한 방 더 맞자 옆으로 고꾸라져서 쌓여진 광석 잿더미를 발로 밀어내며 땅을 할퀴었다. 그 광경을 본 스코틀랜드 출신 멘지스가 소리를 지르며 무쇠 스패너를 들고 살인자에게 돌진했다. 그러나 얼마 못 가서 총알 두 발이 그의 머리를 관통했고, 그는 살인자들 발치에 쓰러져 죽었다.

이 광경을 지켜본 일단의 광부들이 짐승같이 울부짖으며 몰려들었다. 그러나 악당 두엇이 6연발 권총을 군중 위로 사정없이 쏘아대자 몰려들던 광부들은 멈칫하더니 이내 사방으로 흩어졌다. 광부 중 일부는 버미사에 있는 자기들 집으로 미친 듯이 도망갔다.

그 중 용감한 노동자 몇몇이 그들을 불러모아 광산으로 다시 모였을 때는 상황은 이미 끝난 뒤였다. 살인을 저지른 무리들은 자욱한 아침 안개 속으로 사라지고 없었다. 100여 명이나 되는 목격자 앞에서 두 명이나 죽인 이 대범한 암살자들의 인상을 정확히 봤다고 증언할 수 있는 사람은 아무도 없었다.

스캔런과 맥머도는 집으로 향했다. 스캔런은 기분이 착잡했다. 그가 살인 현장을 직접 목격한 것은 이번이 처음이었고 생각했던 것만큼 그리 유쾌한 광경은 아니었다. 죽은 감독의 부인이 울부짖는 목소리가 집으로 돌아오는 길 내내 귀에서 맴돌았다. 맥머도는 뭔가 곰곰이 생각하는 듯 말이 없었다. 그는 약해진 동료에게 동감을 표하거나 위로하지도 않았다.

"그래, 이건 전쟁이야, 전쟁."

그는 같은 말을 되풀이했다.

"우리와 그들 사이의 전쟁이 아니면 무엇일까. 우리는 우리가 정한 곳에서 혼신의 힘을 다해 반격해야해."

그날 밤, 조합건물 집회실에서는 성공을 자축하는 파티가 열렸다. 지부 형제들은 크로우 힐 광산의 감독과 기술자를 처치함으로써, 지부의 영향력 밖에 있던 그 회사가 이제 다른 회사들처럼 자신들에게 복종할 것이라며 통쾌해했다. 더구나 그 일을 버미사 지부가 직접 계획해서 치러냈다는 점에서 무한한 자부심을 느꼈다.

군 대표가 버미사에 다섯 명의 단원을 파견하여 일격을 가하라고 했을 때, 그들은 버미사 지부도 그 답례로 세 명의 버미사 사람을 비밀리에 선출하여 길머톤 지역에 있는 스테익 로얄의 윌리엄 헤일즈 광산주를 죽여달라고 요청했다. 윌리엄 헤일즈는 사람들 사이에서 평판이 좋아서 그를 싫어하거나 적의를 품은 사람은 한 사람도 없을 정도였으며, 어느 면으로 보나 타의 모범이 되는 덕망 있는 고용주였다. 일의 능률을 중시한 그는 작업 중에 술에 취해 흐느적거리는 술꾼과 일할 생각은 하지 않고 빈둥거리기만 하는 종업원 몇몇을 회사에서 해고했다. 그러나 불행히도 해고된 자들은 프리맨 회원이었다. 그의 사무실 문에 죽이겠다는 협박장이 나붙었지만 그는 결정을 번복하지 않았고, 그로 인해 그는 이 자유로운 문명 국가에서 사형선고를 받은 것이다.

사형은 수일 내에 집행되었다. 집행인 역할을 자임하여 일을 마친 테드 볼드윈은 지부장 옆의 명예스러운 자리에 큰 대자로 몸을 쭉 펴고 눕다시피하여 앉아 있었다. 얼굴이 불그스레하고 눈이 흐리고 충혈된 것으로 보아 간밤에 잠도 못 잔데다 술도 마신 듯했다. 그와 형제 둘은 전날 밤을 산속에서 보냈는지 얼굴은 너저분했고 복장은 눈보라에 더러워져 있었다. 그러나 결사적 투쟁에서 승리하고 돌아온 이 영웅들은 형제들로부터 말할 수 없이 성대한 환영을 받았다.

그들은 그 이야기를 하고 또 했다. 형제들은 큰 소리로 환호성을 올리고 기쁨의 비명을 지르며 야단법석을 떨었다. 볼드윈 일행은 전날 해질녘에 가파른 경사 때문에 마차가 속도를 늦출 수밖에 없는 언덕 꼭대기에서 목표물이 나타나기를 기다렸다. 마차에 타고 있던 윌리엄 헤일즈는 추위 때문에 두

툼한 모피를 입고 있어 재빨리 권총을 뽑을 수 없었다. 악당들은 그를 마차 밖으로 끌어내어 살려달라고 애원하는 것을 무시하고 총을 쏘고 또 쏘았다.

"그자가 살려달라고 어떻게 애원했는지 다시 말해보게."

형제들이 박장대소를 하며 떠들어댔다.

죽은 자를 아는 사람은 아무도 없었다. 그러나 그들은 사람을 살인하는 데 극적 흥분과 쾌감을 느꼈다. 그들은 길머톤 스카우러들에게 버미사 형제들이 믿을 만 하다는 것을 보여줬다는 것에 대해 가슴 벅찬 뿌듯함을 느꼈다.

그런데 돌발 사건 하나가 일어났다. 그들이 이미 숨통이 끊어진 윌리엄 헤일즈에게 마구 총질을 해댈 때 한 부부가 마차를 타고 다가왔다. 그들도 쏘아 죽여야한다는 의견이 있었지만 광산과는 전혀 상관 없는 무고한 사람들이라는 주장에 밀려, 만일 발설할 경우 죽여버리겠다고 위협을 한 뒤에 조용히 보내줬다. 그리고 말을 잘 듣지 않는 지역 사장들에 대한 경고용으로 피투성이가 된 시체를 그대로 내버려둔 채 서둘러 산 속으로 몸을 숨겼다. 그들은 한동안 산등성이를 타고 이동하다가 인근 광산 용광로와 광석 잿더미가 있는 곳으로 내려왔다. 이처럼 일을 완벽하게 처리하고 무사히 돌아온 그들은 동료들의 힘찬 박수갈채를 받았다.

그날은 스카우러 최고의 날이었다. 계곡에 드리운 어두운 그림자는 더욱 짙어졌다. 그러나 눈앞의 승리에 만족하기 않고, 대패한 적에게 반격할 여유를 주지 않은 채 곧바로 다음 공격을 준비하는 현명한 장군처럼, 맥긴티 대장은 그에게 대항하는 자들을 공격할 작전 구상에 바로 들어갔다. 그날 밤 만취한 일행들이 뿔뿔이 흩어질 즈음 맥긴티는 맥머도의 팔을 잡고 그들이 처음 대면한 장소인 안쪽 창고로 데리고 갔다.

"여보게, 형제. 드디어 자네에게 적합한 멋진 일거리가 생겼네. 자네 손으로 직접 처리해줘야겠어."

"나에게 기회를 주시니 영광입니다."

"맨더와 렐리 형제가 자네와 함께 할 걸세. 그들에겐 이미 말해뒀네. 이 구역에 체스터 윌콕이 있는 한 우리는 마음을 놓을 수 없어. 자네가 그 일을 멋지게 해치운다면 탄광촌의 모든 지부에서 자네를 무척 고맙게 생각할 걸세."

"아무튼 최선을 다하겠습니다. 그런데 그 사람은 누구고 어디에 살고 있죠?"

맥긴티는 질겅질겅 씹기도 하고 피우기도 하는 시가를 빼내어 내려놓고, 수첩에서 종이를 쭉 찢어 그 위에 그림을 그리기 시작했다.

"그자는 아이론 다이크 사(社) 공장장이라네. 체격이 건장한 하사관 출신으로 전쟁에 참가한 적도 있었지. 온몸이 흉터 투성이고 머리가 희끗희끗한 놈으로, 그를 없애려는 시도를 두 번이나 했지만 모두 실패하고 짐 캐너웨이까지 목숨을 잃었지. 이제 자네가 맡아주게. 이게 그자의 집일세. 지도에서 보다시피 아이론 다이크 갈림길 외딴 곳에 있고 주위에는 다른 집이 없어. 낮에 실행하는 것은 소용없다네. 놈은 평소에도 무장하고 있는 데다 총도 잘 다루고 적중율도 정확해. 밤에는 아내와 자식 셋, 그리고 가정부가 그와 함께 있지. 자네에게 다른 길은 없네. 전부가 아니면 제로이니 그놈뿐만 아니라 다른 이들도 모두 죽여야하네. 발파용 폭약을 한 부대 짊어지고 가서 현관문에 내려놓고 심지에 불을 붙일 수만 있다면……."

"그자가 무슨 짓을 했지요?"

"짐 캐너웨이를 쐈다고 말했지 않나?"

"왜 그를 쏘았지요?"

"뜬금없이 그게 무슨 소린가? 캐너웨이는 밤에 그 집 주변에 있었고 그것을 본 놈이 그를 쐈다. 이거면 충분하지 않나? 알아서 잘 처리하게."

"하지만 여자 둘과 어린아이들은 어쩝니까? 그들도 죽여야 합니까?"

"그래야지. 그렇지 않고서 어떻게 놈을 처치할 수 있겠나?"

"그건 너무한 것 같습니다. 여자들과 아이들이 무슨 죄가 있습니까?"

"무슨 바보 같은 소리야! 뒤로 발을 빼는 건가?"

"진정하세요, 의원님. 진정하십시오! 제가 지금 몸담고 있는 지부나 지부장님을 거스른 적이 있습니까? 옳든지 그르든지 지부장님의 결정에 따르겠습니다."

"그럼, 하겠다는 말인가?"

"물론입니다. 하지요."

"언제 할 것인가?"

"글쎄요, 하루나 이틀 말미를 주시면 그 집도 둘러보고 세부 계획을 한번 짜보겠습니다. 그 다음엔……."

"아주 좋아."

맥긴티는 맥머도의 양 어깨를 큼직한 두 손으로 잡아 흔들며 말했다.

"자네에게 맡겨두지. 아무튼 좋은 소식을 가져오기 바라네. 그러면 그날이 우리 지부 최고의 날이 될 거야. 그것만 성공하면 놈들은 우리에게 달려와서 무릎 꿇고 살려달라고 애걸복걸할 테지, 하하!"

맥머도는 갑자기 맡은 임무에 대해 한동안 깊은 생각에 잠겼다. 체스터 윌콕이 사는 외딴 집은 가까운 계곡에서 8킬로미터 정도 떨어진 곳에 있었다. 그날 밤, 그는 혼자 정찰에 나섰다. 다음 날 오후 답사에서 돌아온 그는 두 명의 조력자인 맨더와 렐리를 만나서 이야기를 나누었다. 그들은 무모한 젊은이들로 마치 사슴사냥이라도 떠나는 듯 한껏 들떠 있었다.

이틀이 지난 어느 깊은 밤, 세 사람은 도시 외곽에서 만났다. 그들은 모두 무기를 휴대하고 있었고 그 중 하나는 채석장에서 사용하는 화약이 가득 든 부대를 짊어지고 있었다. 그들이 외딴 집에 이르렀을 때는 새벽 2시였다. 바람이 몹시 부는 밤이었다. 드문드문 흩어진 구름이 달을 이지러뜨리며 빠르게 가로질렀다. 그들은 사전 답사로 사나운 개가 있다는 것을 알고 있었기에 공이치기를 당긴 총을 들고 조심스럽게 앞으로 나아갔다. 그러나 거센 바람과 흔들리는 나뭇가지를 제외하고는 움직이는 물체도 없었다.

맥머도는 외딴 집의 문에 귀를 대어보았으나 안에서는 아무 소리도 들리지 않았다. 그들은 화약 부대를 문에 기대어 놓고 칼로 부대에 구멍을 뚫어 도화선을 꽂았다. 그런 다음 심지에 불을 붙인 후 줄행랑을 쳐서 거리가 좀 떨어진 곳에 있는 구덩이로 안전하게 대피했다. 곧이어 화약이 폭파하는 굉음과 함께 집이 와르르 무너지는 소리가 천지를 뒤흔들었다. 작업이 끝난 것이다. 피로 물든 지부 역사상 이보다 깨끗하게 일을 처리한 경우는 없었다.

그러나 치밀하게 계획하고 대담하게 행동했음에도 불구하고 모든 일이 수포로 돌아갔다. 이미 여러 사람이 죽음의 운명을 맞이한 것을 본 체스터 윌콕은 자신이 다음 차례인 것을 용하게 알아차리고, 불과 거사 하루 전날 가족들과 함께 경찰의 보호 아래 안전하고 은밀한 숙소로 옮긴 후였다. 그러니 화약으로 폭파된 집은 이미 비어 있었던 것이다. 그리고 불굴의 참전 하사관은 여전히 아이론 다이크에서 광부들의 기강을 세우고 있었다.

"내게 맡겨주십시오."

맥머도가 말했다.

"그놈은 내 것입니다. 1년이 걸리는 한이 있어도 꼭 내가 처리하겠습니다."

지부 전원이 맥머도에게 감사와 신임을 결의했고, 그 문제에 대해서는 당분간 거론하지 않기로 했다. 그로부터 몇 주 지나지 않아 윌콕이 매복한 공격자의 총에 맞아 죽었다는 기사가 신문에 실렸다. 그렇게 그 일은 마무리가 됐고 이를 감사히 여긴 여러 지부에서 축하와 신임 결의를 보내왔다. 맥머도가 그 동안 끝내지 못한 임무를 완벽히 완수했다는 것은 공공연한 비밀이었다.

대 프리맨은 항상 이런 방법으로 이 넓고 부유한 지역에 공포의 칼날을 휘둘러왔고, 사람들은 가공할 만한 그들의 존재 때문에 고통을 받아왔다. 이밖에 그들의 무수한 범죄 행위를 늘어놓아 이 책을 더럽힐 이유가 있을까? 이 정도면 그들의 인간성과 그 방식을 보여주기에 충분하지 않은가?

그들의 범행은 역사에 기록되어 있고 지금도 문서를 통해 읽을 수 있다. 그곳에는 헌트와 에반스 경관이 조직의 회원 둘을 체포하려다 총알에 맞아 죽었다는 기록이 있다. 그 사건은 버미사 지부가 계획하고 집행한 이중 살인 범죄로, 무기 없이 반항도 못하는 순경 둘을 무자비하게 살해한 경우였다. 또 맥긴티 대장 심복 손에 죽을 뻔하다가 가까스로 목숨을 건진 남편을 간호하던 라비 부인이 총살됐다는 기록도 읽게 될 것이다. 초로의 젠킨스 살해 사건과 연이어 발생한 그 형제의 타살, 제임스 머독의 사지절단사건, 스탭하우스 가족을 몰살시킨 폭탄 테러, 스텐달 살인 등이 모두 그 잔인한 겨울에 연쇄적으로 일어난 사건들이다.

공포의 계곡에 칠흑 같은 어둠이 드리웠다. 그래도 봄은 찾아와 개천이 녹아 흐르고 나무에 꽃이 피었다. 지난 겨울 내내 꽁꽁 얼어붙었던 위대한 대자연에 봄이 왔건만, 테러의 속박 아래 사는 사람들에게는 아무런 희망이 없었다. 1875년 초여름만큼 양민들의 머리 위에 낮게 드리운 시커먼 먹구름이 암울했던 적은 없었다.

위험

스카우러단의 공포 통치가 최고조에 달한 시기였다. 맥머도는 이미 고문으로 발탁되었고, 어느 모로 보나 맥긴티 이후에 지부장이 될 것이라는 데 이의를 품는 사람은 아무도 없었다. 동료 간부들은 그의 도움과 자문 없이는 어떤 일도 제대로 처리할 수 없을 지경이었다. 프리맨 내에서 그의 명성이 높아지면 높아질수록, 거리에서 그와 마주쳤을 때 얼굴을 찌푸리는 사람들은 더 많아졌다.

한편 시민들은 테러의 공포에도 불구하고, 압제자에 대항해 굳게 단결하기 시작했다. 〈헤럴드〉 신문사 사옥에 비밀스럽게 모인 양민들에게 총기가 지급되고 있다는 소문이 지부에까지 들어왔다. 그러나 맥긴티와 부하들은 그러한 소식에 꿈쩍도 하지 않았다. 그들은 인원수로 보나, 의지로 보나, 무기에 있어서도 시민들보다 훨씬 우세했기 때문이다. 반면, 시민들은 흩어져 있어서 힘을 모을 수 없었다. 따라서 과거에 그랬던 것처럼 말만 무성한 채 흐지부지 되거나, 끽해봤자 몇 명 체포되는 선에서 그칠 것이라고 생각했다. 맥긴티는 물론 맥머도나 다른 용감한 사람들도 모두 그렇게 말했다.

5월의 어느 토요일 저녁이었다. 토요일마다 항상 있는 지부 집회에 참석하려고 맥머도가 집을 막 나서려는데 지부의 나약한 형제인 모리스가 그를 찾아왔다. 모리스는 무슨 걱정이 있는지 평소 상냥하던 모습은 간 데 없고, 양미간을 잔뜩 찌푸린 채 얼굴이 일그러져 있었다.

"얘기 좀 할 수 있겠소, 맥머도 씨?"

"물론이오."

"전에 내 가슴에 담아둔 말을 자네에게 한 기억이 잊혀지질 않네. 비밀을 끝까지 지켜줘서 고맙소. 대장이 자네를 직접 찾아와 그와 관련해 이것저것 물어봤다는 소식은 들었소."

"형제가 나를 믿고 얘기했는데 내가 어떻게 발설할 수 있겠소? 하지만 그때 형제가 한 말에 동감했던 것은 아니오."

"나도 잘 알고 있소. 하지만 자네는 내가 마음 놓고 얘기할 수 있는 유일한 사람이오. 내겐 여기에 비밀이 있소."

모리스는 손으로 가슴을 가리키며 말했다.

"그 때문에 내 속이 새카맣게 타들어가는 것 같소. 이 일을 내가 아닌 다른 사람이 알게 됐으면 얼마나 좋을까 생각도 많이 했소. 내가 이야기 하자니 필시 살인이 일어날 것 같고, 입을 다물고 있자니 우리 모두가 공멸할 것 같으니 어쩌면 좋겠소? 난 정말 기절하기 직전이오! 오, 하나님, 굽어살피소서!"

맥머도는 초로의 신사를 유심히 살폈다. 그는 온몸을 벌벌 떨고 있었다. 맥머도는 잔에 위스키를 조금 따라 그에게 건네주며 말했다.

"당신 같은 사람에겐 이게 약입니다. 자, 이제 말씀해보십시오."

모리스가 위스키를 받아 마시자 창백한 얼굴에 핏기가 돌았다.

"한 마디로 말하면 우리에게 탐정이 따라붙었소."

맥머도는 갑자기 벼락에라도 맞은 듯 그를 뚫어지게 응시하다 입을 뗐다.

"무슨 말이오, 당신 미쳤소? 경찰과 탐정이 여기서 우글거린 게 어디 하루 이틀 일이오? 그리고 놈들이 우리에게 뭐 털끝만큼이라도 위협이 된 적이 있습니까?"

"아니, 그게 아니네. 난 이 지역 사람을 말하는 게 아니오. 자네도 말했듯이 이 지역 형사는 기껏해야 잡다한 일을 할 뿐이라는 걸 우리는 잘 알고 있소. 그런데 이번은 틀리오. 혹시 핀커톤이라는 이름을 들어본 적 있나?"

“그런 이름을 가진 사람 몇 명을 알고 있습니다.”

“그렇다면 내 말해드리리다. 당신도 언제 그들의 추적에 걸려들지 나로선 장담할 수 없으니 말이요. 그들은 되도 좋고 안 되도 상관없다는 식으로 일하는 정부에 고용된 사람들과는 다르오. 끝장을 볼 때까지 절대 포기하지 않지. 그들은 끝까지 붙잡고 늘어져서 결과를 얻으려 한다오. 핀커톤 탐정사무소 사람이 이 일에 개입되었다면 우린 모두 끝이오.”

“놈을 죽여버려야겠군!”

“아, 당신에게 처음 든 생각이 그렇단 말이지? 그럼 지부에서 그 일을 처리하면 되겠군. 내가 살인으로 끝날 거라 말하지 않았소?”

“사람을 죽이는 게 뭐 대단한 거요? 이 지역에서는 흔하디흔한 일 아닙니까?”

“그건 사실이오. 하지만 살해될 사람을 내 손으로 지목할 순 없소. 이제 두 번 다시 편히 쉴 날은 오지 않을 것 같구려. 그리고 목숨이 위태로운 건 정작 우리들이오. 오, 하나님, 대체 어떻게 해야 합니까?”

모리스는 이러지도 저러지도 못하는 번민 속에서 무척 고통스러워했다. 그의 말에 맥머도의 마음이 크게 움직였다. 그들은 위기가 닥쳐왔으며 그것에 대항해야 한다는 데 의견을 같이 하고 있었다. 그는 모리스의 어깨를 부여잡고 흔들었다.

"이봐요, 형제!"

맥머도는 흥분한 나머지 새된 소리로 외쳤다.

"이렇게 초상집에 온 노파처럼 넋을 놓고 있으면 대체 무슨 수가 생기겠소? 전후사정을 좀 들어봅시다. 그 탐정이라는 작자는 누구요? 그는 지금 어디에 있고 어떻게 그자에 대한 소식을 알게 됐소? 왜 나에게로 온 거요?"

"내가 상의할 수 있는 유일한 사람은 당신밖에 없기 때문이오. 전에 말한 적이 있지만 난 여기 오기 전 동부에서 가게를 운영했소. 그래서 거기에 좋은 친구들이 있는데, 그 중 한 친구가 전신회사에서 일하고 있소. 그런데 어제 그 친구로부터 편지를 받았는데 이쪽이 시작 부분이니 한번 읽어보게나."

맥머도가 읽은 내용은 다음과 같다.

그곳 스카우러단의 동태는 어떤가? 이곳 신문에는 그들의 기사가 끊임없이 오르고 있다네. 비밀로 할 테니 조만간 자네에게서 그 소식을 한번 듣고 싶네. 다섯 개의 대기업과 두 철도회사가 힘을 합해 그들을 뿌리 뽑는 일에 착수했네. 그 일은 성공할 거야. 기업에서 파견한 자들이 이미 그곳에 가 있을 걸세. 벌써 그 일에 깊숙이 개입해 있을지도 모르지. 핀커톤 탐정 사무소가 그 일을 맡았고, 핀커톤 측 최고 실력자인 버디 에드워즈가 이미 구체적인 작전을 수행하고 있네. 잘못된 일은 당장 멈춰져야하네.

"추신을 한번 읽어보시오."

물론 자네에게 보내는 이 이야기는 일을 하다가 우연히 알게 된 것이라 나도 더 이상 아는 것은 없네. 그들이 주고받는 전보는 온통 이상한 암호뿐이라 매일 취급하며 들여다봐도 무슨 의미인지 도통 모르겠더군.

맥머도는 잠시 말이 없었다. 편지를 잡고 있는 두 손에는 힘이 없었다. 그러나 갑자기 그 앞에 자욱하던 안개가 걷히고 거대한 심연이 드러났다.

"이 일을 나 말고 알고 있는 사람이 있습니까?"

맥머도가 물었다.

"아무에게도 얘기하지 않았소."

"하지만 당신 친구라는 자가 당신 외에 다른 사람에게도 편지를 보내지는 않았을까요?"

"글쎄, 그 친구가 아는 사람이 한둘 있긴 하지만……."

"지부 사람입니까?"

"아마 그럴 것이오."

"내가 묻는 이유는 전신 일을 한다는 당신 친구가 버디 에드워즈라는 친구에 대한 자세한 정보를 다른 사람에게 보내지 않았을까 하는 생각 때문입니다. 그러면 그자를 찾기가 훨씬 쉬우니까요."

"글쎄, 그럴 수도 있겠지. 하지만 그가 버디 에드워즈를 알지는 못할 거요. 편지에서 보다시피 업무 중에 우연히 알게 됐다고 말했으니 그가 어떻게 핀커톤 사람을 알고 있겠소?"

맥머도가 험악하게 말을 뱉었다.

"제기랄! 그놈은 우리 수중에 있어! 그걸 모르고 있었다니! 하지만 우리에겐 희망이 있습니다! 놈이 우리에게 피해를 주기 전에 우리가 먼저 덮쳐야 합니다. 모리스 형제, 이 문제를 모두 내게 맡겨줄 수 있겠습니까?"

"물론이오. 내 무거운 짐을 벗겨준다면 좋다마다."

"그렇게 하겠습니다. 당신은 뒤로 물러서고 지금부터 내가 이 일을 처리하겠소. 당신 이름은 거론되지 않을 겁니다. 모두 내가 책임지지요. 이 편지도 내가 직접 받은 것으로 하겠소. 어떻습니까?"

"안 그래도 그렇게 부탁하려고 했다네."

"그럼 그렇게 하기로 하고 당분간 모습을 드러내지 마십시오. 이제 난 지부로 가서 핀커톤의 애송이가 여기에 온 걸 후회하게 만들 방책을 마련해야겠습니다."

"그자를 죽이지는 않겠지?"

"모리스 형제, 적게 알수록 고민도 적고 쉽게 잠자리에 들 수 있는 법이죠. 질문은 하지 말고 흘러가는 대로 내버려두십오. 내가 알아서 처리할 테니."

모리스는 머리를 흔들며 슬픈 표정으로 신음소리를 냈다.

"마치 내 손에 그자의 피를 묻힌 것 같군."

"자기 방어는 살인이 아닙니다."

맥머도는 잔혹한 미소를 띠우며 말했다.

"죽는 사람은 놈이 될 수도 있고 우리가 될 수도 있죠. 아무튼 그자를 이 계곡에 오래 두면 우리 모두를 파멸시킬 게 분명합니다. 모리스 형제, 오늘 당신이 지부를 구했으니 당신을 지부장으로 선출해야겠군요."

말은 가볍게 했지만 그의 태도를 보면 그가 새롭게 대두된 이 문제를 심각하게 생각하고 있다는 것을 충분히 알 수 있었다. 양심의 가책 때문인지, 핀커톤 조직의 명성 때문인지, 아니면 부유한 대기업들이 스카우러단을 소탕하는 일에 착수했다는 소식 때문인지, 그 이유가 어쨌건 그의 태도를 보면 최악의 상황을 준비하는 것 같았다. 그는 자신의 유죄를 증명할 만한 문서를 모두 파기한 뒤 집을 나섰고, 그제야 안전하다고 느꼈는지 안도의 한숨을 내쉬었다.

그러나 위험이 언제 어디서 덮칠지 모르는 상황이었기 때문에 마음을 완전히 놓을 수는 없었다. 그래서 그는 지부로 가는 길에 샤프터 노인의 집 앞에서 발길을 멈췄다. 노인의 출입 금지 명령 때문에 그 집에 들어갈 수 없었던 그는 창문을 두드렸다. 그러자 에티가 나타났다. 그녀는 그의 눈에서 평소 아일랜드인의 쾌활함과 장난기가 사라진 것을 보고 어떤 좋지 않은 예감을 읽었다.

"무슨 일이 있군요! 오, 잭! 당신에게 위험이 닥친 거죠?"

그녀가 외쳤다.

"일이 있긴 하오만 그리 나쁜 건 아니라오, 내 사랑. 하지만 상황이 더 나빠지기 전에 이곳을 떠나는 게 현명할 것 같소."

"이곳을 떠나요?"

"언젠가 떠날 것이라고 약속한 적이 있지 않소. 그 때가 된 것 같구려. 방금 전 소식을 하나 들었는데, 나쁜 소식이야. 곧 일이 터질 것 같아."

"경찰이?"

"아니오, 핀커톤이라고……. 그것이 무엇이고 나 같은 사람에게 어떤 일을 초래할지 당신은 모를 거요. 난 이 일에 너무 깊이 개입돼서 빨리 발을 빼야할 것 같아. 내가 떠나면 당신도 함께 갈 것이라고 말한 것 기억하오?"

"오, 잭! 이제 당신은 살았어요!"

"나도 어떤 면에선 정직한 사람이라오, 에티. 무슨 일이 있어도 당신의 사랑스러운 머리카락 하나 다치게 하는 일이 없도록 하겠소. 내가 항상 올려다보는 구름 위의 황금 보좌에서 당신을 끌어내리는 일은 결코 없을 것이오. 날 믿어주겠소?"

그녀는 대답대신 그의 손을 잡았다.

"그럼, 좋소. 내가 하는 말을 잘 듣고 시키는 대로 해요. 사실 다른 길은 없어. 이 골짜기엔 앞으로 많은 일이 생길 거요.

내 직감이 틀림없어. 우리 조직에서 몸조심해야할 사람이 적지 않은데 어쨌든 나도 그 중 하나요. 낮이든 밤이든 내가 떠나야할 상황이라면 당신과 함께 갈 것이오."

"당신이 먼저 떠나세요, 전 뒤따라갈게요, 잭."

"아니, 안 돼. 당신도 함께 가야하오. 한번 이 골짜기를 떠나면 다시는 이곳에 발을 들여놓지 못할 테고, 게다가 경찰 눈을 이리저리 피해 다니느라 아마 당신에게 편지 한 통 보낼 수 없을 거요. 그런데 어떻게 당신을 여기에 남겨두고 갈 수 있겠소? 함께 갑시다. 예전에 내가 살던 곳에 마음씨 착한 부인이 있는데 그곳에 잠시 머물다가 기회를 봐서 결혼합시다. 함께 가겠소?"

"좋아요, 잭. 그러고 말고요."

"날 믿어줘서 정말 고맙소! 내가 조금이라도 당신을 속이려 한다면 난 지옥에 떨어질 것이오. 이제 내가 하는 말을 잘 들어요, 에티. 조만간 당신에게 기별을 보내겠소. 그 소식을 받거든 모든 일을 중단하고 즉시 이곳 기차역 대합실로 가서 내가 갈 때까지 기다리시오."

"잭, 자나깨나 당신의 기별만을 기다리겠어요."

탈주를 위한 준비를 마쳤다는 생각에 한결 마음이 편해진 맥머도는 지부로 향했다. 지부에는 형제들이 이미 모여 있었다. 그는 암호와 확인 암호의 복잡한 절차를 거친 후 엄중히 경계를 서고 있는 바깥과 안쪽 경비원을 차례로 통과했다. 그가 집회실로 들어서자 사람들은 그를 반기며 환호했다.

기다란 방에는 사람들로 꽉 차 있었고 그들이 뿜어내는 담배 연기가 자욱했다. 헝클어진 검정 갈기머리를 한 지부장과 불쾌할 정도로 잔인한 얼굴의 볼드윈, 사기꾼 같이 보이는 비서 해러웨이, 그리고 지부 간부들 가운데 여남은 사람들이 보였다. 그는 자신이 받은 소식을 전하고자 했는데, 마침 주요 간부들이 모두 모여 있자 무척 만족스러운 표정을 지었다.

"어서 오게, 맥머도 형제."

지부장이 외쳤다.

"마침 옳고 그름을 가려야할 일이 생겼네, 형제. 자네가 가진 솔로몬의 지혜가 필요하네."

"랜더와 에간 일이야."

옆에 있던 동료가 설명했다.

"스타일스 타운에서 크랩 영감을 사살한 일을 두고 두 사람이 모두 자기가 총알을 명중시켰다고 주장하면서 지부가 주는 상금을 요구하고 나섰네."

맥머도는 자리에서 일어나서 손을 번쩍 들었다. 그의 얼굴에 나타난 표정을 본 좌중은 일순 조용해졌고, 그를 주시했다.

"대 지부장님, 긴급 안건을 발의합니다."

엄숙한 목소리로 그가 말했다.

"맥머도 형제가 긴급 안건을 발의했다."

맥긴티가 말했다.

"본 조직의 규정에 따르면 긴급 안건을 우선 처리하게 되어 있다. 자, 형제, 무슨 내용인지 말해보게."

맥머도는 호주머니에서 문제의 편지를 꺼냈다.

"대 지부장님을 위시한 형제 여러분, 방금 좋지 않은 소식을 들었습니다. 위협 사격도 받지 않고 강타를 당해 우리 모두 박살나는 것보다 이 문제를 여러분들에게 알리고 토론에 붙이는 것이 좋다고 생각했습니다. 제가 알고 있는 정보는 이렇습니다. 이 나라에서 가장 막강하고 돈이 가장 많은 조직들이 단결하여 우리를 파괴하기 위해 직접 나섰습니다. 이미 그들에게 고용된 핀커톤 탐정 사무소의 버디 에드워즈라는 자가 이 계곡에서 증거를 수집하며 돌아다니고 있습니다. 이 방에 있는 형제 모두의 목줄을 올가미로 옭아매서 중범죄자 감방에 집어넣기 위해서 말입니다. 따라서 저는 이런 긴급 상황에 대해 토론하고자 긴급 안건을 발의하게 된 것입니다."

방안이 쥐죽은 듯이 조용해졌다. 이윽고 대의장이 정적을 깨뜨리며 말했다.

"맥머도 형제, 지금 한 발언에 대해 무슨 증거가 있는가?"

의장이 물었다.

"제 손에 들어온 이 편지가 그 증거입니다."

맥머도는 편지의 한 구절을 큰 목소리로 읽고 나서 말을 이었다.

"제 명예와 관련된 문제라 이 편지에 관해 더 자세한 내용을 말씀드릴 수 없는 것과 여러분에게 편지를 직접 보여드릴 수 없는 것에 대해 양해 바랍니다. 하지만 방금 읽어드린 것 이외에 우리 지부와 관련된 내용은 없습니다. 난 소식을 받자마자 이리로 달려 와서 여러분들에게 알려드리는 것입니다."

나이가 지긋한 형제 하나가 입을 열었다.

"제가 한 말씀 드리겠습니다, 의장님. 들리는 소문에 의하면 버디 에드워즈란 자는 핀커톤 사무소에서 가장 능력이 뛰어난 자입니다."

"그자를 직접 본 사람은 있는가?"

맥긴티가 물었다.

"네, 제가 봤습니다."

맥머도가 말했다.

깜짝 놀란 좌중들은 짧은 탄식을 뱉어내며 웅성거렸다.

"그자는 우리 손아귀에 있는 것이나 다름없습니다."

그는 가벼운 미소를 띤 채 의기양양하게 말을 이었다.

"우리가 재빠르고 현명하게 대처한다면 일이 더 커지기 전에 막을 수 있습니다. 지부장께서 저를 믿고 도와주신다면 두려워할 것은 아무것도 없습니다."

"대체 우리가 왜 그놈을 두려워해야 하는가? 놈이 우리 일에 대해 대체 무엇을 알 수 있지?"

"의원님은 다른 형제들도 모두 당신처럼 의지가 굳을 것으로 생각하시는 모양인데, 그자 뒤에는 자본가들의 막강한 자금이 버티고 있습니다. 의원님 생각엔 우리 지부에 있는 형제들 중에 돈으로 매수될 만한 나약한 형제가 한 사람도 없다고 보십니까? 그자는 머지않아 지부의 비밀을 입수할 겁니다. 아니 이미 알고 있는지도 모르죠. 따라서 방법은 한 가지뿐입니다."

"이 계곡을 살아서는 떠나지 못하게 하는 거지."

볼드윈이 말했다.

맥머도가 고개를 끄덕이며 말했다.

"자네와 나는 매번 의견을 달리했는데 오늘 밤에는 어째 마음에 드는 소리를 하는군."

"그렇다면 그자는 어디 있나? 어딜 가야 놈을 잡을 수 있지?"

"대 지부장님."

맥머도는 진지하게 말을 이었다.

"그 문제를 이렇게 공공연하게 논의하기에는 너무나 중요한 문제라고 생각합니다. 오늘 여기에 모인 형제들 중에 그자에게 매수된 자가 있으리라고는 감히 의심하고 싶지 않습니다만, 여기서 논의한 사항이 그자의 귀에 들어가지 않으리란 보장 또한 없습니다. 만의 하나 그렇게 된다면 그를 잡을 수 있는 기회를 영영 놓치게 될 것입니다. 따라서 저는 여기 모인 형제들 중에 믿을 만한 사람을 뽑아 위원회를 구성할 것을 건의합니다. 의장님과 여기 볼드윈 형제, 그리고 다섯 명을 추가하여 의원회를 구성합시다. 그러면 제가 알고 있는 모든 사실과 그것에 대한 대책을 기탄 없이 말씀드리겠습니다.”

맥머도의 제의는 단번에 채택되었고 위원회가 구성되었다. 의장과 볼드윈은 물론이고, 사기꾼같이 생긴 비서 해러웨이와 잔인한 젊은 암살자 타이거 코맥, 재무부장 카터, 윌라비 형제가 선택되었다. 모두들 조직의 일이라면 아무 두려움 없이 덤벼드는 대담무쌍한 자들이었다.

여느 때 같으면 성대하게 열렸을 회의 뒤 술판은 흐지부지되었다. 어두운 먹구름이 지부 형제들의 마음을 뒤덮었다. 오랫동안 무법천지의 세상에서 살아온 그들로서는 생전 처음으로 법의 복수라는 먹구름이 시커멓게 몰려들고 있는 것을 보았기 때문이다. 지금까지 그들은 지역 주민에게 공포의 대상이었고, 그것을 지극히 당연한 것으로 생각했기에 자신들에게 보복이 있으리라는 것은 아득한 저편에 있는 일로 여겼었다. 그런데 생각지도 못한 일이 이렇게 가까이 다가와 있는 것을 보니 화들짝 놀랄 수밖에 없었다. 단원들은 위원회에 참석한 간부들을 남겨두고 일찍 집으로 돌아갔다.

"맥머도, 어서 말해보게!"

위원회 간부들만 남게 되자 맥긴티가 입을 열었다. 일곱 사람은 굳은 표정으로 자리에 앉아 있었다.

"방금 저는 버디 에드워즈를 안다고 말씀 드렸습니다."

맥머도가 설명했다.

"말할 것도 없이 그자는 이곳에서 그 이름을 사용하지 않습니다. 용감하긴 하지만 정신나간 자는 아니거든요. 그는 스티브 윌슨이란 가명으로 홉슨 패치에 묵고 있죠."

"그걸 어떻게 알았는가?"

"우연히 만나 이야기를 나누게 됐습니다. 그때는 그런 생각을 전혀 못했고 별 의심을 품지도 않았지요. 그러다 이 편지를 받은 것입니다. 지금은 그자라는 것을 확신합니다. 나는 놈을 지난 수요일에 기차 안에서 만났습니다. 그때 상황이 아주 자연스러웠습니다. 그는 자신을 기자라고 밝혔고 나는 그 말을 믿었습니다. 그는 스카우러단과 소위 '극악 무도한 행위'에 대해 몹시 알고 싶어했습니다. 취재하여 뉴욕의 어느 신문에 실을 거라고 하면서, 뭔가를 캐내려고 제게 많은 질문을 하더군요. 전 아무 말도 하지 않았습니다. 그러자 '내 편집장을 만족시킬 정보를 좀 주면 값을 톡톡히 쳐서 주겠소'라고 하더군요. 전 그가 들으면 좋아할 만한 얘기를 해줬더니 그 대가로 20달

러를 주었습니다. 그러면서 자기가 원하는 정보를 모두 이야
기해주면 이보다 10배는 더 주겠다고 말하더군요."

"그에게 무슨 말을 해줬는가?"

"이것저것 꾸며서 얘길 해줬죠."

"그가 신문기자가 아니라는 것은 어떻게 알았나?"

"말씀드리지요. 그자는 홉슨 패치에서 내렸습니다. 저도 그
랬고요. 개인적인 볼일이 있어 전신국에 잠시 들렀는데 그자
를 거기서 다시 봤습니다. 전신국을 막 나서는 중이더군요. 그
가 나간 후 전신직원이 전보용지를 보이며 내게 말했습니다.
'이봐요, 이런 건 요금을 두 배쯤 물려야하지 않겠습니까?' 그
래서 저도 그래야할 것 같다고 대답해줬습니다. 직원이 보여
준 전보용지에는 도저히 알아볼 수 없는 중국 글자 같은 것이
써 있었습니다. 그런데 직원은 '저 사람은 이런 전보를 날마
다 보냅니다'라고 말하더군요. 그러면서 신문사에 보내는 특
종 기사라 혹 다른 신문사에서 기사를 가로챌까 봐 걱정되어
암호를 써서 보내는 것 같다고 말했습니다. 저도 전신국 직원
의 말에 동의했는데 지금 보니 전혀 아닌 것 같습니다."

"제기랄! 자네 말이 맞군."

맥긴티가 말했다.

"자넨 이 일을 어떻게 처리했으면 좋겠나?"

"당장 가서 그를 처리해버립시다!"

누군가가 제안했다.

"맞소. 빠를수록 좋소!"

"그가 어디 있는지 알면 나부터 당장 뛰어갈 겁니다."

맥머도가 말했다.

"그가 홉슨 패치에 있다는 것은 알지만 정확히 어디에 머물고 있는지는 나도 모릅니다. 하지만 여러분들이 내 의견에 따라준다면 묘안이 하나 있습니다."

"좋다. 그게 뭔가?"

"내일 아침 홉슨 패치로 가서 전신 직원을 통해 스티브 월슨이란 자를 찾아내겠습니다. 직원은 그가 사는 곳을 알고 있을 겁니다. 연락하여 그를 만난 다음 내가 프리맨 회원이라고 밝히고, 돈을 두둑하게 주면 조직의 비밀을 모두 말해주겠다고 제의하겠습니다. 그러면 그는 분명 넘어올 겁니다. 내 집에 조직과 관련된 서류와 문서 일체가 있는데 낮에 찾아오면 내 목숨이 위험하니 밤 10시에 집으로 오라고 하겠습니다. 그러면 그자는 내 말에 일리가 있다고 생각하고 분명 올 겁니다."

"그 다음엔 어떻게 할 건가?"

"나머지는 여러분들이 계획을 세우십시오. 맥나마라 미망인 집은 외진 곳에 있고, 그녀는 신용할 만하며 귀가 완전히 멀었습니다. 집에는 스캔런과 저만 있을 겁니다. 그자가 오겠다고 약속을 하면 여러분들에게 알리겠으니 일곱 분 모두 제가 하숙하는 집으로 9시까지 와주십시오. 우린 그를 안으로 끌어들여 잡을 겁니다. 만에 하나 그가 살아서 나간다면…….
글쎄요, 버디 에드워즈에게 천운이 따라줬다면서 평생 떠들고 다닐 수 있겠죠!"

"곧 핀커톤 사무실에 빈자리가 하나 생기겠군. 그렇게 하기로 하지, 맥머도. 내일 밤 9시에 자네 집에 가겠네. 놈이 들어오면 뒤에서 문을 걸어 잠그게. 나머진 우리가 알아서 할 테니까."

버디 에드워즈의 함정

맥머도가 말한 대로 그가 사는 집은 외져 있어서 그들이 계획한 범행을 실행하기에는 안성맞춤이었다. 그 집은 도시 외곽에서 가장 외딴 곳에 있었고, 인근 도로에서도 한참 들어간 곳에 있었다. 다른 때 같으면 스카우러 단원들은 목표로 삼은 자를 간단히 밖으로 꾀어내 총알이 떨어질 때까지 총으로 쏴버리면 그만이었다. 여태까지 몇 번이나 그래왔다. 그러나 이번에는 그가 얼마만큼 알고 있는지, 어떻게 그것을 알아냈는지, 그리고 그의 고용주에게 어디까지 보고했는지를 알아볼 필요가 있었다. 그들이 한발 늦어서 상대가 이미 일을 끝냈을 가능성도 있었다. 그렇다 하더라도 스카우러단은 적어도 그자에게 보복할 수는 있었다.

그러나 그들은 정작 중요한 정보는 아직 탐정 손에 들어가지 않았을 거라고 기대했다. 그렇지 않으면 맥머도가 그에게 말해줬다고 하는 시시콜콜한 내용까지 애써 적어서 전송했겠냐는 추측이었다. 그러나 이 모든 것은 결국 그의 입을 통해 들어야 할 일이었다. 일단 스카우러단의 수중에 들어오면 자백시키는 방법은 얼마든지 있었다. 지금까지 말을 듣지 않는 자를 다뤄본 것이 이번이 처음은 아니었다.

맥머도는 예정대로 홉슨 패치로 갔다. 그날 아침 따라 경찰이 그에게 각별한 흥미를 보이는 듯했다. 시카고에서부터 맥머도를 알고 지냈다는 마빈 경감이 그가 역에서 기다리는 동안 말을 걸어왔지만 맥머도는 차갑게 등을 돌려 외면했다. 그는 임무를 마친 후 오후에 돌아와 조합건물에서 대장 맥긴티를 만났다.

"놈이 오기로 했습니다."

맥머도가 긴장한 표정으로 말했다.

"좋았어."

맥긴티가 만족스럽게 말했다. 거구인 맥긴티는 셔츠 소매를 위로 걷어올린 상태였다. 조끼 위로 비스듬하게 걸린 고리줄과 인장이 어슴푸레 보였고 억센 턱수염 너머로 다이아몬드가 번쩍거렸다. 주류 판매와 정치를 통해 그는 막대한 부와 권력을 한꺼번에 거머쥘 수 있었다. 따라서 지난 밤 문득 떠오른 감옥과 교수대 모습이 그에게는 더욱 끔찍하게 느껴졌다.

"그자가 얼마나 알고 있던가?"

그는 염려스럽게 물었다.

맥머도는 침울한 표정으로 고개를 가로 저었다.

"여기에 온 지 좀 됐습니다. 못해도 6주는 지났다고 합니다. 단지 채광 유망지를 보러 이곳에 온 것 같지는 않습니다. 그동안 뒤에서 밀어주는 철도회사의 돈으로 우리들 사이에서 공작을 벌였다면, 어느 정도 정보를 얻어서 배후세력에게 정보를 넘겼을 가능성도 있습니다."

"우리 지부에 그렇게 나약한 사람은 없네. 모두가 무쇠처럼 믿음직스럽지. 참, 제기랄! 스컹크 같은 모리스가 있었군. 그자는 어떨까? 누군가 우리를 배신했다면 그놈이 분명해. 오늘 저녁에 두세 명을 풀어서 늘씬하게 두들겨 패준 다음 무슨 정보를 넘겨줬는지 실토하게 만들어야겠어."

"글쎄요, 그래도 상관은 없을 것 같습니다만……."

맥머도가 대답했다.

"제가 모리스를 좋아하고, 그가 그런 일을 당하는 게 기분이 썩 좋지는 않다는 걸 부인하지는 않겠습니다. 사실 그는 그간 한두 번 저를 찾아와서 지부 일을 상담하곤 했습니다. 비록 그가 의원님이나 저처럼 의지가 굳진 못하지만 그렇다고 조직의 기밀을 빼돌릴 사람으로는 보이지 않았습니다. 그렇긴 해도 모리스와 의원님 사이에 끼어들고 싶진 않군요."

"이번에 그 영감탱이 버릇을 단단히 고쳐주고야 말겠어."

맥긴티가 이를 뿌드득 갈며 말했다.

"1년 전부터 그 작자를 쭉 지켜봐왔지."

"그럼, 의원님이 더 잘 아시겠군요."

맥머도가 대답했다.

"하지만 무슨 일을 하든 내일 이후로 하십시오. 핀커톤의 일을 처리할 때까지는 조용히 있어야 하니까요. 특히나 오늘 같은 날 경찰을 일부러 들쑤실 필요는 없습니다."

"그건 자네 말이 맞네."

맥긴티가 동의했다.

"버디 에드워즈가 어디서 기밀을 들었는지는 잡아서 족치면 알 수 있겠지. 놈이 무슨 냄새를 맡은 기색은 없던가?"

맥머도가 웃음을 터뜨렸다.

"그자의 약점을 제대로 찔렀지요. 스카우러의 흔적을 찾아서라면 지옥이라도 마다하지 않을 작자입니다. 나한테 돈을 이렇게 주더군요."

맥머도는 허연 이를 드러내고 히죽 웃으며 지폐 다발을 꺼냈다.

"서류를 보고 난 다음에는 돈을 더 많이 주겠다고 했습니다."

"무슨 서류?"

"하하하! 애초에 서류 같은 건 없습니다. 하지만 그에게 조직 구성도와 규약문, 회원 명부 같은 것을 보여주겠다고 했죠. 그자는 여길 떠나기 전에 조직 기밀을 모두 알게 될 것이라고 잔뜩 기대하고 있습니다."

"좋았어! 놈은 이제 우리 손아귀에 들어왔군."

맥긴티가 잔인한 미소를 띠우며 말했다.

"왜 자신에게 직접 서류를 가지고 오지 않았는지 묻지는 않던가?"

"내가 그런 걸 가지고 다니면 의심을 받을 거라고 했죠. 오늘 아침만 해도 마빈 경감이 역에서 내게 말을 걸려고 했으니까요."

"아, 그 얘긴 들었네. 이 일이 끝나면 자네가 의심을 받을 수도 있겠군. 그 탐정 놈을 해치운 다음 마빈 경감을 오래된 수직갱 속에 파묻어버려야겠어. 어쨌든 오늘은 홉슨 패치에서 자네가 만난 그 작자를 먼저 처리해버려야해."

맥머도는 어깨를 으쓱하며 말했다.

"일만 제대로 처리하면 그가 살해됐다는 것을 아무도 증명하지 못할 겁니다. 어두워진 다음에 그자가 우리 집으로 오는 것을 목격할 사람은 없을 것이고, 집밖으로 나오는 일 또한 없을 테니까요. 의원님, 제 계획을 말씀드릴 테니 다른 형제들에게도 주지시켜주십시오. 우선 의원님 일행은 시간에 맞춰 도착해주시겠죠? 네, 좋습니다. 그는 10시에 올 겁니다. 문을 세

번 두드리면 내가 나가서 문을 열어준다고 했습니다. 그가 안으로 들어오면 뒤에서 문을 걸어 잠글 것입니다. 그러면 그는 덫에 걸린 쥐 신세가 되지요."

"정말 쉽고 간단하군."

"그렇습니다. 하지만 마지막 단계가 남았습니다. 놈은 성격이 강단진 놈인데다 평소 무장을 하고 다닙니다. 그를 적절히 속이는 데까지는 성공했을지라도 문제는 남아 있지요. 여러분들이 있는 방으로 그를 곧장 들인다고 해봅시다. 나 혼자 있을 거라고 생각했는데, 일곱 명이나 있는 것을 알게 되면 바로 총싸움이 일어날 겁니다. 그러면 누군가가 다칠 수 있습니다."

"그건 그렇군."

"그리고 총소리가 나면 이곳에 있는 경찰들까지 득달같이 달려오겠지요."

"자네 말이 맞는 것 같네."

"전 이렇게 할 생각입니다. 의원님 일행은 큰방에 계십시오. 예전에 저와 의원님이 얘기를 나눴던 곳입니다. 그가 오면 문을 열어준 후 현관 옆의 응접실로 안내한 다음, 서류를 가져오겠다며 놈을 남겨둔 채 방을 나올 겁니다. 그런 후 큰방에 와서 상황이 어떻게 돌아가는지 의원님에게 말씀드린 다음, 가짜 서류를 들고 그에게 다시 갑니다. 그가 서류를 읽고 있는 동안 기회를 봐서 그에게 달려들어 권총 든 손을 잡고 소리를 지르겠습니다. 의원님 일행은 제 고함 소리를 듣고 달려오십시오. 빠르면 빠를수록 좋습니다. 그놈이 저만큼이나 힘이 세서 제가 감당하지 못할 수도 있습니다. 하지만 적어도 일행이 올 때까지는 붙들 수 있을 겁니다."

맥긴티가 머리를 끄덕이며 반응을 보였다.

"좋은 계획이야. 이번 일로 지부가 자네에게 빚을 지는군. 내 의장 자리에서 물러날 때 후임으로 자네를 추천해줌세."

"아닙니다, 의원님. 전 이제 신입 신세를 겨우 면한 정도인걸요."

겸손하게 말한 맥머도였지만 이 대단한 인물의 칭찬을 어떻게 생각하는지는 그의 얼굴에 고스란히 나타나 있었다.

맥머도는 집으로 돌아와서 그날 밤 닥쳐올 피비린내 나는 운명을 준비했다. 그는 먼저 연발 권총을 꺼내어 소제한 뒤, 기름을 잘 바르고 총알을 장전했다. 그리고 탐정을 함정에 빠뜨릴 방을 점검했다. 그 큰방에는 전나무 탁자가 중앙으로 길게 놓여 있었고, 한쪽에 커다란 난로가 있었으며, 양쪽 벽에는 창문들이 있었다. 창문에는 덧문 없이 가벼운 커튼이 쳐져 있었다. 맥머도는 창문을 찬찬히 살펴보았다. 오늘같이 은밀한 작전을 수행하기에는 분명 방이 너무 노출되어 있었지만 대로에서 멀리 떨어져 있어서 크게 문제될 것은 없었다. 마지막으로 그는 동료 하숙인 스캔런과 이 문제를 상의했다. 스캔런은 스카우러이긴 했지만 덩치가 작은 인물로, 동료들의 의견에 반대하고 나서기에는 너무 나약했다. 가끔 어쩔 수 없이 피비린내 나는 범죄 현장에 보조로 가담해야 할 때면 등골이 오싹해오는 공포를 느낀 적이 한두 번이 아니었다. 맥머도는 그날 밤 벌어질 일에 대해 그에게 짧게 설명했다.

"마이크 스캔런, 내가 자네라면 하룻밤 정도 다른 곳에 머물면서 이번 일엔 전혀 관여하지 않겠어. 내일 새벽이 오기 전에 여기서 피 튀기는 일이 벌어질 거라네."

"맥, 그렇다면 좋아."

스캔런이 대답했다.

"함께 하고 싶어도 솔직히 용기가 나질 않아. 지난번 탄광에서 던 감독이 쓰러지는 것을 봤을 때도 정말 제정신이 아니었네. 난 이런 일을 척척 잘 해치우는 자네나 맥긴티와는 달리 담력도 힘도 없네. 지부가 날 나쁘게만 생각하지 않는다면 자네 충고대로 오늘밤에는 딴 곳에 가 있겠네."

약속대로 사내들은 제 시간에 도착했다. 외관상으로는 깔끔하게 잘 차려 입어서 품행이 방정한 시민이었지만, 엄격한 그들의 얼굴과 굳게 다문 입, 잔인한 눈빛으로 보아 버디 에드워즈가 살아날 가망성은 거의 없어보였다. 맥머도가 준비한 방에 모인 사람들은 모두 과거에 열댓 번 이상 손에 피를 묻히지 않은 사람이 없었다. 그들은 양을 도살하듯 사람을 죽이는 피도 눈물도 없는 자들이었다. 생긴 것으로 보나 지은 죄업으로 보나 단연 으뜸은 무시무시한 대장이었다. 비쩍 마른 데다 길고 앙상한 목을 가진 비서 해러웨이는 사지를 신경질적으로 파르르 떨곤 했다. 그는 항상 적의에 차 있었는데 조직의 재정 문제에 관한 한 공명정대한 충성을 유감없이 발휘했지만, 그 외의 일이나 사람을 대할 때는 정직함이나 공정함은 눈곱만치도 찾아보기 힘들었다. 무표정한 중년의 사내 재무부장 카터는 약간 뚱한 표정에 노르스름한 양피지 같은 피부를 하고 있었다. 그는 유능한 조직책으로 범죄 세부 계획 대부분이 그의 조직적인 두뇌에서 나온 것이었다. 윌라비 형제는 둘 다 키가 크고 단호한 얼굴을 한 행동책이었지만 사람을 대할 때는 다소 친절하고 부드러운 면이 있는 젊은이들이었다. 이에 비해 타이거 코맥은 몸집이 우람하고 피부가 거무스름한 청년으로 그 흉포한 기질 때문에 동료들까지도 그를 무서워했다. 그날 밤 핀커톤 사무소 탐정을 죽이기 위해 맥머도의 지붕 아래 모인 사내들의 면면은 모두 이러했다.

맥머도가 준비해둔 위스키를 탁자 위에 내놓자 그들은 일에 착수하기에 앞서 정신없이 술을 마셔댔다. 볼드윈과 코맥은 벌써 반쯤 취했고, 알코올이 들어가자 그들의 잔학성은 여지없이 드러나기 시작했다. 몹시 추운 밤이라 불이 지펴져 있는 난로에 코맥은 두 손을 갖다댔다.

"이 정도면 됐어."

그는 확신한다는 투로 말했다.

"그래."

볼드윈이 그의 뜻을 알겠다는 듯 맞장구쳤다.

"거기다 얼굴을 짓이기면 놈도 불지 않고선 못 배길 거야."

"그자는 틀림없이 자백할 테니 걱정하지 말게."

맥머도가 말했다. 그는 무쇠 같은 신경의 소유자였다. 이번 일이 모두 그에게 달렸건만 그는 여전히 냉정하고 무사 태평했다. 그 모습을 본 동료들은 감탄을 금치 못했다.

"자네 혼자라도 그자를 너끈히 처치할 수 있겠어."

맥긴티가 흡족해하며 말했다.

"자네가 목을 조르면 놈은 끽소리도 내지 못할 걸세. 단지 여기 창문에 덧문이 없으니 그게 아쉬울 따름이군."

맥머도는 창문을 차례로 살피며 커튼을 더 단단히 여몄다.

"이제 아무도 우리를 엿보거나 엿들을 수 없습니다. 이제 올 시간이 다 됐군요."

"어쩌면 무슨 냄새를 맡고 오지 않을 수도 있어."

비서가 의심을 떨치지 못한 듯이 말했다.

"그는 올 겁니다. 걱정하지 마십시오."

맥머도가 침착하게 말했다.

"우리가 그를 보고 싶어하는 만큼 그자도 여기에 오고 싶어

합니다. 아, 저 소리를 들어보십시오!"

순간 일행은 밀랍인형처럼 굳어버렸다. 어떤 사람은 술잔을 입에 가져가던 채로 꼼짝도 하지 않았다. 순간 현관문에 세 번의 노크 소리가 났다.

"쉿!"

맥머도는 손을 들어올려 일행에게 주의를 주었다. 사람들은 의기 양양한 눈빛을 주고받으며 숨겨둔 무기를 손으로 잡았다.

"무슨 일이 있어도 소리를 내지 마십시오!"

맥머도는 속삭이듯 말하고 방을 나가서 조심스럽게 문을 닫았다.

살인 공모자들은 귀를 쫑긋 세운 채 자리에 앉아 있었다. 그들은 복도를 걸어가는 동지의 발걸음을 하나하나 세었다. 바깥문이 열리는 소리가 들렸다. 이내 인사말을 나누는 소리와 낯선 자가 안으로 발걸음을 들여놓는 소리가 들렸다. 잠시 후 문을 쾅 닫는 소리와 자물쇠를 채우는 소리가 들렸다. 사냥감이 무사히 덫에 걸려든 것이었다. 타이거 코맥이 음흉한 웃음소리를 냈다. 그러자 대장 맥긴티가 자신의 얼굴만한 손바닥으로 코맥의 입을 막고 속삭였다.

"조용히 해! 이 멍청이 같은 놈아! 일을 망치려고 작정을 했나?"

옆방에서 대화를 하는 듯 소곤거리는 소리가 낮게 들렸다. 이 야기는 끝이 나지 않을 것 같았다. 이윽고 문이 열리면서 맥머도가 나타났다. 그는 조용히 하라는 듯 손가락을 입술에 댔다.

그는 탁자 끝으로 가서 좌중을 둘러보았다. 그 사이 그의 태도에는 미묘한 변화가 있었다. 큰일을 앞에 둔 사람 같았고 얼굴은 돌처럼 굳어 있었다. 안경 너머 두 눈은 격렬한 흥분으로 이글거리고 있었다. 외관상 보기에 그는 어느새 사람들의 지도자처럼 보였다. 그들은 잔뜩 흥분한 눈으로 맥긴티를 주목했지만 그는 아무말도 하지 않았다. 맥긴티는 의미를 알 수 없는 야릇한 시선으로 사람들을 하나씩 차례로 훑어봤다.

"이봐!"

참지 못한 대장 맥긴티가 마침내 입을 열었다.

"놈이 여기 와있나? 버디 에드워즈, 그자 말이야!"

"그렇소."

맥머도가 느릿하게 말했다.

"버디 에드워즈는 여기 있습니다. 내가 바로 버디 에드워즈입니다!"

이 짤막한 선언이 있은 뒤 10초쯤 방안은 갑자기 텅 빈 듯 깊은 정적만이 흘렀다. 난로 위에 얹어놓은 주전자에서 물이 삐이익 하며 끓는 소리만이 사람들의 신경을 거스를 뿐이었다. 자신들을 내려다보고 있는 이 사내를 하얗게 질린 얼굴 일곱이 일제히 올려다보았다. 그들은 두려움에 온몸이 얼어붙는 듯했다. 그때 갑자기 유리창이 와장창 깨지더니 창문마다 총구가 빽빽이 들어찼다. 총구는 내부 조명을 받아 섬뜩하게 번쩍였다. 창문에 쳐져 있던 커튼은 이미 바닥에 떨어진 채 였다.

그 광경을 본 대장 맥긴티가 상처 입은 곰처럼 포효하며 반쯤 열린 방문을 향해 돌진했다. 그러나 그가 만난 것은 권총 조준기 뒤에서 차갑게 번쩍이는 광산 경찰대 마빈 경감의 푸른 눈이었다. 대장은 뒷걸음질치며 자신의 의자에 털썩 주저앉았다.

"거기 가만히 있는 게 좋을 거야, 의원."

그들이 맥머도라고 알고 있는 사내가 말했다.

"그리고 볼드윈, 권총에서 손을 떼지 않는다면 교수대까지 갈 것도 없이 너는 여기서 끝장 날 거다. 권총을 이리 내놔. 아니면 내가 도와줄까? 그래, 좋아. 지금 무장 경찰 40명이 이 집을 에워싸고 있다. 그러니 당신들이 어떻게 행동해야 하는지 각자 생각해보기 바란다. 마빈 경감, 놈들의 총기를 압수하시오!"

소총이 겨누고 있는 상황에서 저항은 불가능했다. 무기는 모두 압수되었다. 그들은 기가 찰 정도로 놀라고 격분한 나머지 탁자에 그대로 주저앉아버렸다.

"헤어지기 전에 한 마디 하겠다."

그들에게 덫을 놓은 사내가 말했다.

"법정에서 마주칠 때까지는 다시 볼 일이 없겠지. 내가 누구며 그 동안 어떻게 해왔는지 몇 마디 해줄 테니 잘 생각해보기 바란다. 이제는 내가 누군지 알겠지. 마침내 내 본 모습을 드러내게 되었군. 나는 핀커톤 탐정 사무소의 버디 에드워즈다. 너희 갱 조직을 박살낼 사람으로 선택되었지. 지금까지 대단히 위험하고 힘든 게임이었다. 나와 가장 가까운 사람이나 내게 가장 소중한 사람조차도 내가 이 일을 한다는 걸 몰랐다. 여기 있는 마빈 경감과 날 고용한 사람들만이 아는 사실이었지. 하지만 그것도 오늘 밤으로 끝났고 나는 마침내 승자가 되었다!"

일곱 개의 창백하게 질리고 돌처럼 굳은 얼굴들이 그를 올려다보았다. 그들의 두 눈에는 결코 꺼지지 않을 증오의 불길이 이글거렸다. 맥머도는 그들의 눈에서 냉혹한 증오와 가차없는 복수를 읽었다.

"아마 너희들은 게임이 아직 끝나지 않았다고 생각할지도 모르지. 좋아, 나는 너희들의 도전을 피하지 않겠다. 하지만 너희들 중 몇몇은 영원히 세상 구경을 하지 못할 것이다. 너희들 외에도 오늘 밤 감방 신세를 질 놈이 한 60명은 될 것이다. 그러니 이 정도는 말해주지. 내가 처음 이 일을 맡기 전까지는 너희 같은 조직이 존재한다고 꿈에도 생각하지 못했다. 그냥 신문에서 꾸며낸 이야기려니 했고 그걸 증명해보이겠다고 생각했지. 나는 그 조직이 프리맨과 관련이 있다는 말을 듣고 시카고로 가서 지부에 가입했다. 그곳에서 나는 그것이 신문에서 꾸며낸 내용이라고 더더욱 확신하게 되었지. 왜냐하면 시카고 프리맨은 사람들에게 해를 끼치기는커녕 오히려 그 반대였으니까. 그래도 나는 임무를 완수하고자 이곳 탄광 골짜기로 들어왔다. 여기 도착했을 때 나는 내 생각이 틀렸다는 것을 알게 되었고 그게 결코 삼류 소설 나부랭이에나 나오는 얘기가 아니란 걸 깨달았지. 그래서 여기에 남아서 그것을 알아보기로 했지. 난 시카고에서 사람을 죽인 적이 없어. 그리고 내 평생 한푼의 돈이라도 위조해본 적은 더더욱 없지. 내가 너희들에게 줬던 돈은 진짜 돈이었어. 내 평생 돈을 그처럼 가치 있게 써본 적은 없었다. 아무튼 너희들 방식을 좀 알게 되면서 난 쫓기고 있는 것처럼 위장했지. 생각대로 잘 먹혀 들어가더군. 그렇게 너희들의 악마 같은 지부에 발을 들여놓고 집회에 참석하게 되었지. 나도 너희들만큼이나 나쁘다고 할 수 있을지도 모르지. 하지만 난 너희들을 붙잡는다면 무슨 소리를 들어도 좋다고 생각했다. 진실은 어떤가? 내가 가입한 날 밤, 너희들은 스탠저 노인을 두들겨 팼어. 그날은 내가 충분한 시간적 여유가 없어서 그에게 미리 알려주지 못했지만 볼드윈, 널 중단시켰지. 아니면 그 양반은 네 손에 죽었을 거야. 내가 그런 일에 자발적으로 개입한 적이 있다면 그건 너희 안에 내 입지를 세우기 위한 것이었다. 또한 일에 참여해서 어떻게든지 피해를 줄여보려는 의도에서 였어. 사전 정보가 없었기 때문에 던과 맨지스는 구할 수 없었지. 하지만 그들을 살해한 자들은 반드시 교수대에 설 것이다. 체스터 윌콕에게는 사전에 정보를 흘려 내가 그 집을 폭파했을 때 그와 가족들은 이미 몸을 숨긴 뒤였어. 내가 막을 수 없었던 범죄들도 많았지만, 지난 일을 잘 돌아보면 목표로 삼은 자를 사살하러 갔는데 그가 다른 길로 돌아서 갔다든지, 누구의 집에 쳐들어갔는데 그가 그 시간에 시내에 나가 있었다든지, 목표물이 밖으로 나올 줄 알았는데 집안에만 머물렀던 일이 부지기수일 것이다. 그게 다 내 작품이라는 걸 알아둬라."

"이 갈아 마셔도 시원치 않을 배신자 놈아!"

맥긴티가 이를 뿌드득 갈며 말했다.

"잭 맥긴티, 좋아. 그렇게 해서 화가 풀린다면 날 마음대로 불러도 좋다. 너와 네 부하들은 하나님과 이 지역 주민들의 원수였다. 악마의 손아귀에서 고통받는 가엾은 주민들을 누군가는 구해내야했고 거기에는 단 한 가지 방법밖에 없었다. 내가 그 일을 했지. 너는 날 배신자라고 부르지만 여기에 있는 주민 수천 명은 나를 일컬어 그들을 지옥에서 구해준 구세주라고 할 것이다. 난 이곳에서 석 달을 보냈다. 날 고용한 사람들이 워싱턴의 재무성에 있는 돈을 다 준다고 해도 두 번 다시 그런 일을 하지는 않을 것이다. 난 조직과 조직원에 관한 정보를 모두 입수할 때까지 여기에 있을 계획이었다. 내 비밀이 드러났다는 것을 몰랐다면 좀더 오래 머물렀을 거다. 그런데 편지 한 통이 이곳으로 날아들었고 자칫하면 너희들이 먼저 사태를 파악하고 대처할 뻔했지. 그래서 난 재빨리 행동할 수밖에 없었다. 이제 너희들에게 할 말은 없다. 언젠가 내가 죽는 날이 오면 이 계곡에서 내가 한 일을 생각하며 편안히 눈을 감고 싶을 뿐이다. 마빈 경감! 더 이상 당신을 잡아두지 않겠소. 이자들을 연행하시오."

아직 할 이야기가 남아 있다. 이 운명의 밤 직전에 맥머도는 스캔런에게 봉인한 편지를 주며 에티 샤프터 양에게 전해 달라고 부탁을 했다. 스캔런은 다 안다는 듯한 윙크를 보내며 맡은 일을 수행했다. 다음 날 아침 일찍, 한 아름다운 여인과 얼굴을 가린 신사가 철도회사에서 마련한 특별열차에 탑승했다. 열차는 철로 위를 날듯이 내달리며 한 번도 쉬지 않고 위험의 땅을 벗어났다. 에티와 그녀의 연인은 그렇게 공포의 계곡을 빠져 나온 뒤 두 번 다시 그곳에 발을 들여놓지 않았다. 열흘 뒤 두 사람은 시카고에서 결혼했는데 제이콥 샤프터 노인이 결혼식의 입회인으로 참석했다.

스카우러단의 재판은 그들의 잔당들이 법관들을 위협하지 못하도록 공포의 계곡에서 멀리 떨어진 곳에서 행해졌다. 그들은 끝까지 안간힘을 썼으나 모두 소용없었다. 지역 도처에서 양민들을 협박하여 긁어모은 지부의 자금을 물처럼 쏟아부으며 그들을 구하려 했지만 허사였다. 그 조직의 참모습과 구성은 물론 그 동안 저지른 범죄에 대해 속속들이 알고 있는 한 남자, 위협 앞에서 한치의 흔들림 없이 명쾌하고 냉정하게 증언하는 그 앞에서 스카우러측의 변호사도 어쩔 수 없었다. 오랜 세월이 지난 후, 마침내 그들은 일망타진되었고 남은 자들은 뿔뿔이 흩어졌다. 이제 그 골짜기에 드리운 먹구름은 완전히 걷혀진 것이다.

맥긴티는 교수형에 처해졌다. 마지막 시간이 다가오자 그는 비굴하게 살려달라며 흐느껴 울었다. 나머지 핵심 간부 8명도 그와 운명을 같이 했다. 50명이 넘는 지부 사람들이 저지른 죄의 경중에 따라 징역을 선고받았다. 버디 에드워즈의 임무는 이렇게 막을 내렸다.

그러나 그가 짐작한 대로 게임은 아직 끝난 것이 아니었다. 한 사람, 그를 이어 또 다른 사람들이 경기에 뛰어들기 시작했다. 대표적으로 테드 볼드윈이 교수형을 면했고, 윌라비 형제도 마찬가지였다. 그 외에 다른 흉악한 갱 대여섯 또한 교수형을 면했다. 그들은 10년 동안 세상과 격리된 채 있었지만, 마침내 세상 밖으로 풀려났다. 그들을 누구보다도 잘 아는 에드워즈는 자기 인생에서 평화로운 나날은 이것으로 끝났다는 것을 깨달았다. 왕년의 스카우러들은 동지들이 죽어간 제단에 에드워즈의 피를 복수의 제물로 바치겠다는 신성한 맹세를 했다. 그들은 맹세를 지키기 위해 모든 수고를 아끼지 않았다!

에드워즈는 시카고에서 그들에게 쫓겨 두 번이나 죽을 고비를 넘겼다. 그러나 세 번째는 무사히 살아날 가망이 없다는 판단에 시카고에서 이름을 바꾸고 캘리포니아로 갔다. 그러나 한때 그의 삶에서 빛이 사라진 듯한 시기가 있었다. 에티 에드워즈가 질병으로 갑자기 죽었을 때였는데, 그때 그는 삶의 목적을 잃고 잠시 방황했다.

그러나 다시 한번 죽을 고비를 간신히 넘긴 그는 이름을 더글러스로 바꾸고 외진 협곡으로 들어갔다. 그리고 영국인 동업자 바커를 만났다. 그곳에서 그는 사업에 성공해 엄청난 재산을 축적했다. 그러나 집요한 추격자들이 그의 뒤를 바짝 쫓고 있다는 경고를 받고 그들에게 붙잡히기 직전에 영국으로 피신했다. 그리고 그곳에서 아름다운 여인을 만나 재혼했고, 존 더글러스는 서섹스의 시골 신사로 5년 동안 평화로운 삶을 살게 된다. 그러나 서섹스에서의 그 평온한 삶은 우리가 이미 알고 있는 괴이한 사건으로 막을 내리게 된 것이다.

에필로그

경찰의 심리가 끝나고 존 더글러스 사건은 상급 법원으로 넘어갔다. 그렇게 해서 그는 사계 법원(영국에서 주(州) 단위로 한 해에 네 번 치안판사들이 모여 개최하는 법원)에서 정당방위를 인정받아 무죄 선고를 받고 풀려났다.

홈즈는 더글러스 부인에게 다음과 같이 편지를 썼다.

"무슨 일이 있어도 남편과 영국을 떠나십시오. 더글러스 씨가 빠져 나온 조직보다 더 위험한 것이 다가오고 있습니다. 영국에서 귀하의 남편이 안전하게 있을 곳은 없습니다."

그로부터 2개월이 지나자 우리는 그 사건을 어느 정도 잊어가고 있었다. 그러던 어느 아침, 수수께끼 같은 편지가 우리 편지함에 날아들었다. 이 기묘한 편지 내용은 다음과 같다.

"이런! 홈즈, 이런!"

편지에 쓰인 것은 이 말이 다였다. 수취인은 물론 발송인의 서명도 없었다. 나는 그 별스런 편지를 보고 큰 소리로 웃었으나 홈즈는 예사롭지 않은 심각한 표정을 지었다.

"악마의 소행이네, 왓슨!"

이렇게 말한 후 그는 오랫동안 찌푸린 얼굴로 앉아 있었다.

늦은 밤 하숙집 여주인 허드슨 부인이 우리에게 와서 어느 신사가 아주 긴급한 일로 홈즈를 만나고 싶어한다고 전했다. 부인 뒤에 있던 더글러스의 친구 세실 바커가 모습을 드러냈다. 그는 수척하고 긴장한 얼굴을 하고 있었다.

"나쁜 소식이 있습니다. 끔찍한 소식이오, 홈즈 씨."

바커가 굳게 다문 입을 열었다.

"결국 그렇게 되었군요."

홈즈가 당연하다는 듯 대답했다.

"무슨 전보라도 받으셨습니까?"

"전보를 받은 누군가가 내게 편지를 보내왔습니다."

"가엾은 더글러스. 사람들은 그를 에드워즈라고 부르지만 내겐 언제나 베니토 캐넌의 존 더글러스일 뿐입니다. 말씀드렸듯이 더글러스 부부는 3주 전 팔마라 호를 타고 남아프리카로 출발했습니다."

"그랬지요."

"그 배가 어젯밤 케이프타운에 도착했습니다. 그런데 오늘 아침 더글러스 부인이 전보를 보내왔습니다."

잭은 세인트 헬레나에서 강풍으로 인해 갑판 너머로 떨어져 실종되었습니다. 사고 전후를 목격한 사람은 아무도 없습니다.

아이비 더글러스

"하! 일이 그렇게 된 것입니까? 이건 사전에 치밀하게 계획된 것이 분명합니다."

홈즈가 신중하게 말했다.

"그럼 그게 사고가 아니란 말입니까?"

"절대로 아닙니다."

"그렇다면 살해된 겁니까?"

"그렇습니다."

"일리가 있는 말입니다. 그 악마 같은 스카우러단, 복수심에 불타는 가증스러운 범죄자 놈들이……."

"아닙니다, 바커 씨. 그렇지 않습니다."

홈즈가 고개를 저으며 말했다.

"그것은 그 방면의 고수가 한 솜씨입니다. 총신을 자른 엽총이나 서투른 6연발 권총 따위를 사용한 경우와는 차원이 다릅니다. 붓 터치만으로도 거장의 작품인지를 알 수 있듯이, 이번 일은 모리어티 짓이 분명합니다. 이 사건은 미국인이 아니라 영국인이 저지른 범행이 분명하다는 말입니다."

"하지만 무슨 동기로 그를……."

"실패를 용납하지 않는 자가 아니고서는 일을 이렇게 완벽하게 해치울 수 없기 때문입니다. 그는 자신이 하는 일이라면 반드시 성공해야만 하는 절대적 지위에 있는 자입니다. 한 남자를 없애기 위해 한 가공할 두뇌와 거대한 조직이 손을 맞잡은 것이죠. 호두 하나를 깨기 위해 커다란 망치를 동원하는 것과 같은 이치입니다. 터무니없는 에너지 낭비이지만 보다시피 호두는 처참히 깨졌습니다."

"그렇다면 이 남자는 그 일과 어떤 연관이 있는 겁니까?"

"내가 이를 말하게 된 것은 그의 부하가 보낸 편지를 읽어보고 난 후부터입니다. 미국의 스카우러 단원들은 많은 정보를 가지고 있습니다. 영국에서 처리할 일이 생기자 미국 범죄 단체가 영국의 위대한 범죄 상담가와 상의하여 손을 잡은 것입니다. 해외 범죄자들은 보통 그런 식으로 일을 해결하지요. 그 순간부터 그들이 목표로 삼은 사람의 운명은 정해진 셈이지요. 우선 이 고수는 자신의 조직을 동원해서 목표물의 행방을 파악하는 것 정도로 만족했을 겁니다. 그런 다음 이 문제를 어떻게 처리해야 할지 미국인들에게 구체적으로 지시했을 겁니다. 하지만 암살이 실패했다는 기사를 신문에서 읽고는 결국 자신이 직접 나서서 손을 대게 된 것입니다. 재가 벌스톤 저택에서 더글러스 부부에게 지금까지 일어난 일보다 강력한 위험이 다가오고 있다고 경고한 것을 기억하십니까? 내 말대로 되지 않았습니까?"

바커는 무기력하게 당하고 말았다는 생각에 화가 치미는지 자기 머리를 주먹으로 때렸다.

"이런 일을 당하고도 우리는 가만히 앉아 있어야 한다는 말입니까? 그 악마의 제왕에게 맞설 자는 정녕 아무도 없단 말입니까?"

"아니, 그렇다고는 말하지 않았습니다."

홈즈가 조용하게 말했다. 그의 두 눈은 먼 미래를 응시하는 듯했다.

"아무도 그를 이길 수 없다고는 말하지 않았습니다. 하지만 시간이 필요합니다. 시간이 필요하죠."

우리들은 한동안 말없이 앉아 있었다. 그러나 운명을 감지한 홈즈의 두 눈은 마치 장막이라도 뚫으려는 듯이 한 곳을 응시하고 있었다.

『공포의 계곡』 해설

정태원(추리소설비평가)

『공포의 계곡』(The Valley of Fear)은 1914년 9월부터 1915년 5월까지 〈스트랜드 매거진〉에 연재되었던 것을 1915년에 단행본으로 출판한 책으로서, 셜록 홈즈가 등장하는 네 번째 장편이자 마지막 장편이다. 첫 작품『주홍색 습작』보다 27년 후에 발표된 이 작품을 읽으면 도일의 필력이 최고에 이르렀다는 것을 알 수 있다.

『공포의 계곡』의 기본 구성은『주홍색 습작』과 비슷하게 홈즈의 활약을 묘사한 1부와, 1부의 사건으로 인해 밝혀지는 옛 사건의 회상록이라고 할 수 있는 2부로 구성되어 있다.

1부 '벌스톤의 비극'에서는 벌스톤 저택에서 일어난 존 더글러스 살인 사건을 수사하는 홈즈의 뛰어난 활약상이 묘사되어 있다. 이 도입부의 살인 미스터리는 코난 도일이 말하는 것처럼 '진짜 어려운 문제'인데, 홈즈와 맥도날드 경감, 화이트 메이슨이 이 어려운 문제에 도전해 추리대결을 펼친다. 하나뿐인 아령, 남편의 죽음을 슬퍼하지 않는 더글러스 부인, 살해된 더글러스의 손가락에서 사라진 결혼 반지, 팔뚝에 낙인처럼 찍힌 이상한 무늬, 종이 조각에 남겨진 문자, 모순투성이의 사건 현장 등 이처럼 완벽한 살인 미스터리는 홈즈의 다른 스토리에서도 볼 수 없다.

2부 '스카우러단'은 3인칭 서술로, 버디 에드워즈가 쓴 것으로 여겨진다.

아메리카의 길머튼 산맥의 버미사 계곡에 있는 '스카우러' 341지부 사람들은 법조계와 정치, 기업, 언론사에게까지 압력을 휘두르며 온갖 나쁜 짓을 저지르는 비밀결사 단원들이다. 그러면서도 법망을 요리조리 피하는 그들을 핀커톤 탐정사의 버디 에드워즈가 목숨을 걸고 활약해서 체포한다는 내용이다.

2부는 실제로 있었던 사건을 모델로 쓴 것이다. 1875년 펜실바니아의 '몰리 맥와이어즈'(1865~1875년경 펜실베이니아 주 동부에서 가혹한 노동조건의 개선을 요구한 아일랜드계 아메리카인 광부의 비밀결사)에 제임스 맥퍼랜드가 잠입해서 한 파괴공작은 세계 최초의 탐정 앨런 핀커튼이 쓴 『몰리 맥와이어즈와 탐정들』에 자랑스럽게 기록되어 있다. 도일은 이 책을 읽고 아이디어를 생각했을지도 모른다. 즉, 버디 에드워즈는 제임스 맥퍼랜드를, 스카우러는 몰리 맥와이어즈를 모델로 한 것이다.

그런데 얼마 전, 코난 도일과 핀커톤 사는 도덕적으로 난처한 상황에 빠졌던 것으로 밝혀졌다. 1905년 제임스 맥퍼랜드가 반노동조합 문제로 증인을 매수한 것이 폭로되었던 것이다. 1979년 펜실베이니아 주는 변호사이며 고대 아일랜드인단 단장이었던 존 키호에 대해 사후에 무죄를 인정했다. 그는 도일이 묘사한 '블랙 잭' 맥긴티의 모델 인물로 1877년 맥퍼랜드의 증언에 의해 교수형을 받았다. 만약 '블랙 잭'이 미국의 산업 투쟁이라는 무서운 역사의 희생이 된 노동자였다면 홈즈와 모리어티는 잘못된 편에 서서 싸운 것이 된다. 진실은 언젠가 밝혀진다는 말이 떠오르는 상황이 된 것이다. 물론 그렇다고 해서 홈즈의 인기가 떨어질 리는 절대로 없겠지만 말이다.

1부와 2부는 에필로그로 정리되는데, 『공포의 계곡』은 불행한 결말로 끝맺고 있다. 스카우러단은 1875년 해체되었기 때문에, 벌스톤 저택 사건은 1888년에 일어났다고 볼 수 있으며 홈즈가 모리어티 교수와 세바스찬 모란 대령에 대해 이야기하는 것을 보면 1891년 이전의 사건으로 추리할 수 있다. 이렇게 『공포의 계곡』 사건에서 모리어티 교수와 그의 오른팔인 위험한 인물에 대해 홈즈가 왓슨에게 말했음에도 불구하고, 이상하게도 나중에 일어난 「마지막 사건」이나 「빈집」에서 왓슨은 이 두 사람에 대해 기억하고 있지 않다.

제임스 모리어티 교수는 수학자이자 범죄자이다. 그는 『소행성의 역학』이라는 책을 썼다. 모리어티의 형은 제임스 모리어티 대령으로(「마지막 사건」) 교수의 이름도 제임스(「빈집」)인 것을 보면 이 인물은 복합성을 갖고 있는 게 아닐까? 동생은 서부 잉글랜드의 역장이다.

윌리엄 베어링 굴드의 셜록 홈즈 전기를 보면, 모리어티 교수는 1846년 10월 31일, 영국 서부의 어느 마을에서 태어났다고 한다. 21세 때 쓴 『이항정리』에 관한 논문으로 유럽에서 상당한 호평을 받았고, 덕분에 영국의 작은 대학에서 수학 교수 자리를 얻었다. 그러나 좋지 않은 소문이 나돌아 런던으로 와서 군대 교관으로 일하기도 했었다.

그러나 사실 모리어티는 범죄의 나폴레옹으로 모든 범죄의 배후에는 그가 있을 정도이다. 그는 홈즈와 대등한 지능으로 암흑계를 지배하지만 홈즈의 끈질긴 수사 결과 스위스의 라이헨바흐 폭포에서 홈즈와 결투하다 사망한다(1891년 5월 4일).

홈즈가 귀환했듯이 존 가드너의 패러디 『모리어티의 귀환』을 보면 모리어티도 귀환한다.

반면, 니콜라스 메이어의 『7% 용액』을 보면 모리어티 교수가 천재적인 범죄자라는 홈즈의 생각은 코카인 중독에 의한 환각이라고 기록되어 있다.

다른 한쪽에서는 홈즈와 모리어티가 동일 인물이라는 주장도 있다. 모든 정전에서 모리어티는 단 두 번 등장하는데(「마지막 사건」에서 기차를 타고 홈즈와 왓슨 앞을 통과했을 때와 라이헨바흐 폭포 근처에서 왓슨이 보았을 때), 그 외에 모리어티는 언제나 홈즈의 입을 통해서만 설명되기 때문이다.

모리어티는 『공포의 계곡』 마지막에서 홈즈가 구하려했던 인물을 죽인다.

범죄계의 나폴레옹 모리어티 교수
(시드니 파젯 그림)

"이런! 홈즈, 이런!"

이렇게 써 보낸 그의 음흉한 무기명 편지는 사악하고 냉혹한 모리어티의 미소를 연상시킨다.

『공포의 계곡』은 정전 중에서도 중요한 작품이지만 가장 알려지지 않은 작품이기도 하다. 확실히 다른 장편 『주홍색 습작』, 『네 개의 기호』, 『배스커빌의 사냥개』와 비교하면 이미지가 약하다. 그렇다고 작품의 질이 떨어지는 것은 아니다.

첫 부분에서 폴록이 보낸 암
호를 푸는 홈즈의 추리는 독
자를 감탄하게 만든다.

안소니 바우처는 이 작품
에 대해 다음과 같이 말했다.

"여기에서 홈즈는 원숙하
고, 외관상 이상한 점이 없
고, 손에는 코카인 주사기도,
바이올린 활도 들고 있지 않
다. 홈즈는 폴록이 보낸 암호
문을 분석하고, 관찰하고, 추

〈팔을 모은 소녀〉 모리어티의 서재에 있
었던 쟝 밥티스트 그뢰즈의 그림

리하는 것에 모든 신경을 집중한다. 홈즈는 다른 정전의 이야
기 이상으로 (그가 경의를 표하는) 동료 앞에서 뻔히 알고 있
는 수수께끼를 과시하고, 왓슨의 진지한 얼굴을 한 농담을 분
한 듯이 '한 방 먹었군, 왓슨! 감쪽같이 당했어!'라고 칭찬하는
등 그가 가진 매력을 최고로 발휘하고 있다. 또 여기에서는 실
제 다른 정전에 나오는 보통 인물 이상으로 높은 유머 감각이
여실히 드러나고 있다. '눈을 장난스럽게 빛내면서'라는 것은
홈즈에게서 그다지 볼 수 없는 모습이다. 에티엔느 제랄 장군
의 스토리 중에 멋진 에피소드처럼 이 이야기가 가진 재미와
흥분에 누구라도 곧 빠져들 것이다. 우리들로서는 이와 같은

훌륭한 이야기를 써 준 왓슨에게 깊은 감사를 해야할 것이다."

홈즈 스토리에 자주 나오는 〈브래드쇼 철도 시간표〉는 지금은 폐간되었다.

이것은 지도 출판자였던 조지 브래드쇼(1801~1853)가 1839년 10월 19일에 창간한 것으로 처음에는 북부판, 남부판이 있었다. 다음 호는 1840년 1월에 발행되었는데, 여기서는 남부, 북부 판이 하나로 통합되었다. R. J. 크룩생크는 『포효의 세기』에서 브래드쇼에 대해 다음과 같이 말하고 있다.

"이 철도 시간표는 대중의 바람에 따라 한 퀘이커 교도가 창간했다. 여기서 매 달의 이름은, 적어도 100년 동안 행해진 퀘이커 교도의 습관에 따라 1월이 '제1월'(First Month), 2월이 '제2월'(Second Month) 식으로 표기되어 있다. 철도 노선이 점점 늘어나고 연락이 점차 나빠짐에 따라 이 안내서를 작성하는 데에는 초인적인 인내가 필요하게 되었다. 시간표의 불가해한 문체와 참조의 난해함은 농담을 좋아하는 저널리스트에게 아주 좋은 화젯거리였다. 게다가 『코믹 브래드쇼』 같은 패러디 책까지 간행되어 아무것도 모르는 진지한 사람들을 더욱 곤란하게 만들었다. 온후한 자선가였던 브래드쇼는 이와 같은 비평을 보고 곤혹해했을 것이다. 그러나 브래드쇼는 명예 있는 영국 명물로서 오늘까지 남아 있다."